Hasta que se acaben las canciones

Beatriz Luengo

Hasta que se acaben las canciones

Planeta

Av. Diagonal, 662-664, 08034 Barcelona
www.planetadelibros.com

Diseño de la colección: Compañía

Primera edición: abril de 2024
Depósito legal: B. 4.641-2024
ISBN: 978-84-08-28471-0
Composición: Realización Planeta
Impresión y encuadernación: Egedsa
Printed in Spain - Impreso en España

PEFC Certificado
Este libro procede de bosques gestionados de forma sostenible
PEFC/14-38-00305
www.pefc.es

A mis padres,
porque no hay distancia para el que vive dentro de ti.
A Yotuel, por enseñarme a armar mis piezas.
A mis hijos, por permitirme amanecer dos veces.

Esta novela es una obra de ficción. Aunque la autora se ha basado en algunos aspectos de la realidad, ha adaptado y modificado muchos elementos para ajustarse a la trama de la historia. Por lo tanto, cualquier parecido con la realidad es pura coincidencia. Se debe leer y disfrutar como una obra de ficción creada por la imaginación de la autora.

1

AL ALBA VENCERÉ

Luciana

La casa está en silencio. Como si un huracán hubiese arrasado con todo y solo quedaran los restos de cristales en el suelo. Todo sigue igual y tan distinto. Hace unos minutos el sonido de la ambulancia retumbaba hasta el artesonado.

Estoy sentada en la escalera, inmóvil. Soy incapaz de identificar si es un mal sueño o si en realidad mi jefa acaba de morir.

Todavía creo que me voy a despertar y que, como cada mañana, le prepararé una tostada de mermelada de higos a doña Inés, quien me volverá a reclamar con su voz áspera que el café no está caliente, a pesar de que la taza lleve veinte minutos en la mesa, el mismo lapso que ella tarda en leer los titulares del periódico e insultar a todo aquel que en él aparece. Cuando llegué a Madrid no sabía qué significaban la mitad de las expresiones de doña Inés, hoy tengo un máster en insultos castellanos: ganapán, mercachifle, petimetre.

Entro despacio en su habitación y veo sus zapatos perfectamente alineados, tal y como los dejó anoche. Doña Inés se crio en un entorno muy estricto donde lo importante era cuidar las formas. Así que tenía obsesión por la perfección de los detalles. Todos los días salía de su dormitorio vestida impecable, con su pelo tirante y sus gafas de pasta al estilo años cincuenta. Siempre vestía de color morado de Cuaresma, y cuando le preguntaban la razón, ella respondía sarcástica que era el color de la penitencia por tener que aguantar a tanto zoquete.

Doña Inés vivía enfadada con el mundo, bueno, con todos menos con Karma, su gata callejera, que pasó de quemarse las patas en el suelo de asfalto a la alfombra persa, del agua de los charcos al *spa* de la calle Barquillo, de la supervivencia a la vivencia, se quitó el prefijo «super» para convertirse en doña del barrio de Salamanca. Fue compañera y confidente inseparable de doña Inés *Soledades,* así la llamaba yo mientras ella sonreía y respondía: «Más vale sola que mal acompañada, Luciana, no lo olvides».

Ella y Karma eran almas gemelas: solitarias, desconfiadas y analíticas.

Doña Inés era capaz de adivinar los trapos sucios de tu familia solo observando tu foto de perfil en el WhatsApp: «El de gafas oscuras es tu hermano mayor, ¿cierto?, se le ve muy espabilado, y el flacucho es el pequeño... Solo por su gesto puedo ver claramente que está frustrado por no ser el listo de la familia, ¿cierto, Luciana?». Doña Inés debería haber sido detective, porque nadie analizaba mejor la basura humana que ella. A veces me daba por pensar que venía del más allá, donde se dedicaba a diseñar miserias para nosotros los vivos y que, de vez en cuando, bajaba al plano terrenal a ver su resultado en la práctica. Otras veces he creído que con sus comentarios nos ponía a todos a prueba. Recuerdo que una noche, mientras veía el festival de Eurovisión, me dijo: «Luciana, deja lo que estés haciendo y ven, que quiero que me des tu opinión sobre las canciones de este año». Al final, después de dos horas entre luces, fuego y bailes, nunca pude opinar nada. Eso sí, acabé con una contractura en el cuello de tanto validar sus quejas cada vez que España no recibía puntos. «Los franceses nos odian, Luciana —suspiraba—. Desde la invasión napoleónica nos la tienen jurada...». O: «¿Inglaterra? Nos dan tan solo dos puntos y la monarquía no hace nada... De verdad, ¡este país se va al garete!». Doña Inés necesitaba que le dieran la razón y a Karma no le interesa Eurovisión porque es demasiado pop para su nuevo estatus de burguesa.

De repente salgo del recuerdo y aterrizo en el presente. Miro a la gata en esta penumbra que inunda todo. Puedo percibir en ella la angustia y el miedo. Por primera vez desde que llegó a mis brazos en la protectora de animales, veo en sus ojos la gata vulnerable y no a la que come carne de wagyu en vajilla de porcelana.

Sentada a la puerta de la habitación, proyecta un maullido largo y profundo que suena a lamento. No se ha movido de ahí desde que los servicios sanitarios se llevaron a doña Inés, creo que está tratando de aceptar que a nosotros los humanos nos faltan las seis vidas de ensayo y error que tienen los gatos, y que con una tenemos que conformarnos y aceptar las consecuencias. Me consuela pensar que doña Inés vivió como quiso y se fue como quiso también: «Ponme la canción de *Nessun dorma.* Luciana, abre la ventana para que entre la brisa y trae a Karma, la suavidad de su abrazo me hará marcharme con el recuerdo de un gesto amable en esta vida». Esa fue su voluntad. Y, abrazada a su cómplice compañera de viaje, exhaló su último suspiro. Supe que su alma se había marchado cuando Karma sacó su cabeza escondida en la axila de doña Inés y se acercó a su cara para olfatearla. En cuanto sintió que no respiraba, dio un salto a mis brazos entonando un maullido desesperado, un grito de dolor que nunca antes le había oído. Las dos nos quedamos quietas esperando la última nota en la voz de Pavarotti entonando

All'alba vinceró!, que significa «¡Al alba venceré!». Y, tras unos minutos que parecieron siglos, me levanté para cerrarle los ojos, tal y como ella me había ordenado.

Ahora Karma y yo parecemos dos seres inertes, incapaces de reaccionar. Nos miramos tratando de ubicarnos y puedo sentir que su gesto triste me pregunta: «¿Qué va a pasar ahora que doña Inés ha muerto?», y es así como me doy cuenta de que ya no habrá desayunos, ni paseos ni música para las tres en el palacio del Fresno. «Tú no te preocupes, Karma —le susurro mientras acaricio su nariz—, tú vendrás conmigo. Te tendrás que adaptar a un piso con una sola cama y un baño, pero prometo no separarme de ti».

2

MAR DE CRISTAL

Luciana

Me gusta viajar en el metro de Madrid y, sobre todo, analizar el nombre de sus paradas. Me fascina especialmente Mar de Cristal, parece una ironía para una ciudad con el mar a seiscientos kilómetros y edificios por todas partes. Me bajo del vagón en la estación Esperanza y, como si de un deseo relacionado con ese nombre alegórico se tratara, aprieto los puños y pido que de esta entrevista me salga un nuevo trabajo. El casero lleva unos días reclamando el alquiler correspondiente al mes de marzo. Tengo miedo de que se presente en casa y vea a la gata porque en el contrato especificó «no se aceptan animales». Pero claro, quién se atreve a explicarle el giro inesperado del destino en los últimos días.

—Señorita Luciana..., ¿así que usted es chef especialista en alta cocina para mascotas? —me pregunta con asombro la funcionaria de la oficina del paro.

—Sí, señora, estoy especializada en una técnica culinaria llamada *brunoise.* Además, soy peluquera de mascotas y experta en *scissoring, carding, clipperwork* y *top-knot.*

La funcionaria, de nombre Conchita según el cartelito de la mesa, se muestra sorprendida y, por la cara que pone, parece que no tiene claro si lo que le he dicho es una broma, un nuevo tipo de salsa teriyaki o el nombre del próximo disco de Rosalía. Tras unos segundos de espasmo sobre el teclado, me mira y pregunta:

—Vamos a ver... Además de cocinar para mascotas, ¿usted sabe servir copas?

—Sí —contesto con muy poca esperanza de que haya entendido realmente a lo que me dedico.

La próxima vez elegiré otra parada de metro.

3

EL TESTAMENTO

Bastian

—¡Bastian! Para ya de mover así las piernas, por favor, me estás poniendo nerviosa —me pide mi madre.

El molesto y constante tictac del reloj de la pared marca las 11.10 de la mañana. El ambiente está muy tenso. Y yo estoy empezando a sentirme ansioso ante las pausas tan largas del notario. A mi izquierda, mi madre agita el abanico como si quisiera acelerar el tiempo. A la derecha, pegada a mí, está mi prima Sofía, que parece estar probando un nuevo filtro, pues estira un brazo hacia la luz, hace un clic en el botón lateral de su teléfono, revisa la imagen y escribe: «Día en familia», y muchos corazones. Ni siquiera nos ha mirado, pero creo que intuye que fuera de su mundo digital hay unas personas con las que comparte apellido. Enfrente, mi tío Ernesto y su mujer se han sentado detrás de la mesa, que les sirve de trinchera y línea divisoria de una familia que ya llegó fracturada a esta lectura del testamento y que posiblemente se irá totalmente rota. Yo me pregunto dónde quedaron esas tardes de verano en casa de la abuela... Ahora esta enemistad familiar inagotable hace que todos nos miremos como extraños.

El notario bebe agua y se seca las comisuras de los labios

con el dedo índice, se recoloca las gafas y toma aire profundamente antes de soltar la bomba:

—Señores, nos hemos reunido en este 4 de abril de 2023 para la lectura del testamento de la señora Inés del Castillo Humanes de Arteaga quien, hallándose en pleno uso de sus facultades mentales, me entregó este sobre que ha permanecido cerrado hasta este momento. Así pues, antes de la lectura del testamento, procedo a leer su contenido, con sus últimas voluntades escritas de su puño y letra.

Mi madre se limpia unas lágrimas que nunca le cayeron y yo me doy cuenta de que Hollywood perdió a una actriz increíble. Por su mirada, mientras guarda el pañuelo en el bolso, puedo intuir que ya tiene planeado todo lo que va a hacer con el dinero que herede de su hermana Inés.

El notario abre el sobre con lacre rojo que lleva las iniciales de mi tía:

—«Querida familia: qué ganas tenía de conseguir reuniros a todos... y de que el señor notario abriese este sobre. He disfrutado mucho imaginando esta idílica escena en la que simuláis que os importo...».

Sobresaltada al escuchar ese inicio, la mujer de mi tío Ernesto mira a este sorprendida mientras él, visiblemente nervioso, se recoloca la americana tratando de abrochársela sin éxito, ya que entre el botón y el ojal hay la distancia de un vuelo Madrid-Ibiza. Sonrío. Mi prima se ríe en un amago de complicidad conmigo. El notario prosigue:

—«Os habréis vestido con vuestras mejores galas para recibir mi herencia. Lo cual agradezco. —Todos respiran aliviados tras escuchar que, a pesar del tirón de orejas inicial, recibirán lo que esperan—. Mi hermana Hortensia se habrá puesto un vestido refinado, que destaque su clase y elegancia, como el que llevaba el día de la supuesta cena de reconciliación a los catorce días de fallecer nuestra madre. ¿Te acuerdas, Hortensia, de cómo llorabas diciendo que me querías mientras me ponías unos papeles en la mesa para quedarte con el palacio del Fresno?».

A mi madre se le han congelado hasta las flores del abrigo. El notario carraspea, serio, observándonos a todos. Se sube las gafas y continúa:

—«Ernesto, si te están leyendo esta carta es porque ya no estoy aquí, felicidades porque se cumplieron tus deseos».

Mi tío Ernesto se limpia el sudor, su mujer parece haberse convertido en una estatua de sal.

—«Pero no quiero entreteneros más, así que iré al grano. Quiero daros las gracias por haber venido, pero, desafortunadamente para vosotros, no vais a heredar una mierda (señor notario, por favor, léalo tal cual y sin usar eufemismos). Sois unos avariciosos y nunca me habéis querido. Por este motivo, dejo todo mi patrimonio, que incluye mis bienes raíces, así como los activos e inversiones, las piezas de arte, antigüedades y joyas a mi gata Karma. Y designo a Luciana María Álvarez para que gestione toda mi fortuna en función del animal y de mis fundaciones benéficas.

»"Reconozco que no he sido fácil, pero es que tampoco me habéis ayudado a ser mejor.

»"Llegado este momento, descansaré en paz porque sabré que vuestra ambición un día me ganó una batalla, pero hoy yo os he ganado la guerra».

4

EL BIG BANG

Bastian

Si la decepción sonara como un crujido, estaríamos ante un estallido de la dimensión del Big Bang.

—¡Mala víbora, ojalá te pudras en el infierno! —exclama mi tío Ernesto al tiempo que da un golpe sobre la mesa.

—Vámonos, Ernesto, ¡esto es bochornoso! —clama su mujer levantándose de la silla e instándolos a él y a mi prima a marcharse del despacho.

Observo a mi madre, ella no ha perdido los nervios todavía. Le pongo la mano en el hombro y la miro preocupado. Está lívida como si hubiera visto un fantasma.

—¿Está usted seguro de que no ha escrito nada más? Busque en la letra pequeña... Mi hermana era... peculiar.

—No, señora, no indicó nada más.

—¡Esto es imposible! —explota mi madre mientras estampa el abanico contra su bufanda de cachemir—. ¡Un gato, ja! ¡La ley no permite estas tonterías!

—Señora, con el debido respeto, su hermana se asesoró con los abogados del bufete antes de hacer el testamento. Y sí, la Ley 17/2021, aprobada a finales de diciembre de 2021, reconoce como seres sintientes a los animales. Así que, con esa ley, y a través de una albacea, se considera legal atribuir la herencia a animales de compañía. Según nuestro conocimiento y consultas, este es el primer caso de una herencia de esta magnitud en España, pero es una tendencia en alza. Para que usted se haga a la idea, este año en el censo de España hay más de trece millones de mascotas en los hogares y poco más de seis millones de niños menores de catorce años. Los tiempos cambian. En Estados Unidos ya es una práctica habitual...

—¿Ese gato feo y piojoso va a heredar la fortuna de mis bisabuelos y tatarabuelos? —grita mi madre, llena de ira—. ¿El palacio del Fresno, los viñedos del valle del Loira, los cuadros de Sorolla...? ¿Es que nos hemos vuelto locos? ¿Cómo va a poseer un gato un cuadro del costumbrismo español si no sabe diferenciar una loncha de pavo del jamón ibérico? ¡Esto tiene que ser una broma de mal gusto!

—Señora, tranquilícese —le pide el notario en tono conciliador—. Entiendo su frustración; incluso nosotros, como bufete, es la primera vez que nos enfrentamos a una situación así. Pero nuestro deber es salvaguardar los intereses de la difunta señora Del Castillo, nuestra clienta, y hacer cumplir sus últimas voluntades.

—¿Ya lo sabe la limpiacacas? —pregunta mi madre.

—¿Perdón? —reacciona el notario confundido.

—La colombiana esa que cuida al gato.

—No, señora. En los próximos días citaré a doña Luciana María y al animal, ya que por orden expresa de la fallecida no se les ha convocado el mismo día que a ustedes para evitar... incomodidades.

—Esto no va a quedar así —afirma mi madre.

Y, dicho esto, gira sobre sí misma y sale del despacho. Yo tras ella.

5

SUENA HARRY STYLES

Bastian

Ya en el coche, camino a casa, enciendo la radio y suena *As it was* de Harry Styles; a veces siento que las canciones me hablan. Mi madre todavía no ha dicho una palabra desde que hemos salido del bufete.

La letra dice algo así como que ya no es lo que era. Y yo me pregunto en qué momento dejé de sentirme parte de esta familia. Quiero sacar la conversación, quizás en este día del gran estallido deberíamos aprovechar para rompernos todos por dentro, crear una montaña de reproches y empezar de cero. Me siento solo tan a menudo... A lo mejor es el momento perfecto para atreverme a decir a mi madre que la necesito. O tal vez ella espera que esta vez sea yo quien resuelva la situación solo.

—Mamá, no te preocupes, saldremos adelante —la calmo—. Yo estoy aquí contigo. En cuanto finalice el máster, entraré a trabajar en una empresa de casas prefabricadas de lujo en la sierra de Gredos. No te lo he contado, pero el estudio de arquitectura más importante de España seleccionó un proyecto que envié el verano pasado para un concurso que habían convocado. Así que están esperando impacientes a que pueda incorporarme a la plantilla.

—¿Ah, sí? ¿Y cuántos años construyendo casas prefabricadas necesitas para comprarte un palacio? ¿Lo has pensado? —me pregunta con tono sarcástico mientras mira un punto fijo de la carretera—. ¡Ni en ocho vidas fabricando casas de esas conseguirías una fortuna así! Porque es la herencia de cinco generaciones, ¿entiendes? —Me marca el número cinco con la mano acercándola a mi cara y termina la frase soltando un bufido—. Porque tu tía era una inconsciente obsesionada con romper nuestra historia y nuestro linaje. ¿Qué dirán los libros de tu tatarabuelo, el XVIII marqués de Alcañices y grande de España?, ¿eh, Bastian, qué dirán? Dímelo. —Enfurecida, sube tres rayas el aire acondicionado—. ¡Por Dios! Que después de todas sus hazañas para dejar un legado, por culpa de la estúpida decisión de una tataranieta llena de odio y rencor, será el hazmerreír de los libros —me grita mientras baja la ventanilla del coche y lanza un cigarrillo que ni siquiera había encendido y con el que jugueteaba hacía un rato. Aprieta con fuerza el botón para que vuelva a subir el cristal, gira su cuerpo hacia mí y con un dedo apuntándome a la barbilla me advierte amenazante—: Esto no se acaba aquí, no pienso dejar que un gato zarrapastroso y una negrita limpiacacas me roben lo que es mío, ¿has oído? Déjate de másteres y casas prefabricadas y céntrate en un plan para recuperar la herencia.

—¡Mamá, por favor! —Si sentía algo de empatía o compasión por ella, ya han desaparecido—. ¿Qué voy a hacer yo contra esa pobre chica y el animal? Además, tú heredaste parte de la herencia de los abuelos y la dilapidaste. Estoy seguro de que en ese momento no te preocupó lo que pensaría tu tatarabuelo. La tía Inés ha sabido conservar su patrimonio y, por muy surrealista que suene, si ha decidido dejárselo a su gata y a sus fundaciones benéficas, que así sea.

—¿Sabes cuál es el problema? Que a ti no te importo, te

gustaba más tu tía Inés, eres el único a quien le resultaba simpática, porque tú también te avergüenzas de esta familia.

—La tía Inés ha vivido su vida como ha querido y sin pensar en vosotros, pero vosotros siempre habéis vivido la vuestra pensando en la suya, en toda su riqueza. Creo que os ha dejado algo más valioso que un patrimonio, una lección de vida.

—¿Qué significa toda esta palabrería? A ver si es que en el fondo te hubiese gustado que ella fuese tu madre. Al final os parecéis bastante.

El último acorde de la canción se acompasa con el golpe de la puerta de mi madre, que sale del coche hecha una furia, mientras Harry Styles susurra que no tiene sentido hablar de quién lo hizo primero.

Mientras observo cómo espera el semáforo para cruzar en plena Gran Vía madrileña, rodeada de escaparates de tiendas que anuncian a bombo y platillo que la primavera ya ha llegado, yo sigo sintiendo el mismo invierno perenne que vive conmigo.

La veo cruzar la calle. Y, una vez más, vuelvo a sentirme solo.

6

¿Y AHORA QUÉ?

Luciana

Al llegar a casa, Karma se acerca a mis piernas, está más cariñosa que nunca. Me apoyo en el alféizar de la ventana desde donde le gusta observar a la gente andar apresurada, sin mirarse y, aun así, sin chocar entre ellos. «¿Quién nos maneja?», me pregunto en medio de esa coreografía humana. Vuelvo a mis tardes de dominó con doña Inés. Todavía no me he adaptado a la ausencia de sus manías. Karma salta sobre mi hombro y me mira a los ojos. Parece tranquila, como si supiera que el futuro va a estar bien; su inocencia de gata desconoce mi desesperada situación financiera, o quizás, al ser una superviviente, no teme ese salto al vacío que supone no saber qué vas a comer mañana. Yo le sonrío con una falsa calma. Le prometí a mi abuelo valerme por mí misma y aquí estoy, sola y empezando de cero. Como cuando salí del Chocó con dieciocho años, pero ahora con veintisiete. Tuve mucha suerte de encontrar mi profesión soñada al inscribirme en esa página del Pet Grooming School que ofrecía enseñanzas para el cuidado de animales en Bogotá. «Una profesión en alza», rezaba la publicidad. Y es que los animales son mi vida, crecí entre ellos en mi ciudad situada en el corazón del Pacífico colombiano, que huele a cumbia y a folclor, donde observaba la belleza de las ballenas del parque de Utría en su época de parto, y la de los millones de animales que se movían creando arte a su paso entre los hongos fluorescentes que brillaban en la oscuridad de la jungla. Aquí, en el Madrid convulso vespertino, recuerdo con anhelo mis manglares.

El teléfono suena y me saca de la ensoñación.

—¿Luciana? —pregunta una voz aguda—. Hola. Soy Hortensia, la hermana de Inés, ¿cómo estás, querida?, ¿me recuerdas?

«¿Cómo me voy a olvidar?», pienso para mis adentros. La última vez que la vi, en el funeral de su esposo, me menospreció haciendo alusión a mi cabello afro. «¿Cómo te peinas esa maraña?», me preguntó fingiendo interés verdadero. «Con la mano, señora», le contesté. «Claro, porque no hay quien meta un peine ahí», se atrevió a decir.

¿Y ahora me llama haciéndose la simpática?

—Luciana, ¿qué tal tu familia?

—Bien —contesto despacio y con incredulidad, como el que espera una patada después de una caricia.

—Te llamo porque necesito que vengas al palacio del Fresno. Como sabes, estamos organizando las cosas de Inés y quizás tú puedas ayudarnos.

—Pues me encantaría, pero me va a resultar imposible, no tengo modo de llegar hasta allí... —me justifico con la intención de evitar encontrarme con ella de nuevo.

—¡No te preocupes por eso, querida! Podemos pasar a buscarte, dame tu dirección.

Reflexiono unos segundos antes de contestar. Será difícil negarme, los Humanes de Arteaga no están acostumbrados a que les digan que no.

—Está bien, apunte: calle Infanta Mercedes, 31. En el barrio de Tetuán.

—Perfecto, entonces mañana mi hijo Bastian pasará a recogerte a las diez. Por cierto, ¿qué tal el gato?

—Bien, señora, pero es una gata.

—Bueno... Hasta mañana entonces.

—Hasta ma... —pero no sigo, pues ella ya me ha colgado.

Karma me clava la mirada y le suelta un bufido al móvil, apoya sus patas en la pantalla como si quisiera apartarlo de mí y se acerca suavemente a pegar su nariz con la mía. Parece darme ánimos, intuye que mañana será un día difícil.

7

ESTO NO ES BROADWAY

Luciana

—¡Buenos días, Pilar!

La portera del edificio es pequeñita, con la piel muy pálida y un pelo cardado muy negro que le hace parecer como si tuviese la cabeza muy grande. La Navidad pasada le regalé un *funko* de Severus Snape, el profesor siniestro de Harry Potter, porque se parecía mucho a ella. Me encanta que pasemos tiempo juntas, tomarnos un caldito las tardes de lluvia, ver la foto de sus nietos y que me hable de cuando emigró a Suiza con sus padres en los años sesenta. No hay nada como emigrar para entender al emigrante.

Pilar es como una madre para mí, es la típica señora de pueblo de España que es abrigo y alimento, que te da todo lo que tiene y se ofende si intentas compensarla porque siente que dudas de la generosidad de sus gestos y de su bondad.

—¡Hace días que no te veía! —le comento mientras la abrazo con fuerza.

—¿Sales? Cuidado, que hoy es 6 de abril, Jueves Santo, y cortan las calles por las procesiones.

—No se preocupe, no iré al centro. Voy al palacio del Fresno, a la casa de doña Inés.

—Ay, bendita sea... —Se santigua—. ¿Y ahora qué va a pasar con esa casa tan grande?

—Pues se la quedará la familia. Me llamaron precisamente para que los ayude a organizar las cosas de Inés.

—Bueno, hija, tú ayúdalos con lo que te pidan y ya está —resuelve—. ¿Te llevas a Karmita?

—Pues no era mi intención, pero se metió en mi bolso y ha sido imposible sacarla. He pensado que de alguna forma ella también quiere despedirse del que fue su hogar.

—Pues ahora tu hogar es este, pequeña bola de pelo negra —canturrea cariñosa, tocándole las orejas a la gata. Luego me mira—: Oye, por cierto, no olvides recoger las cartas, que se te está llenando el buzón.

—¡Sí, gracias! A la vuelta las recojo.

Un coche se para delante del portal y llama nuestra atención. De él se baja un chico alto, de tez blanca y pelo castaño. Lleva gafas de sol estilo Ray-Ban, con vaqueros y un *blazer* color beis, desprende un olor a perfume caro oriental, como de cedro con vainilla. Se queda unos segundos parado, parece la portada del *Men's Health.* Alzo las cejas y miro a Pilar, que parece estar viendo a Paul Newman, su gran *crush* de juventud. El sol, que esa figura masculina había tapado por un instante, vuelve a aparecer por detrás de la espalda del chico y nos ciega la vista. Para cuando hacemos visera con la mano, él está plantado delante de nosotras.

—Disculpen, ¿este es el número 31?

—Sí —responde la portera, embelesada—. ¿A qué piso va?

—Pues estoy buscando a una chica llamada Lucia... —explica mientras saca el móvil del bolsillo y busca algo en él.

—¿Luciana? —Lo ayudo mientras asiente con la cabeza—. Soy yo.

—Hola —saluda tendiéndome la mano—. Yo soy Bastian.

—Sí, lo sé. Nos conocimos en el entierro de tu padre. Yo fui acompañando a doña Inés.

—¿Ah, sí? No me acuerdo, disculpa.

—Eres el sobrino de Inés, ¿verdad? —le pregunta curiosa Pilar.

—Sí. —Sonríe con timidez.

—Ella me habló de ti con mucho cariño. De hecho, ese día fuiste la única persona que me presentó —le cuento.

—Saludé a tanta gente... En nuestra familia los entierros son multitudinarios —nos dice en un amago de sinceridad quitándose las gafas y dejándonos ver sus preciosas cejas anchas que sirven de marco a unos ojos verde esmeralda.

—Supongo que por eso doña Inés no quiso un entierro, para no tener que ver a nadie —bromeo. Él reacciona incómodo—. Perdona, no quise decir eso...

—No te preocupes.

Pilar está en el medio de la conversación moviendo la cabeza como en un partido de pimpón. Conociéndola, seguro que ya imaginó a unos bailarines saliendo del cuarto de calderas del edificio para elevarme como a una vedete mientras el chico me ofrece la mano para bailar un paso a dos en el que, al final, termina besándome en la puerta del ascensor. La cabeza de Pilar convierte escenas cotidianas en películas de *Cine de Barrio* casi de manera inconsciente. Pero lejos de su fantasía, la situación real es más bien tensa.

—¿Vamos? —carraspea Bastian cambiando de conversación.

—Espero que no te importe que me lleve a Karma, la gata de tu tía.

—No, claro. Solo faltaría. De hecho, mi madre me pidió que la trajeras para conocerla.

De repente, Karma saca la cabeza de mi bolso, lo mira fijamente con expresión incrédula y, si fuera posible en los gatos, diría que ha puesto los ojos en blanco antes de soltar un bufido y volverse a esconder.

—Es muy cariñosa, pero se está adaptando aún a todos los cambios —intento excusarla.

—No te preocupes —responde Bastian haciendo un mohín—. Creo que no les gusto a los animales... Nunca tuve uno, así que no estoy familiarizado con ellos.

—Son fáciles porque son intuitivos. Ven cosas que nadie más ve. Leen a la gente.

Nos interrumpen tres golpes a lo lejos y un grito: «¡Manden el ascensor al tercero, que no sube!».

—¡Ya va! —responde Pilar alejándose de nosotros.

En ese mismo momento, José, que vende cupones en la plaza, asoma la cabeza en el portal y anuncia dirigiéndose a Bastian:

—Chico, si no te das prisa en quitar el coche, los municipales te clavan, ¡menudos son!

—Sí, ya salimos, ¡gracias por avisar! —contesta él—. ¿Tú ya estás lista?

—Sí —contesto demasiado rápido. En realidad, no estoy preparada para volver a lo que fue como mi casa, pero por primera vez sin doña Inés.

8

PALACIO DEL FRESNO

Luciana

Hace cuarenta minutos dejamos atrás Madrid, y ya nos vamos aproximando a Aldea del Fresno. Mientras recorremos las carreteras estrechas y llenas de curvas, voy observando todo a mi alrededor. El río Perales nos va acompañando kilómetro a kilómetro, como si estuviese despidiéndose. Yo disfruto de su vegetación con más detalle que nunca. Es primavera, así que el color de las encinas y enebros parece sonreír al verse reflejado en el agua transparente. Me gusta ver la felicidad de la gente cuando pasamos por la playa del Alberche, cerca del casco urbano; un lugar donde confluyen los caudales del río Alberche y el Perales, y donde se forma una bonita estampa de familias con sus toallas y neveritas blancas, de padres jugando con sus hijos. Doña Inés siempre decía: «Mira a esa gente, con sus pies sucios dañando el agua de manantial que viene directamente de la sierra de Villafranca. Los humanos solo sabemos estropear las cosas».

Nunca me atreví a preguntarle de dónde provenía su odio al mundo, su necesidad constante de maldecirlo todo. Me hubiese gustado saber qué razón tan horrible tenía para juzgar tan mal a las personas. Una mujer que aparentemente nació con el mundo a sus pies.

Rompo el silencio y le pregunto a Bastian:

—Tu tía era muy especial. ¿Tuviste mucha relación con ella?

—No mucha, la verdad. Siempre me trató bien, pero nos vimos muy poco. Cuando era muy niño, mi madre no me dejaba hablar con ella porque no le gustaba su manera tan directa de decir las cosas. —Se ríe—. Pero a mí me encantaba oírla hablar sin filtros. Se acercaba y me advertía con un tono de voz muy bajito: «Bastian, desconfía del que te hable con diminutivos, tú eres Bastian, no Bastiancito, mándalos a freír espárragos por hacerte de menos así».

Los dos soltamos una carcajada a la vez. Ese comentario define cien por cien a la Inés que conocí. Bastian continúa:

—También me decía que no hiciera caso de mi abuela: «Está perdiendo la razón, si es que alguna vez la tuvo... Tú no te dejes llevar por la familia, vive tu vida y no escuches a nadie, ni siquiera a mí». Nunca tuvimos una conversación muy larga, pero yo me empezaba a reír cuando se me acercaba porque sabía que me iba a soltar al oído alguna barbaridad.

—Sí, así era ella de auténtica e indomable —confirmo con nostalgia.

—El día que murió me di cuenta de que ambos éramos los raros de la familia; y que me hubiese gustado conocerla más, pero bueno, ya es demasiado tarde. Tú la conociste bastante, ¿verdad?

—Trabajé cinco años para ella. Yo era la única empleada que dormía en el palacio entre semana. A ella le gustaba que el resto de personal viniera por las mañanas y se fuese por las tardes. Así que siento que me tenía un cariño especial, y yo a ella. Aunque parecía una mujer fría, yo siempre le decía que ella era como una pitahaya o fruta del dragón, que le dicen en mi país, que es un fruto que tiene una corteza espinada porque proviene del cactus, pero por dentro es suave y dulce —le cuento—, y ella nunca lo negó. Dedicaba todo su tiempo a los animales y a sus fundaciones.

—Y quería mucho a esta gata... —añade Bastian al ver aparecer la cabeza de Karma por la abertura de mi bolso. Acerca la mano para acariciarla, pero se detiene. Su mano cambia de dirección y la apoya en la palanca de cambios.

—¡Tócala! Le encanta que la acaricien.

—Para mí, los animales son una asignatura pendiente.

Karma se asoma un poco más, huele su mano y, con ternura, posa su cabeza sobre el dorso del antebrazo de Bastian.

—Parece que le gustas —afirmo.

9

SOBORNO

Bastian

Se abren las puertas del paso de carruajes del palacio del Fresno con un ruido que pareciera que estuviésemos entrando en la casa del terror, las bisagras están oxidadas, pero nada hace desmerecer la maravillosa construcción que se presenta ante mis ojos. Como arquitecto, esto me parece un lujo, es como dejar a un piloto de avión adentrarse en un museo que albergue los primeros diseños de aeronaves. Lo admiro todo: la belleza, la fortaleza de la construcción y, sobre todo, el valor de la técnica utilizada; me impresionan las columnas en forma de espiral, la ornamentación recargada y el uso de los tonos pastel con detalles en oro, tan característicos del estilo rococó. Ya no se construye con tanto detalle. Es fascinante. Esta propiedad fue entregada a mi familia por orden de Felipe V en 1730 como reconocimiento al «inestimable apoyo» de mis tatarabuelos a su padre, el rey francés Luis XIV.

Miro hacia la derecha y observo el otro valor incalculable de esta finca, que es el terreno de 18.000 hectáreas. Recuerdo que la abuela me contó con mucho orgullo que aquí se organizaron competiciones de caza para aristócratas durante siglos. A ella le encantaba llevarme al cuarto de armas para educarme en la caza, «Bastian, esto es una mezcla entre adrenalina, romanticismo y deporte», mientras se deleitaba pasando sus manos por los rifles y me explicaba para qué era cada uno: «Mira, Bastian, con este se cazan ciervos, con este jabalíes y con este aves de rapiña». Mi abuela asumía que yo debía continuar un legado que, tristemente para ella, nunca me interesó. Más bien al revés: en cuanto podía, salía corriendo para recorrer el terreno y ver si me cruzaba con algún conejo silvestre y así poder sentir la emoción de que quisiera comer de mi mano.

Al llegar a la entrada, el jardinero está podando la mala hierba que rodea la fuente imperial, con unos ángeles tallados en mármol de Carrara. Tras subir una larga escalera que da a un patio de estilo medieval, nos adentramos por fin en el palacio.

En cuanto ponemos un pie en la alfombra persa que ocupa toda la planta de abajo, nos recibe un cuadro de la señora Decourcelle, la primera mujer en obtener la licencia de taxista en el París de principios de 1900. Al ver esa pintura, recuerdo que mi tía me contó la hazaña de esa mujer cuando adquirió la obra. Ahora, desde mis ojos adultos, estoy convencido de que la colocó justo en la entrada a modo de declaración de intenciones, como si quisiera decirle al visitante: «Cuidado, aquí vive una mujer que se dirige a sí misma».

Karma se remueve de los brazos de Luciana y sube la escalinata situada en el centro que conduce a la planta de arriba, donde se alojan las estancias más nobles. Y se cruza con mi madre, que baja apoyada en la barandilla.

—¡Este debe de ser el famoso gato de mi querida hermana! —exclama mi madre mientras se lanza al suelo a abrazar a Karma sollozando—. ¡Esto es lo único que me queda de mi adorada hermana! Inés, ¿por qué te has marchado dejando este vacío tan grande? —se lamenta mirando hacia arriba.

Luciana y yo no sabemos muy bien qué decir. La pobre gata intenta no ahogarse sacando la cabeza entre ese amasijo de brazos y pelo.

—Querido gato... —empieza a recitarle mientras le sostiene la cabeza para que no se marche.

—Señora, es una gata —corrige por lo bajito Luciana.

—... ¡qué feliz vas a estar con nosotros en nuestra casa! —prosigue mi madre mirando fijamente al animal—. Te vamos a cuidar y a consentir.

Karma pega un salto hacia nosotros. Mi madre se levanta, muy digna, se recoloca la blusa y le dice a Luciana:

—Bueno, bonita, pues gracias por todo lo que has hecho por mi hermana. Como muestra de nuestro agradecimiento por todo el tiempo y dedicación a ella, queremos obsequiarte con un viaje de vuelta a tu país para que puedas disfrutar de un merecido descanso junto a tu familia, que imagino que extrañarás muchísimo. Y no te preocupes por este gatito precioso, que se queda aquí con nosotros y lo cuidaremos encantados.

Luciana se queda perpleja.

—Señora, gracias por su consideración, pero no me puedo marchar sin la gata. Doña Inés me hizo prometer que no la dejaría sola por nada ni por nadie. Incluso en los últimos instantes de vida me tomó de la mano y me hizo volver a prometérselo.

A mi madre se le desencaja el rostro.

—Vamos a ver, bonita... —explica con un tono de voz ligeramente irritado mientras se acerca poco a poco a Luciana—, entiendo tu preocupación, pero nosotros vamos a poder darle una mejor vida al animal y tú puedes regresar tranquila a tu país, con tu familia. La vida pasa muy deprisa y tus padres seguro que se están haciendo mayores mientras tú estás lejos de ellos. ¿No es cierto?

—No, señora; yo no tengo padres, murieron hace diecisiete años —responde ella muy seria.

Mi madre, visiblemente nerviosa, sigue improvisando excusas:

—España va a entrar en una recesión terrible, encontrar trabajo va a resultar muy complicado incluso para los propios españoles... Pensando en tu bien, deberías aprovechar esta oportunidad que te estamos ofreciendo y marcharte con tu gente antes de que esto se ponga peor —suelta sin ningún tipo de pudor. Yo me doy la vuelta, avergonzado—. Además, Bastiancito se ocupará de mandarte tu sueldo íntegro todos los meses para que puedas mantenerte allí. Con lo que te pagaba Inés, en tu país vivirás como una reina.

—Señora, le agradezco la propuesta, pero no me puedo separar de Karma, ella está acostumbrada a lo que yo le cocino, a cómo yo la cuido... Además, a mí me gusta trabajar. Saldré adelante para mantenernos la gata y yo. Se lo prometo.

Mi madre empieza a irritarse y le sale el alien escondido tras la máscara de Judy Garland.

—¿Y cuál es tu profesión exactamente? ¿Limpiar pis de gato? ¿Crees que te va a resultar fácil encontrar un trabajo de eso? Te estoy regalando un sueldo vitalicio, querida —insiste mi madre al límite de su paciencia.

—Mamá, ¿por qué no dejamos que Luciana se quede aquí con nosotros para seguir cuidando de la gata? —propongo en un intento de ayudarlas a ambas.

—¡Cállate! —exclama mi madre mientras se gira hacia mí enrabietada. Doy unos pasos hacia mi izquierda abochornado—. Le estoy ofreciendo un camino digno de vuelta a su casa, una vida pagada. ¿Y tú propones que se quede aquí para limarle las uñas? Me parece que no es lo que mi hermana hubiese querido para alguien a quien tanto estimaba...

—finaliza mientras observo su capacidad de manipulación en su máxima potencia.

—Yo no quiero dinero, señora. Puedo trabajar perfectamente y vivir sin que nadie me mantenga. Además, ni doña Inés ni ustedes me deben absolutamente nada. Al revés, yo no tengo manera de compensar todo lo que ella hizo por mí. —Tras un silencio, la chica pregunta visiblemente incómoda—: ¿Ya puedo marcharme? Si no hay algo en lo que les pueda ayudar, agradecería irme; no me encuentro bien.

—Claro que sí, querida, nadie te retiene aquí. Bastian te llevará de regreso.

—¡Vamos, Karmita, volvemos a casa! —llama Luciana a la gata. Esta, como una flecha, se mete de nuevo en su bolso.

—Vamos a ver, querida... Me estás poniendo un poco nerviosita —sisea mi madre mientras se rasca la cabeza con ímpetu—. ¿Qué parte de «el gato se queda con nosotros» no entiendes?

—No, señora, ella se viene conmigo —responde la chica, firme. Mi madre se acerca peligrosamente a ella con actitud desafiante—. Doña Inés me advirtió de que esto podía pasar; de hecho, su abogado me dio su tarjeta y me pidió dirigirme a él en el caso de que tuviera algún problema con ustedes y la gata.

—No, no, Luciana, mujer —recula mi madre asustada mientras suelta una carcajada forzada—, no hay necesidad de ningún abogado, faltaría más, ¡qué vergüenza, por Dios! No sé con qué tipo de gente estarás acostumbrada a lidiar, pero a nosotros no nos gustan los problemas. Somos una de las familias más respetadas de España. Nunca se nos han conocido conflictos de ningún tipo. Solo te estaba ofreciendo la mejor salida para ti, en agradecimiento. Y pensando en lo que a mi hermana le hubiese gustado que hiciera. Pero no te preocupes, que no hay que llamar a nadie. Llévatelo, querida, por supuesto. —Mi madre hace un amago de acariciar a la gata, pero esta le pega un bufido.

—Adiós, señora —se despide la chica inclinando ligeramente la cabeza.

Mi madre aprieta los puños furiosa. Y yo salgo para llevármela de vuelta a su casa.

Tras un largo trayecto donde no nos hemos dirigido la palabra, dejo a Luciana en su casa. Aparco con el fin de acompañarla hasta el portal y aprovechar esos minutos para disculparme y despedirme con alguna palabra amable.

Mientras rodeo mi coche por detrás para abrirle la puerta, pienso en el valor que ha tenido esta chica para poner en su sitio a mi madre, sin aceptar el dinero de mi familia. Eso dice mucho de ella, y de nosotros también. Al ayudarla a salir del coche, la miro; es mi última oportunidad de entablar una conversación con ella, pero me siento torpe después de lo que ha pasado.

—Luciana, quería decirte que...

Un estruendo nos sobresalta. Miramos hacia la izquierda de la calle, en la parada del bus un grupo de chicos está tirando unos petardos. La gata da un salto asustada desde los brazos de Luciana hacia la carretera. Tras un segundo de estupor por el pitido de una moto que casi la atropella, Luciana corre tras ella mientras la gata se pierde entre los coches aparcados.

Después de recorrer varias calles cuesta arriba, llegamos a una plaza con miles de adolescentes haciendo botellón. Desde atrás observo a Luciana, que se lleva las manos a la cabeza angustiada.

—Es que tiene miedo a los ruidos fuertes por un trauma de cuando era un cachorro —susurra mientras mira agobiada en todas las direcciones.

—Quizás haya vuelto a casa. Se ve que es muy lista; seguro

que habrá sabido regresar sola —le digo tratando de encontrar una solución.

En ese preciso momento se pone a llover como si se quisiera caer el cielo. Ella, en vez de buscar cobijo, emprende el camino de regreso. El agua fría de este Jueves Santo la empapa. Yo la sigo y en mitad de la tormenta me doy cuenta de que nunca había caminado bajo la lluvia. Estoy calado hasta los huesos.

Al llegar al portal, Luciana sube la escalera de manera apresurada, llamando a la gata. Cuando llegamos al descansillo de su piso, nos la encontramos tumbada plácidamente en el felpudo que reza «Home».

Luciana se agacha a abrazarla mientras yo me quedo en silencio observando el encuentro.

—Ay, mi Karmita, venga a arruncharse a mí. No hagas esto más, ¿oíste?

Es la primera vez que noto su acento colombiano, tan melódico y dulce que contrasta con el goteo percutivo que provoca la lluvia chocando contra la ventana abierta, situada al lado de la escalera. Observo las curvas de su cuerpo mientras permanece de rodillas en la penumbra acariciando a Karma. Yo me apoyo en la pared observando la ternura con la que besa al animal chocando sus labios carnosos contra ella. Nos sorprende el ascensor, que llega hasta nuestro piso, desprende una fuerte luz a través de los barrotes e ilumina todo el descansillo. Ella se gira hacia la claridad y yo puedo ver las gotas de lluvia bajando por su clavícula desde el cuello. «¿Qué me pasa?», me pregunto mientras la miro obnubilado. Trato de quitar mis ojos de ella mientras disimulo metiendo las manos en los bolsillos en disposición de marcharme.

Ella intenta levantarse con Karma en brazos y se pisa su vestido largo, tropezándose y cayendo ligeramente sobre mí. «Lo siento», me dice mientras me clava sus ojos color miel y un olor a aceite de coco se desprende de su cabello. Mientras nos quedamos mirándonos y reaccionando al roce de nuestra piel, el animal salta provocando la caída del tirante de su vestido y dejando casi al descubierto su pecho. Ella se lo sostiene tímidamente y a mí me recorre una descarga eléctrica por todo el cuerpo. Me mira cómplice, pero disimula nerviosa colocándose sus largas trenzas sobre el hombro izquierdo y buscando algo en su bolso. Yo miro el número de su apartamento tratando de disimular y decir algo que quite tensión sexual y nos devuelva a la cotidianidad:

—Qué casualidad, yo también vivo en un 5.º A.

—La casualidad no existe, Bastian. La casualidad es la manera que tiene Dios de pasar desapercibido —dice dejando de buscar.

—¿Crees en Dios? —le pregunto sorprendido.

—¿Por qué no iba a creer? Todavía nadie me ha dado una explicación mejor para entender el diseño de nuestro destino —me contesta mientras por fin encuentra la llave—. ¿Y tú?

—Yo ni siquiera sé si creo en el destino —le respondo mientras la miro deseando que me haga cambiar de idea.

10

¿QUIERES PASAR?

Luciana

—¿Quieres pasar y secarte? —le pregunto nerviosa mientras introduzco la llave en la cerradura.

La puerta no se abre y yo me agobio acordándome de las mil veces que le he dicho al casero que la arregle. Hago presión, pero no consigo que la llave gire su última vuelta. Bastian se acerca para ayudarme a hacer fuerza y me recorre un cosquilleo por el vientre al sentir sus dedos rozando el dorso de mi mano. Mientras me ayuda, siento la cercanía de su respiración en mi oreja y sus brazos definidos rodeando los míos; no puedo evitar una taquicardia que no me deja pensar con claridad.

Quiero que se pare el tiempo y que la puerta no se abra nunca más para que nos quedemos así pegados en este improvisado abrazo. Seguimos forcejeando un rato, hasta que la puerta cede y, del impulso, el peso de su cuerpo cae sobre mi espalda. Siento un calor capaz de secarme la lluvia. Karma se dirige a mi habitación y, antes de desaparecer, me mira cómplice y nos deja solos.

—Pasa, por favor —lo invito mientras enciendo la luz—. Enseguida te traigo algo para secarte.

En el baño, aprovecho para mirarme en el espejo y asegurarme de que el maquillaje se mantiene. Mientras me limpio los restos del delineador negro por debajo de los ojos me digo: «¿Qué estás haciendo? Esta familia acaba de insultarte, ¡querían quitarte a Karma!». Y como si de un *déjà vu* se tratara, oigo la voz de doña Inés: «No te fíes de nadie». Así que cojo una toalla y salgo frustrada por mis pensamientos.

—Nunca me había empapado bajo la lluvia —comenta él quitándose el *blazer.*

—Pues es algo habitual para los que vivimos en el mundo normal —contesto con hostilidad.

—Créeme, mi mundo es bastante normal. —Sonríe mientras estira un brazo para alcanzar la toalla.

—Y si no, seguramente tu madre se encargará de comprar normalidad, se ve que está acostumbrada a comprarlo todo —le digo mientras le entrego la toalla y él baja la mirada avergonzado.

—Siento mucho cómo te ha hablado mi madre.

—Adiós —le despido al tiempo que le hago un gesto para que me siga hasta la salida.

Él no comprende mi cambio tan radical, pero no dice nada. Al fin, baja la cabeza y sale al pasillo.

Yo cierro la puerta y me quedo con la espalda apoyada por un largo rato, contrariada conmigo misma.

11

EL RASTRO, LA CHISPA Y LA SANTERA

Luciana

La línea 27 de autobús me deja en Lavapiés desde Tetuán en apenas veinte minutos. Me acerco al Rastro y ya siento que queda inaugurado el fin de semana en Madrid. Los vendedores ambulantes vocean sus gangas mientras los que ofrecen antigüedades regatean con los clientes con la tranquilidad del que sabe que está vendiendo algo más que un objeto, un pedazo de la historia. Las diferentes músicas se mezclan entre unas tiendas y otras fusionando flamenco, pop y electro latino.

Yo subo la cuesta buscando a mi amiga la Chispa, la mujer más simpática que conozco. La Chispa tiene el pelo negro rojizo, los ojos grandes y una nariz afilada llena de personalidad, vende camisetas de rock y de cine, también láminas de cantantes que van desde Camarón de la Isla a Billie Eilish. Empezó hace años vendiendo las cosas de su hermano, que se había mudado a Barcelona, y acabó haciendo del *merchandising* adolescente su propio negocio. La conocí porque me vendió una camiseta de la gira *Pies Descalzos* de Shakira que me recordaba a Colombia y a mi infancia; ese mismo día terminó cerrando la tienda conmigo mientras repasábamos las diferentes etapas de la carrera de Shakira: de la rockera lacrimosa a la feminista del himno «Las mujeres ya no lloran, las mujeres facturan». Enseguida me di cuenta de que la Chispa necesitaba una amiga tanto como yo, y que la música sería nuestra conexión. Dos culturas tan lejanas y dos realidades tan distintas que se vuelven una sola a través del desamor y las canciones. Y es que lo que une el despecho no lo separa nadie, así como que lo que pasa en Las Vegas se queda en Las Vegas. Yo la conocí en mitad de una separación del que supuestamente era el amor de mi vida, que terminó siendo el amor de la vida de doscientas chicas más a través del Only-Fans.

Aunque apenas roza los treinta, al hablar la Chispa parece una mujer de cincuenta, porque ha vivido mucho. Tuvo dos hijos de adolescente, se separó y tiró *p'alante* ella sola. Me encanta que a pesar de los golpes de la vida mantenga un positivismo y una actitud empática que se contagia. Es muy divertida, mueve mucho las manos cuando habla. Me regaló el vinilo del álbum *Omega,* de Enrique Morente, porque un día le pedí que me explicase su pasión por el flamenco. «Eso no se explica, Luchi, eso se siente», afirmó poniendo mi mano en su pecho, a la altura de su corazón. Desde entonces no pasó un día sin que sonara ese disco en casa de doña Inés. Ahora que no tengo un reproductor de vinilos en casa, lo pongo en Spotify para escucharlo con Karma.

Al llegar a la plaza de Cascorro, le compro un barquillo de chocolate a un señor vestido de chulapo y me paro en una tienda de cómics míticos, de los que ya no se encuentran, que hay junto a una numismática. Me encanta observar el rostro del primer Capitán América, en la portada de uno de los cómics, haciendo rebotar un láser con su escudo directamente a la cara de Cánovas del Castillo en una moneda con fecha de 1897. Y es que en el Rastro de Madrid todos somos uno. Es la inclusión hecha paseo.

Al llegar al puesto de la Chispa, me ofrece una banqueta y hablamos entre cliente y cliente. Yo la ayudo a sacar las tallas de dentro de las cajas.

—Pero ¡¿y esa bruja quién se cree para tratarte así y encima querer quedarse con Karma?! —exclama enfurecida. Las venas del cuello se le hinchan—. Si la tengo enfrente, le digo cuatro cosas a esa vieja. Cuidado con esa gente, que le echan a una el mal fario. ¿No será que lo que te está pasando de no encontrar trabajo es porque todo ese odio familiar y mala energía te ha caído a ti con la muerte de doña Inés?

—Pues no sé, la verdad —le contesto encogiendo los hombros.

—Es que somos energía, Luchi. Vivimos en la batalla del «quítate tú *pa* ponerme yo», y la gente es capaz de todo. Tenemos que ir a que te limpien de todo eso. Nosotros, los gitanos, le damos mucha importancia a los muertos y esos payos cayetanos son muy traicioneros.

—Y ¿eso cómo se hace? —le pregunto asustada—. Me refiero a lo de limpiar...

—Pues mira, te voy a llevar a donde Juana, la cubana. Es una santera que lee los caracoles y te quita la mala vibra con flores, pulseras y collares. También prepara ungüentos para la protección. —Y añade entrecerrando los ojos—: Hazme caso, esa vieja es mala malísima, me recuerda a mi suegra, que era capaz de matarte sin levantar un dedo. ¡Uy, uy, uy..., *mu* mal fario! Las energías matan, hermana. Hay que protegerse. Vamos a ver a Juana en cuanto cerremos la tienda.

12

JUANA LA CUBANA

Luciana

Lo primero que encuentras al entrar en la tienda esotérica de Juana es una estatua de un señor con unos perros alrededor y un olor a incienso que llega hasta la puerta.

—¡Mija, saluda a san Lázaro *pa* la bendición! —nos sorprende una voz desde otra estancia.

—¡Bendición, san Lázaro! Y bendición también para sus perros —dice la Chispa bien alto mientras acaricia la capa de la figura.

—Mírala, qué cómica ella pidiendo la bendición a los perros... De verdad, Chispa, que tú eres única. ¡Pasen, que estoy acá atrás en el patiecito!

La Chispa me guía hasta una oronda mujer morena de pelo larguísimo y muchos collares que nos saluda con un café en la mano.

—¿Cómo está mi gitana favorita? —pregunta al tiempo que abraza a la Chispa—. No me digas que tu exsuegra anda poniéndote el pie otra vez...

—No, Juana, la tengo tranquilita —contesta la Chispa—. El resguardo que me diste funcionó —añade mientras se toca una pulsera de bolitas verdes y amarillas.

—Oye, es que esa suegra tuya sí que era traicionera, mija.

No nos la quitábamos de encima ni con agua caliente... Y cuéntame entonces, ¿en qué te puedo ayudar?

—Pues vengo por mi amiga, que está sin trabajo porque se acaba de morir su jefa y no termina de echar *p'alante* —le cuenta la Chispa.

—Ven, mijita, siéntate aquí —me pide Juana. Aparta una caja de velas de una silla para que pueda sentarme, me agarra la mano izquierda y exclama—: ¡Oye, tremenda línea de la mano tienes tú! Hay mucha dificultad en la primera mitad de tu vida y mucha bendición en la segunda.

—Y ahora, ¿en qué mitad estoy? —le pregunto confundida.

—Pues vamos a preguntarles a los santos —resuelve. Saca una bolsa con caracoles y me pregunta nombre y fecha de nacimiento. Los lanza sobre la mesa y se toma un tiempo en observarlos, parece que según la posición boca arriba o boca abajo le dan la información que ella busca y que apunta en una libreta.

—¡Uy, mijita! ¡Tú tienes tremenda letra! *Okana Sode* —recita mientras hace un gesto con sus manos en las orejas. La Chispa y yo nos miramos interrogantes.

—¿Y eso qué quiere decir? —cuestiono inquieta.

—Pues a ver... Olófin, que es el creador del mundo para nosotros, habla a través de una letra ancestral que cuenta una historia y que tenemos que relacionar con tu vida. En este caso, la historia que te ha salido es de una chica que está sentada en un puerto mirando al horizonte, cuando ve llegar unos barcos cargados de riqueza —cuenta casi en susurros. Nosotras, que la escuchamos con mucha atención, nos inclinamos hacia ella mientras continúa con mucho dramatismo—: La muchacha del puerto va corriendo a avisar a los vecinos, para que puedan estar presentes cuando lleguen las embarcaciones con las riquezas, y ellos emocionados dejan lo que estaban haciendo y van tras ella. Pero al llegar al puerto una tormenta intensa tapa todos esos navíos que ella veía anteriormente. —A medida que avanza el relato, aumenta la intensidad de sus gestos—. Todos la tachan de embustera mientras le tiran piedras y le gritan: «¡Mentirosa, mentirosa, no existe ningún barco!». —Juana hace los gestos con indignación, como si lo estuviese viviendo—. La muchacha llora y llora sentada en el puerto, hasta que se queda dormida. Y al despertar a la mañana siguiente con el cielo despejado..., ¿qué creéis que pasa? —Juana calla y nos mira, expectante. Pero la Chispa y yo no decimos nada, esperamos el desenlace de la historia con muchísima tensión—. ¡Pues que ella es la única que recibe a los barcos de riqueza, mija!

—¿Y eso qué quiere decir? —pregunto, confusa.

—Pues que viene una gran bendición, pero habrá nubes que no te dejarán verla y también habrá piedras, mija, muchas piedras. Y que tienes que irte a un sitio de río para que Oshún, que es la diosa de la riqueza, te ayude a recibir la bendición.

—¿De río? —repito extrañada.

—De río —asiente Juana.

—¿Debo irme de viaje?

La santera vuelve a tirar los caracoles.

—Sí.

—¿A mi pueblo, Boca de Amé? Es característico precisamente por un río.

—Pues sí —vuelven a decir los caracoles.

—¿La bendición de los barcos será un amor? —pregunta la Chispa.

Juana vuelve a consultar a los caracoles.

—Sí y no —responde.

—Pregunta si será un hombre rubio y apuesto como William Levy...

—¿William Levy? —le digo extrañada.

—¡Sí, claro! Porque además de guapo es colombiano —argumenta mi amiga.

—¡Oye, mija, deja la falta de respeto, que William Levy es cubano! —rebate la santera.

—¿Ah, sí? Bueno, pero hace telenovelas colombianas —se justifica la Chispa.

—A ver, déjame preguntar a mí unas cosas a los santos porque ustedes están en candela con las preguntas —dice Juana, que vuelve a lanzar los caracoles varias veces seguidas—. Mira, yo creo que tienes que regresar a tu casa, a Colombia; volverás de allí con una bendición. Te voy a dar unos collares y unos rezos que debes hacer por diez días. Además, deberás lavarte con flores blancas porque, en el camino, aparecen puñales. Trata de no fiarte de nadie y ándate con mucho ojo. ¿Dijiste que tu jefa había muerto? Aquí no aparece que ha muerto...

—¿N-no? —tartamudeo.

—Ay, mi madre... —murmulla la Chispa mientras se santigua.

—S-sí, está muerta..., yo misma vi con estos ojos cómo se la llevaron, ya sin vida.

—Niña, hay dos reinos, el material y el espiritual —explica Juana. Luego me ofrece unos collares—. Con esto estarás protegida.

—Muchas gracias, Juana, no sé cómo pagarle —digo mientras me pone los collares.

—No te preocupes, mi niña. Tú tráeme un lindo mulato del Chocó, como el mulato de *Masterchef,* que por cierto también es cubano.

—Para Juana todo lo bueno es cubano... —se ríe la Chispa.

—¡Pues claro, muchacha! Es que mi Cuba es mucho —responde Juana.

—¡Pues entonces lo que nos hace falta es ir a Cuba! —responde la Chispa dirigiéndose a la salida.

—Ojalá pudiera regresar un día —contesta con nostalgia.

—¡Pues pídaselo a san Lázaro, Juana! —exclama la Chispa y, antes de salir, toca otra vez la capa de la estatua.

—¿Te crees que no se lo pido? —contesta la Cubana. Luego apaga las velas que alumbran al santo, dispuesta a cerrar la tienda—. A ver si este año me lo concede.

—Verá que sí. —Le sonrío desde la puerta—. Gracias por todo, Juana.

—Ashé.

13

EL PRINCIPIO DEL PRINCIPIO

Luciana

A Karma le gusta que, después de hervir el pollo y dejarlo enfriar, yo se lo dé con los dedos. En la cultura hindú las madres dan la comida a sus hijos con la mano, es su manera de asegurar la temperatura y de que no haya quedado ningún hueso.

Le acaricio el lomo mientras pienso que es el último trozo de proteína que nos queda. Me siento culpable de no haber podido conseguir un trabajo todavía. He buscado durante toda la semana y sigo en la eterna lista del «ya te llamaremos».

Apoyo el móvil en la mesa del comedor y me siento en el sofá para levantar a Karma. Ella mira a los lados haciéndose la despistada, pero en realidad está ofreciéndome las mejillas para que la bese. Me viene a la cabeza la primera vez que la conocí, en el centro de animales donde yo era voluntaria. Sentí un flechazo nada más verla en la cajita de zapatos en la que la traían, desnutrida, casi en los huesos. La encontraron debajo de un coche intentando amamantarse de los pechos de su madre, que había muerto atropellada. Sufrí mucho imaginando su dolor de cría que trataba de mantener el vínculo con su progenitora, incluso ya sin vida. Estuvo a punto de morir porque, mientras sus hermanos se marcharon buscando algo que comer para sobrevivir, ella no quiso desprenderse de su madre. La abracé con el trocito de tela que traía en su cajita, mientras oía a mis compañeros del centro de animales decir que no duraría más de dos días. Yo me propuse salvarla. Me la llevé a dormir conmigo y me ponía el despertador cada hora para darle un poquito de alimento humedecido con una jeringa. El día que el veterinario nos confirmó que estaba fuera de peligro me preguntó por qué me había tomado como algo tan personal salvarla.

—Ella y yo tenemos una historia común. Así que cuando la miro puedo verme reflejada. Yo me quedé huérfana en un accidente de tráfico del que solo mi hermano y yo salimos vivos. Del golpe, perdimos la conciencia. Al despertar, vimos los cuerpos sin vida de mis padres, tendidos en el arcén. Eso cambió mi vida para siempre. Me abracé a mi madre queriendo respirar por ella. Prefería que mi vida acabase en ese instante y marcharnos juntas a quedarme en esta vida sin ella. Tan pronto Karma y yo nos miramos por primera vez supe que solo nosotras conocíamos el dolor de esa herida tan profunda. La soledad de quedar varadas en el mundo.

Unos meses más tarde el veterinario le contó a Cata, la encargada del centro, nuestra historia, y ella me pidió que la escribiera en nuestro tablón del pasillo por haber sido elegida voluntaria del mes. No podía imaginar que doña Inés, dueña del refugio, me llamaría después de leerlo para conocerme, ni que, tras nuestra entrevista, decidiese adoptar a Karma y que yo la cuidara para siempre. Aún recuerdo sus manos frías encima de las mías tras oír nuestra historia, y sus palabras: «Tranquila, tu madre está contigo. Una madre jamás se separa de un hijo. Ese vínculo nunca desaparece. No hay distancia para el que vive dentro de ti». Sus ojos conmovidos me contaron quién era ella detrás de esa coraza.

Karma me saca de mis recuerdos, levanta la cabeza relamiéndose y me mira esperando otro trozo de comida.

—No tengo más, pequeña —le digo con el corazón encogido.

La sentí tan feliz cuando visitamos el palacio del Fresno, su hogar durante cinco años. Supongo que le recordó a doña Inés. Ella le colocó torres trepadoras y rascadores por toda la habitación. Me pregunto si mantenerla conmigo es egoísta. Me vuelve a lamer las manos mostrándome su cariño.

—Te amo, Karmita —le digo sin que me quede nada dentro.

Y con todo el dolor de mi pecho abro el WhatsApp y escribo:

Luciana

Hola, Bastian. ¿Podrías venir esta tarde a mi casa? Es importante.

Doble tic azul. Mensaje leído. Deja de estar en línea. Me quedo mirando la pantalla hasta que se apaga. Al cabo de unos veinte minutos en los que no he hecho nada más que esperar, se vuelve a encender.

Bastian

¡Hola! Sí, claro. ¿Te parece bien a las 17.30?

Ella se acerca a lamer una lágrima que me baja por la mejilla izquierda. Quizás Juana la santera tenga razón y sea el momento de regresar a mi tierra. Quizás esta aventura en España ha terminado, y Karma deba regresar a su hogar.

14

ORIGINAL Y COPIA

Bastian

—¡Mamá, ese gato no se parece en nada a Karma! —le murmuro al oído.

La chica de la protectora también parece estar perdiendo la paciencia. Es el duodécimo gato que nos enseña.

—Para mí son todos iguales. Igual de feos —dice mi madre entre dientes mientras la chica trata de acercarle otro animal para que lo examine.

—Puede cogerlo y así sentir si hay conexión —la invita.

—No, no, gracias; es que me llena de pelos —lo rechaza mi madre arrugando la cara. Y añade—: Además, soy alérgica.

—Entonces, ¿para qué quiere un gato? —pregunta la chica, consternada.

—Es para una amiga..., que se le ha muerto el que tenía y... está muy triste —responde mi madre.

—¿Y no podría venir ella el lunes? Hoy sábado mi jefa no está y yo no puedo dar en adopción a un animal sin sentir que la persona que lo adopta es la adecuada. Necesitamos estar seguros al cien por cien de que lo van a cuidar. Estos animales ya han sufrido mucho y estamos aquí para asegurarles la familia idónea. —A modo de despedida, la chica recoge la documentación que, en principio, teníamos que rellenar y vuelve a guardarla en un cajón.

Mi madre parece que no ha captado la indirecta, pues se queda inmóvil, a la espera de que le enseñe otro gato. Yo le doy un par de ligeros golpecitos con el codo para avisarla de que debemos irnos.

Una vez en el pasillo, y sin importarle si la chica aún puede oírnos, mi madre estalla:

—¡Que si los animales han sufrido mucho, dice! ¡Será tonta, la ofendidita esta! ¿Acaso ha pensado ella en lo que sufrimos los demás al verla con esos agujeros gigantes en las orejas? Por Dios, ¿qué dirá su madre?

—Pues su madre seguramente estará muy orgullosa de que su hija sea voluntaria en una protectora de animales.

—Ay, no empieces, Bastian, que te encantan la demagogia y las leccioncitas —corta ella tajante. Mientras salimos a la calle, saca un cigarrillo y lo enciende. Da una calada profunda, desesperada—. ¡Necesitamos un gato negro! Es igual que no se parezca al de tu tía. El primero que encontremos, ese es. Si, total, estoy segura de que el notario no sabe con detalle cómo es. Lo importante es que un chico que conozco puede cambiarle el microchip y meter la información que le pidamos. Si el chip dice que es Karma, nadie lo podrá negar. Además, los gatos con el tiempo cambian de color.

—No, mamá, eso son los camaleones.

—¡Ay, Bastian! Tú siempre llevándome la contraria.

15

EL CUBO DE BASURA

Bastian

No puedo creer que lleve más de una hora dando vueltas por el barrio en busca de un gato callejero. Estoy a punto de decirle a mi madre que doy por finalizada la misión cuando ella me golpea con ímpetu el brazo y exclama, excitada:

—¡Bastian, párate aquí! Mira por el retrovisor, hay uno buscando comida entre esos cubos. Baja y cógelo.

—¿Yo?

—¡Hombre, claro! Vamos a ver..., yo tuve la idea y he buscado al veterinario que me va a cambiar el microchip, digo yo que tú también deberías hacer tu aportación, ¿no crees? ¿O es que tú no tienes pensado heredar?

—No pienso maltratar a un pobre gato.

—¿A maltratar? ¡Si esa bestia pasará de rebuscar en la basura a vivir en un palacio! ¡Que le va a tocar la lotería, Bastian! ¿Qué tienes en la cabeza? ¿Un desfile de patitos de goma? ¡Despierta, hombre! —dice tapándose la cara con la mano—. Además, ¿cuándo te pido yo algo? Si siempre lo resuelvo todo sola... —se queja mientras abre su bolso a punto de coger un pañuelo para empezar a llorar.

Así que, resignado, me bajo del coche y, tras varios intentos, por fin consigo capturar al gato, que se había escondido dentro de la basura. La situación es tan absurda que miro alrededor para asegurarme de que nadie me haya visto. Me invade una sensación de ridículo al saltar desde el cubo, y trato de disimular limpiándome el olor a fruta podrida sacudiéndome la chaqueta. Entro en el coche con el animal y lo apoyo en la falda de mi madre.

—¡Quita, quítamelo de encima, por favor! —exclama haciendo aspavientos y empujándolo hacia mí.

—Mamá, tendré que conducir, ¿no?

—Pues déjalo ahí abajo —exige al tiempo que levanta los pies de la alfombrilla y encoge las piernas para no tocar de ningún modo al pobre gato, que estira el cuello y me huele la mano que tengo apoyada en la palanca de cambio.

Me viene a la mente la imagen de Karma posando su cabeza en mi brazo durante un breve instante el día que fuimos al palacio. Me siento mal. Realmente no sé cómo he llegado a esta situación. Y, como si la hubiese invocado con el pensamiento, cojo mi teléfono y abro la aplicación de WhatsApp:

Luciana

Hola, Bastian. ¿Podrías venir esta tarde a mi casa? Es importante.

Leo el mensaje de Luciana y guardo rápidamente el móvil en la chaqueta antes de que mi madre curiosee la pantalla de reojo. No debo contestarle, sería muy hipócrita por mi parte. Llevo un gato callejero en el coche que pretendemos hacer pasar por el suyo con el fin de quedarnos con la herencia. No sé cómo he llegado a este punto.

Me viene a la cabeza, como en un *flashback,* el test que hice en mi último año del instituto para orientarnos sobre qué carrera elegir. Cuando la psicóloga me citó para comentar los resultados, empezó alegando mi desagrado por la rutina repetitiva y exaltando mi capacidad creativa.

«Arquitecto podría ser una opción para ti —me aseguró—. Pero me gustaría que vinieras a mi consulta para evaluarte en profundidad, has tardado una hora más que tus compañeros en acabar el test, creo que tienes cierta dificultad para autodefinirte», me explicó dándome su tarjeta para que la llamase.

El primer día de consulta me preguntó, nada más sentarme en su despacho:

«¿Estás acostumbrado a que tu entorno tome constantemente decisiones por ti?».

«Quizás», contesté.

«¿Te sientes culpable por la soledad de tu madre, Bastian?», me preguntó después de una sesión de dos horas.

«Sí».

Tras escucharme relatar algunas escenas de mi infancia, dio por acabada la sesión con estas palabras:

«Creo que tu madre te ha culpado por el deterioro de su relación con tu padre, de sus viajes con sus amantes mientras ella se quedaba cumpliendo sus obligaciones contigo. —Esa psicoterapeuta dio en la diana de mi vida en tan solo una consulta—. Sientes que tienes que devolverle a tu madre su estatus perdido tras la separación de tu padre. Es una especie de deuda moral que cargas».

—Mamá, ¿cuál es el siguiente paso? —le pregunto volviendo al presente mientras el gato apoya su cabeza en el dorso de mi mano.

—Pues hay que mandar a la colombiana a su país. Para que se lleve a Karma. Y ceñirnos al plan de presentar a este animal como el heredero, cambiando sus datos del microchip. Le diremos al notario que la chica se fue a su país y nos dejó al gato. Tu misión es sacarla de España lo antes posible.

Cómprale unos billetes de avión, dile que es un regalo que no puede rechazar. El notario tendrá su gato, ella estará feliz en su país mientras le mandamos un sueldo razonable todos los meses y nosotros recuperaremos nuestra herencia. Todos ganamos, menos tu tía, que se retorcerá en el infierno cuando vea que no se salió con la suya. —Mira por la ventana con los ojos entrecerrados, que parecen soltar un crujido, y aprieta los puños en señal de revancha.

La miro desconcertado por la fuerza de su odio e inesperadamente se gira hacia mí y, en un cambio brusco, con una sonrisa plácida y calmada, me dice:

—¿Me invitas a unos *petit fours* en la cafetería del hotel Ritz?

16

EL ANTIGUO EGIPTO

Luciana

Me dispongo a recoger todos mis libros del apartamento. En seis días debo abandonarlo. Pilar, la portera, me acaba de sugerir que le pida a Federico que me dé un mes más. Pero no puedo hacerlo. El señor Federico es mi casero y es un hombre jubilado que vive con sus hijos para poder alquilar este piso y así ayudarlos económicamente. Quién soy yo para arruinar sus sueños a cambio de los míos.

—Ya vendrán tiempos mejores para mí —intento animarme en voz alta. Dejo los libros apilados en una esquina y me dispongo a empaquetar la ropa.

Al sacar unas sudaderas del altillo del armario, encuentro un libro del Antiguo Egipto. Lo compré en el Rastro, en un puesto de saldos. Lo abro al azar para recordar la belleza de las ilustraciones doradas y, ojeando las páginas, observo que hay gatos por todas partes. Estos felinos eran sagrados para los egipcios y los llenaban de collares y pendientes. Incluso algunos parecen maquillados. Cuántas veces me cuestionaron en las redes sociales cuando estudiaba Grooming de Mascotas en Bogotá, poniendo en tela de juicio mi profesión alegando que esa «nueva moda» era una tontería milenial. Pero revisitando a nuestros antepasados y las culturas más antiguas, me doy cuenta de que esto no es nuevo, desde hace siglos se adora y venera a los animales. En concreto los gatos eran los guardianes de las almas y los rodeaba un misticismo muy especial, los trataban como si fueran animales capaces de hacer magia.

Yo siento que Karma es especial. Se lo repito en voz alta mientras ella se acerca a tumbarse en mis piernas cruzadas. Me encanta acariciar su pelo negro con manchas blancas en las patas. Es como si llevara un vestido negro estilo Édith Piaf pero con unas Reebok Classic en los pies. Su madre era blanca y su padre debía de ser negro. Me resulta curioso que, en los gatos, la mezcla de sus padres quede grabada en su pelo, no mediante una fusión de ambos colores, sino como un tatuaje de ambos en una combinación genética perfecta que no los mezcla, sino que recuerda el color puro de cada uno, creando un lienzo sobre el que dibujar un camino juntos.

Me encanta ver cómo se empodera porque le pongo aceite en el pelaje y se acerca al espejo para mirarse en él sintiéndose la Beyoncé de los gatos. Sonrío y lloro a la vez por cómo ha cambiado todo en las últimas semanas, qué sensación tan extraña.

—Qué suerte he tenido de conocerte. Llegaste a mi vida para enseñarme —le susurro mientras le hago cosquillas por detrás de las orejas.

Miro la hora y me levanto para preparar su bolsa, ella se mete en una de las cajas de mudanza. Me mira como cuando llegó a mi vida en su cajita de zapatos. «Llévame contigo», parece decirme con los ojos.

Siento que es uno de los peores momentos de mi vida.

17

LA PORTERA CHISMOSA Y EL FINIQUITO

Bastian

—¡Cuidado! —me grita la portera que sale protegiendo con las manos los cristales del portal mientras dos señores están metiendo un sofá en el edificio.

—¿Vienes a ayudar a Luciana con la mudanza?

—¿Qué mudanza?

—La que tiene que hacer el viernes... Pobrecita, la echan del piso —suspira y me mira esperando un comentario por mi parte. Yo no sé qué responderle—. ¡Cuidado, el ascensor! —les grita a los señores del sofá. Se vuelve a girar hacia mí con un trapo en la mano y me dice muy bajito mientras disimula limpiando el cristal de la puerta—: Es que..., perdóname que me meta..., pero esta niña es como una hija para mí. —Mira un momento para atrás y regresa con su voz sigilosa—: Resulta que tu tía falleció y nadie se ha encargado de abonarle la última paga, ni tampoco el finiquito. Esta pobre chica está buscando trabajo..., pero no es fácil.

—¿Y por qué no nos ha dicho nada? —pregunto sorprendido—. Le hubiéramos pagado lo que se le debe.

—Pues por eso te lo digo, porque imaginaba que no lo sabíais. Es que es muy orgullosa.

Me invade el remordimiento. Ni siquiera soy capaz de mantenerle la mirada.

—¿Usted sabe dónde hay un cajero por aquí? —le pregunto.

—Tienes uno justo al doblar la esquina... —Me indica saliendo a la acera y señalando la calle hacia abajo. Yo empiezo a caminar rápido en esa dirección—. ¡Ven aquí, joven! —vocifera ella bastante nerviosa. Me giro y regreso al mismo lugar donde estábamos hablando—. Si se entera de que te he contado todo esto, me mata —dice la mujer agarrándome del brazo.

—No se preocupe, esta conversación quedará entre usted y yo.

Ella sonríe.

18

NO SOY PARA TANTO

Luciana

Ya tengo todo preparado. Todo menos a mí misma. Karma tampoco parece estar bien, se ha escondido encima de los armarios de la cocina. Ella cree que no la he visto.

Resoplo tratando de aliviar mi angustia. Entonces llaman a la puerta.

—Hola, Bastian —murmullo apenas.

Él hace un tímido gesto con la mano a modo de saludo.

—Hola —dice bajito.

—Pasa, por favor, no te quedes ahí... Disculpa el desorden —añado al darme cuenta del estado en que se encuentra la estancia, toda llena de cajas y bolsas.

—No te preocupes.

Hay tensión en el aire. Ambos nos comportamos de manera torpe.

—Bueno, no te quiero entretener —empiezo; él parece sentirse incómodo—; la razón por la que te he pedido que vinieras es porque no puedo hacerme cargo de Karma.

—Vale, no sigas. —Me corta haciendo un gesto con la mano para que no continúe hablando—. Poniendo en orden algunos documentos de mi tía hemos encontrado esto para ti...

Me quedo inmóvil, sin ser capaz de coger el sobre que me ofrece. Lo abro incrédula y veo que hay un puñado de billetes de cincuenta euros. Me cubro la cara con la mano. Se me humedecen los ojos y estrecho el sobre contra mi pecho.

—¿Esto me lo dejó ella? —pregunto, emocionada.

—Sí.

—¡Ay, doña Inés, siempre salvándome la vida! ¡Incluso cuando ya no está! —Él mira al suelo, sigue sin saber muy bien qué decir. Yo continúo rompiendo el hielo—: Todos decían que doña Inés era difícil, y sí, tenía una fingida pose de cascarrabias, pero me ofreció mucho más de lo que cualquier persona me haya dado nunca. Tengo una deuda de por vida con ella —le explico emocionada.

—Bueno, lo importante es que te lo dejó y ha llegado a tus manos.

—Muchas gracias. —Le abrazo en un arrebato. Él se muestra tenso, intuyo que por su marcada timidez, y a mí ese gesto me desarma el corazón—. Ya no quedan personas como tú.

—¿Como yo? —pregunta sorprendido mientras abre sus ojos verdes inmensos y llenos de matices.

—Sí, como tú —confirmo sonriéndole—. No tenías por qué traérmelo ya que ni siquiera lo he reclamado. Así que gracias.

—Créeme, no soy para tanto. —Carraspea y aparta la mirada.

—Te pareces a tu tía, siempre tan generosa y siempre quitándose importancia... ¿Sabes lo que hacía en Navidad? —Bastian aprieta los labios y alza las cejas mientras mueve la cabeza—. Compraba alimentos para todos los comedores sociales de la Comunidad de Madrid y el día 24 de diciembre íbamos al albergue de la Corredera Baja de San Pablo y nos sentábamos junto al resto de las familias a cenar. Ellos nunca supieron que esa mujer que disfrutaba de la Nochebuena en su misma mesa era la que pagaba la comida de todos. Creo que era su momento de reconciliación con los humanos.

Él mira mis manos sosteniendo el sobre y, tras unos instantes, parece que el silencio le incomoda.

—Bueno, me tengo que marchar.

—Al menos déjame que te ofrezca algo de beber —le pido entrando en la cocina para evitar que se vaya.

—Debería marcharme ya..., mañana tengo que presentar la tesis de fin de máster, ¡por fin! Llevo ocho años estudiando Arquitectura y ya estoy en la recta final.

—Lo siento, pero no acepto un no, porque esto —digo agitando el sobre— te lo tengo que agradecer. Voy a preparar una bebida muy rica de mi país, se llama canelazo.

Bastian duda, pero finalmente cede.

—¿Y qué lleva? —pregunta siguiéndome hasta la cocina y apoyándose en el quicio de la puerta mientras se mete las manos en los bolsillos. Con una pose despreocupada, como si de repente no tuviera prisa.

Sé que son imaginaciones mías, pero cada uno de sus gestos parece estudiado para provocar que me sienta un flan por dentro.

—P-pues... —tartamudeo mientras busco desesperada los ingredientes en unos cajones que están prácticamente vacíos— lleva agua de panela, o sea, azúcar, aguardiente, canela y jugo de limón —recito mientras voy añadiendo los elementos en dos vasos fríos que he sacado del congelador.

—¿Aguardiente? —se sorprende con una sonrisa que podría derretir hasta las regiones polares.

—Sí, pruébalo —le ofrezco la bebida.

Él frunce el ceño con socarronería, huele el contenido del vaso y empieza a beber lentamente. Miro embelesada cómo los restos de azúcar que poblaban el borde del vaso se le han quedado pegados a sus labios.

—Muchas gracias. —Sonríe de nuevo, relamiéndose el azúcar.

No puedo dejar de mirar su boca. Tengo unas ganas incontrolables de besarlo. Solo de pensarlo vuelvo a sentir una corriente eléctrica por todo mi cuerpo, como una energía que me empuja hacia él.

A veces las mejores cosas no se piensan tanto.

Lo beso.

19

EL PLAN B

Bastian

Me despierto un poco aturdido. No sé qué hora es. Busco mi móvil, que está encima de una mesilla que desconozco. Me doy cuenta de que estoy casi sin batería. Tengo dieciséis mensajes de mi madre. Me vuelvo hacia el otro lado de la cama y encuentro una espalda desnuda que me devuelve a la realidad. Me incorporo rápidamente en la cama, con la cabeza apoyada en las manos tratando de recordar lo que ocurrió ayer. Luciana me besó de manera inesperada y le devolví el beso. Nos terminamos la botella de aguardiente mientras jugábamos a limpiarnos los restos de azúcar en los labios. De algún modo, acabamos desnudos en la encimera de la cocina. Casi no me acuerdo cómo fue y mucho menos cómo llegamos a la habitación. Ahora tengo una culpabilidad que va de la mano de una fuerte resaca. Me levanto sigiloso tratando de que no se despierte.

Me dispongo a ir al baño cuando la pantalla del móvil se ilumina con un nuevo mensaje de mi madre:

Hortensia

¿Por qué no contestas? Voy de camino al veterinario. Tienes que hacer desaparecer su teléfono y quitarle la tarjeta del abogado. Hay que cortar cualquier vía de contacto.

Antes de que me dé tiempo a contestarle entra una llamada y veo su nombre en la pantalla. Rápidamente cierro la puerta del baño para responder.

—Bastian, ¡¿dónde estás?! —sisea.

—En casa de Luciana —susurro.

—¡¿Y qué haces ahí?! ¿Le has quitado el teléfono? —pregunta. Al no obtener respuesta por mi parte, mi madre carga contra mí—: ¡Todo lo tengo que resolver yo, Bastian! Eres tan pusilánime. ¡Qué poco me reconozco en ti!

—Mamá, cálmate, que no es tan fácil. Primero tuve que asegurarme de que aún no la habían llamado los abogados.

—¿Ya le has dado los billetes de avión? Ya están acabando los días festivos de la Semana Santa. Deben estar a punto de llamarla. ¡No sé a qué esperas!

Decido colgar. Es demasiado temprano para discutir. Salgo del baño y voy al comedor. Busco el bolso de Luciana, encuentro su cartera. Por suerte, la tarjeta del abogado de mi tía sobresale por encima de su DNI, me la guardo en el bolsillo. Busco su móvil en los bolsillos de dentro, mientras miro constantemente hacia el dormitorio, cualquier precaución es poca. Como no lo encuentro, regreso al baño y lo veo en la repisa del lavabo enganchado al cable del cargador, lo desconecto y lo sostengo en mis manos unos segundos sin tener muy claro qué hacer con él. Preparo una bañera de agua hirviendo. Y sin pensarlo mucho lanzo el móvil dentro. Mientras se sumerge hasta el fondo de la bañera observo su foto divertida del salvapantallas que dice adiós con la mano. Parece que su sonrisa, que se funde a negro en cuanto el agua inunda la pantalla, se despide de esta noche juntos.

—¡Buenos días! —Me sorprenden su voz y sus brazos rodeando mi espalda por detrás—. Pensaba que te habías marchado a hurtadillas...

—¡Luciana! —reacciono. Se me da fatal disimular. Suerte que al estar apoyada en mi espalda no puede mirarme a los ojos—. Me vas a matar.

—¿Por qué? —pregunta ella.

—Pues es que quería prepararte una bañera de espuma, pero con el nerviosismo y la prisa... se me ha caído tu teléfono al agua... Estaba intentando desbloquearlo para poner algo de música... Soy un desastre, disculpa —le explico todo de carrerilla mientras miro a un punto fijo de la cortina de baño.

—¿Una bañera de espuma? ¿Como en las películas? No sabía que todavía existían hombres así. —Y se coloca frente a mí observándome fijamente. Su cara está muy seria. Me pongo nervioso. Estoy convencido de que no se lo ha creído. De repente, suelta una carcajada—. Así que ahora resulta que eres romántico... ¿Has venido en una nave de otro planeta o qué? —exclama divertida antes de darme un breve y dulce beso.

En ese momento me viene a la cabeza Carlota, mi ex, que siempre me reclamaba mi falta de romanticismo.

—Lo siento —me disculpo mientras ella lo saca de la bañera y lo seca con la toalla.

—¿Tú crees que si lo llevo a la tienda me pueden recuperar aunque sea los datos? —me dice tratando de encenderlo apretando las teclas de los laterales.

—Pues no tiene mucha pinta, la verdad. ¿Guardas alguna copia de seguridad en un ordenador o en la nube? —le pregunto.

—No..., lo que me preocupa es si me llaman para algún trabajo. He dejado mi número por todas partes —comenta mientras sigue intentando encenderlo.

—Qué mal me siento...

Deja el teléfono en la repisa del espejo.

—¡No te preocupes! A mí se me ha caído un par de veces, porque tengo la manía de ponerlo a cargar ahí. Leí en un artículo que al lado de la cama es malo por la radiación electromagnética o no sé qué. —Sonríe relativizando la situación—. Además, un móvil es algo material. A mí nada me va a arruinar este lindo amanecer —asegura mientras mete un pie en la bañera y lo saca rápidamente por lo caliente que está el agua—. Vamos a tener que esperar...

—Sí, quema —le confirmo introduciendo la mano en el agua.

—¿Q-quieres un café? —me pregunta.

—Pero esta vez sin aguardiente —contesto entre risas.

Ella vuelve a besarme y se marcha hacia la cocina. Respiro. Primera prueba superada.

—¿Con leche?

—Sí —respondo desde el salón.

—Lo siento, no tengo. Es que ya había vaciado la nevera. ¿Solo te vale?

—Está bien. —Me siento en la mesa y Karma aparece, se sube encima de mis piernas y me mira amenazante. Le hago un intento de mueca cariñosa, pero la gata no deja de mirarme desafiante. Me intimida. Luciana sale de la cocina con dos tazas humeantes de café:

—Es un poco celosa, no le gusta que nadie le robe protagonismo —la excusa al verla en esa posición bufándome—. Está marcando territorio.

Aunque lo que está marcando es otra cosa... Su pata izquierda está apoyada justo en la tarjeta del abogado que he guardado en el bolsillo. ¿Tendrá madera de detective o será una casualidad su presunto ataque de celos?

—Karma, ven aquí —le dice ella quitándome al animal de encima.

—Luciana... —carraspeo, sin saber muy bien cómo iniciar la conversación—. Estaba pensando en los billetes que compró mi madre para que viajes a Colombia. ¿Te acuerdas? Como sabía que iba a verte, me los entregó. —Me levanto para sacarlos de mi mochila—. Mi madre..., bueno, ya viste cómo es..., le fallan las formas, pero tiene buenas intenciones... Los reservó porque quiso tener un bonito detalle contigo y sintió que era lo apropiado.

—Sí, ya —responde ella, repentinamente contrariada mientras toma un sorbo de café—. Un billete para marcharme... sola. Sin Karma.

—No, no, ya no es así. Fíjate —le digo ofreciéndoselos para que ella misma pueda confirmarlo—. Compró dos billetes para que pueda acompañarte quien tú quieras, y uno de ellos lleva incluido viajar con un animal en cabina, yo mismo llamé ayer para asegurarme.

Ella lee la información, se tapa la boca con la mano, sorprendida.

—Pero... son para hoy mismo.

—Ya, por eso te los traje, porque me daba pena que los perdieras.

—¿Y por qué dos?

—Para que viajes con alguien, ya te lo he dicho. Mi madre se encargó de pagar un plus por titularidad abierta. ¿Con quién te gustaría ir? —la animo presionando su mano con la mía.

Al momento sus ojos se iluminan y comprendo que he cometido un error.

—¿Quieres venir conmigo? —pregunta ilusionada—. Así pruebas un verdadero canelazo, con aguardiente de mi ciudad hecho por los indígenas.

—Yo creo que el canelazo no es lo mío —intento bromear.

Ella hace pucheros y se sienta en mis piernas.

—¡Pero es que he perdido todos mis contactos por tu culpa! —exclama coqueta mientras me retira el pelo de la cara—. Así que no me dejaste otra opción que invitarte a ti —añade con una sonrisa preciosa que deja asomar un hoyuelo en su mejilla izquierda.

Siento que estoy empeorando cada vez más la situación. Así que decido levantarme para marcharme.

—Ahora que lo dices, te voy a comprar un teléfono.

—Qué va, no te preocupes, de verdad —dice aún con la sonrisa puesta.

—No, solo faltaría. Hacemos una cosa, tú empieza a preparar la maleta y yo voy a buscarte un móvil nuevo —le propongo cogiendo mi mochila y dirigiéndome hacia la puerta.

—Pero brindemos antes —me retiene del brazo y alza su taza de café—. Por nosotros, por lo inesperado y por Inés, que estoy segura de que desde donde esté le encantará que seamos amigos.

—Brindemos —le digo chocando mi taza con la suya mientras imagino que la tía Inés debe de estar queriendo que arda en el infierno.

20

PUNTO FINAL

Bastian

Salgo del portal hacia el coche para buscar el teléfono nuevo que le compré ayer como parte de este plan diseñado por mi madre. Espero un tiempo prudencial para que parezca creíble. Aprovecho para cargar mi móvil en el coche. Saco de mi bolsillo la tarjeta del abogado que le he cogido a Luciana de su bolso, y la rompo en mil pedazos con más rabia de la que debería. ¿Qué me pasa? ¿Cómo puedo estar jugando con Luciana de una forma tan ruin?

Salgo del coche y regreso al portal queriendo acabar ya esta historia. Subo la escalera enfadado conmigo mismo, con mi madre y con el mundo. Luciana abre la puerta.

—Aquí tienes el móvil y una línea nueva —le informo nada más abrir y hago el amago de irme.

Ella sale al descansillo, se acerca y me abraza besándome en el cuello. Me zafo de ella. Descubro sorpresa en sus ojos.

—Luciana, tengo que irme.

—¿Te pasa algo? —pregunta extrañada, sin comprender mi cambio de actitud tan brusco.

—No, es que tengo que ir a la universidad. No puedo jugarme el máster después de tanto esfuerzo con... estas cosas. Espero que lo entiendas.

Luciana se aparta de mí, dolida.

—Perdona entonces por... esta cosa... de anoche.

—Luciana, yo..., fue el aguardiente —me excuso.

Su cara refleja decepción; la misma que siento yo también, hacia mí mismo por hacer como si no hubiera pasado nada y además culpar al alcohol... Parece que haya sacado las excusas del Manual de los Tópicos. Pero no hay nada que se pueda hacer, debo finalizar esto de una vez por todas.

—Gracias, Luciana. Y buen viaje —susurro, y la beso en el dorso de la mano, pretendiendo ser el caballero que no soy.

—Adiós —responde cargada de resignación.

Y en una suma de culpabilidad mezclada con el deseo de volver a verla, le digo alargando esta historia que no va a ninguna parte:

—Apúntate mi número. Me gustaría ser el primer contacto de tu nuevo teléfono.

—No, ¿para qué? —responde ella con una dignidad que ya me gustaría para mí—. Quizás la vida nos vuelva a reunir, o quizás no. Dejemos eso al destino.

Sus palabras me llenan de tristeza. Es una chica increíble. Desearía no haberla conocido en estas circunstancias. Movido por un impulso, le arrebato el móvil y añado mi contacto en él.

—Guarda mi número, acuérdate de que yo no confío en el destino —me justifico. Luego le retiro el pelo y se lo coloco detrás de la oreja para besarla en la mejilla, y aprovecho esa cercanía de nuestras miradas para decirle sin hablar que lo que sentí fue real, aunque todo lo demás sea mentira. Ella me aparta la mano con delicadeza.

—Espero que todo te salga bien.

—Feliz regreso a tu país, Luciana.

21

KINGS LEAGUE

Bastian

Llego al barrio de Pan Bendito, situado en una zona del extrarradio de Madrid llamada Carabanchel. Al salir del parking veo edificios de ladrillo naranja y tiendas asiáticas por todas partes. No encuentro el número del bloque, así que pregunto a unas madres que comen pipas en un banco mientras miran a sus hijos jugar a fútbol, y me lo indican. Entro en el portal y subo hasta el tercer piso. Al salir del ascensor me envuelve un olor intenso a marihuana acompañado por una nube de humo que procede, justamente, de la puerta entreabierta a la que me dirijo.

—¿Hola? ¿Hay alguien ahí? —saludo.

Veo una mano aparecer por una de las puertas del pasillo y una voz conocida grita:

—¡Aquí!

Me acerco y encuentro a mi madre sentada en el borde de una cama deshecha con edredón del Barça. Las paredes de ese dormitorio están decoradas con pósteres de Bad Gyal y, en el suelo, hay esparcidas prendas de ropa sucia. Mi madre sujeta su bolso de Chanel contra su pecho, aprensiva, y me hace un gesto con la barbilla en dirección a un muchacho que está frente a un ordenador con unos cascos con micrófono incorporado puestos. Mi madre se levanta y me abraza como si la hubiera rescatado de Hannibal Lecter y me dice al oído:

—Qué suerte que ya hayas llegado... Este es muy rarito. Apenas habla.

—Mamá, ¿qué haces aquí? —le pregunto con incredulidad.

—Bastiancito, este muchacho, que es veterinario, cambia los microchips de los animales. Así que le he traído al Gato Dos, como él lo llama, para ponerle los datos del chip del Gato Uno —susurra como si fuera una espía en misión secreta.

—Mamá, este muchacho no es veterinario... ¡Es un *hacker*! Y es algo muy serio, ¿lo sabes?

—Mira, me da igual el nombre que le des. Nadie podrá decir que este gato no es el otro, ¡es un plan perfecto!

De repente, el chico grita:

—¡¡Gooooool!! ¡Vamos, David Acedo! ¡Qué crac, el tío!

—Disculpa, ¿todo bien? —Detengo su emoción dándole un par de golpecitos en el hombro, a ver si se da cuenta de que estamos aquí.

—¡De puta madre! Los Aniquiladores van ganando al Kunisports, ¡mejor imposible!

—Perdona, chico... —se atreve mi madre a intervenir, aunque no osa acercarse a él—, quería preguntarte si ya has acabado con lo del chip...

—¿Qué chip?

—El del gato —contesta mi madre pensando que es algún tipo de código espía.

—¿Qué gato?

—Gato Dos —susurra mi madre.

—¡Ah, sí! —contesta cayendo en la cuenta—. ¡Pero es que hay partido de Kings League, señora! Y eso es sagrado.

Hasta que no acabe, no voy a poder ponerme con ello. Pero tranqui. Ya le he puesto un microchip al Gato Dos, que no tenía. Y ahora tengo que meter la información. No se preocupe, que soy el mejor en esto —se jacta mientras muerde un trozo de pizza y, sin apartar la vista de la pantalla, vuelve a dejar el trozo mordido sobre una foto enmarcada de su primera comunión que le sirve de plato.

—Entonces, ¿te parece si volvemos en una hora? —sugiero.

El chico gruñe a modo de respuesta. Lo damos por un sí.

Salimos del piso y, cuando ya estamos en el ascensor, oímos un grito:

—¡Señoraaa, el gatooo!

—¿Qué gato? —se extraña mi madre.

—Mamá, ¿has traído al gato?

—Sí.

—Pues «ese» gato.

—Ay, no, dejémoslo ahí. Si, total, como tenemos que volver —resuelve como si nada.

—¡Mamá, por favor...!

Pero ella no hace amago de moverse. Así que resoplo, me armo de paciencia y soy yo quien entra de nuevo en el apartamento para recoger el trasportín en el que se encuentra el pobre animal asustado.

Salimos del portal con las gafas de sol puestas para disimular lo bajo que hemos caído.

22

LA CHISPA EN LATINOAMÉRICA

Luciana

Aeropuerto de Madrid. Son las seis y media de la tarde. Estoy esperando en la cola de facturación de Avianca cuando, a lo lejos, veo llegar a la Chispa con una camiseta de *brillibrilli* con un oso de peluche dibujado y el logo de Gucci dentro. El labial rosado hace juego con sus uñas.

—¡¡¡Colombia!!! —grita saludándome con su mano libre desde lejos.

No solo yo la miro, absolutamente todos los de mi fila tienen los ojos posados en ella, que, a la carrera y para abrirse paso, va pidiendo «permiso, permiso, permiso» hasta llegar hasta mí.

—Amiga, ¿de dónde has sacado toda esa colección de bolsos? —le pregunto, pues lleva al menos cuatro colgados del hombro.

—¡A una no la invitan a un viaje todos los días, mi *arma*! Me he puesto mis mejores galas. —Se luce orgullosa, girando sobre sí misma—. El Gucci es del puesto de la Conchi, que tenía un dos por uno ayer. —Suelta un grito. Su sonrisa podría iluminar el sol—. Primera vez que cojo un avión, y nada más y nada menos que a Latinoamérica, ¿te lo puedes creer? ¡Estoy tan feliz que quita el *sentío*, Luchi!

—Toma tus billetes y pon la maleta en esa cinta —le pido.

—¿Y por qué tanto papel? —pregunta mientras la coloca.

—Porque son dos vuelos, Chispa. Madrid-Bogotá y luego Bogotá-Quibdó.

—¡Ay, Luchi, cuando me has escrito no me lo creía! —exclama, y me abraza tan fuerte que me ahoga—. He dejado a los niños con mi madre; le he dicho: «Mamá, ¿cuántas posibilidades tengo de que me vuelvan a invitar a un viaje al otro lado del mundo?». «Ninguna», me dice. «Pues eso, me voy», le he dicho. Así que ahí se ha quedado con la Vane y el Jonathan, me ha dado la bendición y aquí estoy. Y tú, ¿de dónde has sacado el dinero? Cuéntame.

—Mira, si te cuento todo no me crees.

—Tú dispara —me pide mientras vamos hacia el control policial.

—Pues lo primero, he estado con el sobrino de doña Inés.

—¿Dónde? ¿En casa de su tía otra vez?

—No..., en mi cama.

La Chispa se detiene en mitad del control. El policía, que le estaba recordando que dejara el móvil en la bandeja, se interrumpe también.

—¿En tu cama? —sisea la Chispa lo suficientemente alto para que el policía, que es todo orejas, también se quede a la espera de que yo responda.

—¿Puedes no gritar? —farfullo sonriéndole para disimular.

—¿En tu cama? —repite la Chispa bajito esta vez.

El policía nos hace un gesto con la cabeza para que nos movamos y yo la arrastro del brazo para pasar por el detector.

—Y entonces..., ¿qué? —insiste ella ya camino de las tiendas.

—Pues eso..., que hemos tenido una noche que no te puedo explicar. El mejor sexo de mi vida, con eso te digo todo... Lo hicimos en la cocina y después en la cama.

—Madre mía con el pijo...

—Bueno y por la mañana al despertar me ha preparado una bañera romántica...

—¿Estilo *Pretty Woman*? ¡Ay, me muero! —me interrumpe al tiempo que se rocía las muñecas con un perfume de muestra de la tienda en la que hemos entrado a curiosear—. Y entonces..., ¿qué?

—Yo le he preparado un café.

—¡Ay, qué mona! —se alegra, y coge otro perfume, con el que se rebaña el cuello—. Vamos, cuenta.

—Pues no sé..., algo raro ha pasado... Se le ha caído mi móvil a la bañera, que por eso te he tenido que escribir por Instagram, ha salido a la calle a comprarme uno nuevo y al volver... todo había cambiado. Era otra persona. Como si algo le hubiese pasado en el camino —rememoro, afectada—. Me ha tratado de manera fría, como si no hubiese sucedido nada entre nosotros, le ha echado la culpa al alcohol y se ha marchado.

—¡¡¡Luciana María Álvarez!!! —exclama ella con un delantal de lunares que se acaba de probar en la sección de *souvenirs* de España—. Olvídate. Tiene novia —sentencia mientras se pone frente a mí con los brazos en jarras.

—¿¿¿Novia???

—Cristalino, te lo digo yo. Se sintió mal porque lo llamó su novia. Hazme caso, que escucho un pódcast de psicología en Spoti. Eso es un patrón de culpabilidad. Y, además, esos pijos están todos comprometidos. Los casan entre ellos para no mezclar su sangre con la plebe —añade, enojada.

—A ver, Chispa, que eso es la monarquía, no seas peliculera. Además, luego me ha apuntado su contacto porque dice que quiere que nos volvamos a encontrar y no confía en el destino...

—Menudo listo. Pues eso, típico de un tío con novia que pretende dejar la puerta abierta por si le sale mal con la otra. De manual. ¡Qué fuerte! ¿Sabes qué te digo? —Se envalentona y se quita el delantal recolocándose la pinza del pelo y reforzando el nudo de los pantalones del chándal, como preparándose para saltar a un ring—. Yo que tú lo llamaba. Para que vea que no eres tonta. Y si está con su novia, *pa* que sepa que *ta camelao.*

—Pero ¿cómo le voy a llamar? ¡Si nos vamos a Colombia gracias a él! Él es el que me ha regalado los billetes.

—¿Y encima te manda a ochocientos mil kilómetros? —Sacude la cabeza, enfadada—. Luchi, blanco y en botella. ¡Llámalo ya! Llámalo para que al menos vea que no eres tonta.

—¿Y qué le digo?

—A ver, Luchi..., ¿qué le diría Shakira?

—Uf... Shakira le haría un disco, pero yo no sé cantar.

—Bueno... —Se queda unos minutos pensando mientras observa la pantalla con toda la información de los vuelos—. Por el momento me voy a comer un bocadillito de ibérico, que con el embutido se piensa mejor.

Justo entonces, y tras tres tonos de atención, oímos una voz por megafonía: «Pasajeros del vuelo 455 Avianca con destino a Bogotá, embarquen por la puerta B12».

Parece que el destino me pide pasar página y dejar las cosas como están.

23

CR7

Bastian

En la esquina hay un bar que huele a fritanga. El humo negro y el olor ácido del aceite se expanden por toda la manzana. Miramos hacia los lados sin mucha esperanza de que haya un local mejor, así que nos sentamos en la terraza.

Un señor con libreta y lápiz en la oreja nos canta las tapas del día con melodía de periodista deportivo:

—Chipirones, bravas, gambas plancha, montaditos...

—Un Trina de naranja, por favor —lo interrumpe mi madre, tajante.

—¿Tenéis cerveza? —pregunto.

—¿Botellín o lata?

—Botellín.

—Y a ese animalito, ¿qué le damos, un poquito de agua? —se interesa el camarero señalando el trasportín.

—No, él está perfec... —arranca mi madre.

—Sí, por favor —digo yo pisando sus palabras.

Mientras el camarero se aleja, ella me advierte alterada:

—Si le damos agua, vamos a tener que abrir la portezuela y se va a escapar.

—Habrá que darle agua, que se va a deshidratar.

—Los gatos pueden estar días sin beber agua —rebate mi madre, impertérrita.

—No, mamá, esos son los camellos.

—Bastian, a veces parece que lo único que quieres es boicotear mis planes —me dice sacando un pañuelo del bolso y secándose el sudor de la cara—. Mira, te digo algo: a mí me quedan tres días en este mundo, tú eres el que va a disfrutar de esa casa, de esas tierras... ¿De verdad crees que lo hago por mí? —suelta, digna y con cierto tono ofendido.

Yo me limito a no contestar para no discutir.

—Eres muy duro conmigo —sentencia mientras hace el amago de limpiarse el lagrimal.

El camarero se acerca con nuestras bebidas y, al servirnos, se preocupa por mi madre.

—Señora, ¿está bien?

—Sí, es que me da alergia el humo de la fritanga —responde ella, hostil.

—Pues será usted la primera a quien le dé alergia —masculla el camarero mientras abre el botellín de cerveza.

—Pues ya ve —contesta mi madre. Y, ni corta ni perezosa, empieza a limpiar el borde del vaso con el pañuelo mientras pone cara de asco, antes de servirse.

Tras observar el abanico de microgestos directamente dirigidos como puñales al camarero, abro el trasportín y saco al gato, que no opone resistencia. Le acerco el cacito con agua y empieza a beber con desesperación. Lo acaricio para transmitirle tranquilidad.

—Si va a vivir con nosotros, por lo menos deberíamos ponerle un nombre —propongo.

—Gato Dos, ya lo dijo el de los cascos —resuelve mi madre con mucha indiferencia.

—Mamá, eso no es un nombre.

—¿Pues no hay un jugador de fútbol que se llama CR7? Eso es porque sus hermanos son CR6, CR5...

—No mamá, el 7 es el número con el que juega.

—Bueno, pues este gato juega con el 2 y punto. Que al final por ponerle un nombre la vamos a liar.

—Se llamará Índigo. —Miro al animal buscando su aprobación y puedo sentir que le gusta.

Suena el teléfono de mi madre. La oigo decir «vale» tres veces seguidas antes de colgar.

—Ya podemos subir, dice el veterinario que ya está todo listo.

24

LA PERSISTENCIA DE LA MEMORIA

Luciana

Sobrevolamos Madrid. Poco a poco veo alejarse el aeropuerto de Barajas desde la ventanilla del avión, observo las carreteras sobre los terrenos áridos. Imagino mensajes subliminales creados a partir de las formas, la M-40 pareciera ser el tronco del árbol de la vida, y las carreteras, pequeñas ramas. A su izquierda, un pantano sobre la arena amarillenta y una roca grande me hacen pensar en el paisaje del cuadro de *La persistencia de la memoria*, de Dalí, pero sin los relojes derretidos que hacen referencia al tiempo.

No lo puedo creer, todo ha pasado tan deprisa: parece que fue ayer cuando llegué a este país con una maleta vacía de ropa, pero cargada de sueños. Entonces auguré que esta aventura duraría seis o siete meses y ahora tengo que sumar con los dedos para asegurarme de que han sido siete años. Esbozo una sonrisa de despedida al país que me abrió los brazos. Coloco la mano en la ventanilla y, desde este paseo por las nubes, prometo al universo que volveré pronto. Karma me mira por la rejilla de su trasportín. Aunque no creo que esté permitido, la saco disimuladamente para que ella también pueda asomarse a ver su ciudad desde las alturas.

Busco la complicidad de la Chispa, a mi derecha, pero se

durmió en cuanto se abrochó el cinturón debido a unas pastillas que tomó para el mareo. Está profundamente dormida, seguramente no ha descansado en mucho tiempo. Le acomodo la manta con cariño alegrándome de haberle regalado el primer viaje en avión de su vida. También me hace feliz sacarla de su rutina y de sus obligaciones. De que, por un momento, piense y se centre en ella y no en los demás. Será difícil para una mujer que con su pequeño tenderete ambulante mantiene a sus padres y a sus dos hijos. Que ha conseguido echarse a la espalda una cultura que, por tradición, no acepta fácilmente que las mujeres se separen. Y que ella, con su coraje y fortaleza, ha enfrentado por el bien de sus hijos, según dice ella; aunque yo siempre le recuerdo que, sobre todo, lo tenía que hacer por ella misma, porque las humillaciones que vivía a diario por parte de su exmarido le estaban apagando su luz, la luz de una mujer a la que apodaron la Chispa..., una chispa que se estaba quedando sin brillo.

A pesar de que solo coincidieron una vez, doña Inés le tenía mucho cariño. Cada día, tras escuchar el LP a la hora del té, me preguntaba por «mi amiga la del disco de Enrique Morente».

Doña Inés me prometió que un día viajaría conmigo al Chocó. Siempre pensé que lo decía con la boca pequeña, porque a doña Inés no había quien la sacara de su ciudad. Como ella decía: «De Madrid al cielo». Y lo cumplió.

Yo hoy regreso a casa. No sé si estoy preparada, siempre huyo de los sitios cuando el recuerdo de los que ya no están lo invade todo. Salí del Chocó al día siguiente de cumplir la mayoría de edad. Habían pasado ocho años desde que murieran mis padres, pero todavía su recuerdo lo invadía todo. Marcharme a estudiar a Bogotá fue una manera de empezar de cero y de entrar en el periodo de aceptación, tras el estado de negación y de ira. Sentía un dolor tan desgarrador que aún hoy me cuesta muchísimo hablar de mi infancia por no pasar por ese recuerdo. Simulo que no la viví, que no existe; he tratado de borrarla de mi mente para poder seguir respirando. Mis padres fueron algo más que un abrazo, me pintaron el barrio, los vecinos y la gente en colores. Yo vivía arropada por un edredón de tejido quechua que se volvió una cobija de alambres de la noche a la mañana. Tenía solo diez años y estaba en plena conmoción tras perderlos cuando nos obligaron a desplazarnos. La guerrilla nos dio treinta minutos para desalojar el pueblo y nos fuimos con lo puesto. Apenas lo que nos cabía en una jaba de plástico. Desde la distancia y con mis hermanos de la mano, oíamos disparos y explosivos. Mi pueblo quedó prácticamente hecho cenizas. Así que, en San José del Buey se quedó mi infancia, mis recuerdos, mi selva, las pegatinas de princesas Disney colocadas alrededor de la ventana, y que mi padre me traía cuando salía a vender el oro que había recogido con sus propias manos, las hierbas de mi madre sembradas por años y que eran cura de cualquier enfermedad.

Pudimos escapar hasta Boca de Amé, donde viví durante ocho años, pero nada nos devolvió a mi abuela, que murió de un ataque al corazón a los pocos días de llegar, cuando apenas estábamos empezando a parchear el techo de la casa destruida que encontramos para vivir. Se murió sin que nos diera tiempo a despedirla; no pudo superar la muerte de su hija, ni la pérdida de todo lo que había logrado con su trabajo a lo largo de su vida en apenas unos meses. Solo nos quedaba mi abuelo, o los restos de él, porque el impacto de ver su mundo desaparecer en un abrir y cerrar de ojos le había dejado literalmente paralizado, sin poder caminar, como si su cuerpo se hubiese negado a seguir funcionando después de tanto sufrimiento.

Cuando con dieciocho años me fui a vivir a Bogotá para

estudiar, pensé que se enfadaría conmigo. Sin embargo, vi una enorme alegría en sus ojos cuando, al fin, me atreví a contárselo. «¡Vuela, Luciana, vuela! El Chocó no es para ti». Esa fue la última vez que lo vi con vida. Así que llevo esas palabras tatuadas en mi alma, cada vez que me quiero rendir sigo volando, tal y como él me pidió.

En unas horas estaré allí abrazando a mis hermanos. Será una sorpresa.

Karma se apoya en mis muñecas, me mira unos segundos y cierra los ojos. Creo que me aconseja que deje de pensar y aproveche para dormir.

25

BAJADA A LOS INFIERNOS Y VECINA CON BARRA DE PAN

Bastian

Volvemos a entrar en el edificio. Llamamos al ascensor y, cuando se está cerrando la puerta, una señora apoyada en un bastón, con dos barras de pan en una bolsa colgada de su brazo, abre y entra con nosotros.

—Buenas tardes —saluda mientras nos mira de arriba abajo. Aprieta el botón del quinto y observa sorprendida que nosotros hemos marcado el tres—. ¡Dios Santo! —exclama mientras mueve la cabeza y se santigua.

—¿Está usted bien? —le pregunto con preocupación.

—¿Van a casa del Frankenstein? —nos pregunta mientras suena el crujido del ascensor antes de arrancar—. Saben lo que se dice de él, ¿verdad? —sigue con voz tenebrosa.

—No —le contesto preocupado.

—Dicen que hace experimentos con animales. Se comenta en el barrio que tiene botes en un armario con trozos de órganos. —El parpadeo de la luz se vuelve más continuo cuando paramos en el segundo. Se abre la puerta y entra un señor mayor encorvado y flaco hasta los huesos. Todos nos apretamos para que pueda entrar—. Aurelio, ¡que el ascensor sube! —grita la vecina.

—¡Anda la leche! —exclama él.

—Mire, Aurelio, estos dos van a casa del Frankenstein —le dice la señora alzando la voz, como si el señor tuviese problemas de audición.

—¿¿Del Frankenstein?? —Nosotros no nos atrevemos ni a contestar—. Pues saben lo que se dice de él, ¿verdad? —pregunta el señor; mi madre y yo nos miramos cada vez más preocupados—. Que trafica con órganos humanos y vende drogas. Así que no sé qué hace una señora como usted yendo ahí —le reprende a mi madre mientras nos mira de reojo y el ascensor vuelve a arrancar.

—Nosotros..., es que... —trato de decir algo para justificarnos cuando mi madre me corta:

—Nosotros somos de Asuntos Sociales y estamos visitándolo para reportar su actividad y reubicarlo en otra vivienda —dice con voz dulce mientras junta sus manos como si fuese a rezar.

Si el coeficiente intelectual se mide por la rapidez mental, mi madre estaría a la par de Einstein.

—¡Ay, Dios mío, menos mal! ¡Sáquenlo de aquí, por favor! —ruega la señora del bastón.

—Nos tiene la escalera con olor a drogas y la música que pone es un espanto. Retumban hasta los cuadros —añade el señor del segundo piso.

—Somos un edificio de gente mayor. —La señora agarra las manos a mi madre y las besa mientras el ascensor llega a nuestro destino—. ¡Gracias, señora, por ayudarnos! La bendigo a usted y a su familia.

Mi madre sonríe complacida. Imagino que se emociona al ver que cada vez miente mejor.

—Nada, señora, es un placer. El bienestar de los vecinos es nuestra prioridad —le asegura mi madre continuando con su papel.

Yo observo la jugada con cara del emoticono de ojos muy

abiertos mientras sujeto la puerta para que pueda salir. Ella da un paso quitándose las gafas de sol y me mira victoriosa, como si fuese Meryl Streep en *El diablo viste de Prada*. Ya en el descansillo, nos adentramos en una nube de humo químico que nos traslada desde la cumbre de Hollywood donde estábamos, de vuelta a los infiernos del pecado en un piso de Pan Bendito. En apenas unos segundos estamos otra vez sentados en el edredón del Barça, frente a la atenta mirada de Bad Gyal en los carteles.

Con los comentarios de los vecinos todavía rondando mis oídos me pongo en alerta, así que, cuando nuestro nuevo amigo el *hacker* se da la vuelta y abre un armario para sacar algo, me levanto para convertirme en escudo humano de mi madre. Ella se queda sentada clavándome las uñas en el brazo, pensando que es nuestro final y que el descuartizador de Carabanchel va a acabar con nosotros. Estoy seguro de que hasta ha visualizado a la reportera de Informativos Telecinco en el portal retransmitiendo en directo. Me inclino hacia delante esperando a que saque la cabeza del armario con un arma, y así poder empujarlo, cuando se oye un pitido de impresora saliendo de dentro. Él agarra algo y cierra la puerta del armario con fuerza. Cuando se gira hacia nosotros lleva unos documentos en las manos.

—A ver..., esto ya está. —Mi madre abre los ojos y yo respiro con tranquilidad—. Entré en el COLVEMA, que es el Colegio de Veterinarios de la Comunidad de Madrid, y copié el registro de la REIAC. Ahora Gato Dos tiene la información en el microchip de Gato Uno. Esta es su dirección —nos dice señalando el papel impreso donde pone los datos del palacio del Fresno—. Ahora este animal se llama Karma y su dueña es Inés del Castillo Humanes de Arteaga. Por favor, necesito que lo saquen un momento para escanear el microchip y ver si también el escáner reconoce el código con esos datos y ese número.

Mientras abro la puerta del trasportín, mi madre, ya aliviada, le dice con una admiración infinita al que hasta hace unos segundos era un asesino en serie:

—¡Eres un genio, hijo! ¡Qué maravilla el conocimiento que tienes!

El muchacho ignora su comentario mientras mira las notificaciones de su teléfono.

Siento un puñal en mi estómago, es la primera vez que oigo de los labios de mi madre la palabra «hijo». También me fustigo pensando que a mí nunca me ha alabado mis conocimientos a pesar de haber sacado mi carrera con la mejor nota de la facultad. Mientras me lamento, el *hacker* escanea el microchip con una máquina que ha sacado de una caja de zapatos.

—Está todo perfecto. Son cinco mil euros. Le he sumado mil por hacerme trabajar un domingo y en Semana Santa. Acepto solo efectivo.

Mi madre saca un sobre de su bolso y con una enorme sonrisa le dice:

—Gracias.

Volvemos al ascensor. Presionamos el cero.

Seguimos descendiendo hacia no sé dónde.

26

LA CHISPA EN *BUSINESS*

Luciana

Me acabo de despertar y miro la pantalla frente a mí. Muestra una animación digital con un mapa del mundo y una línea entre Madrid y Bogotá. Un avión blanco que se mueve un poco robótico se sitúa en mitad del océano Atlántico, así que calculo que estamos a medio camino y que he debido de dormir cuatro o cinco horas.

Miro a mi derecha y la Chispa está ensimismada viendo una película desde su asiento. Le toco el brazo para hacerle saber que ya estoy despierta.

—¡Niña, qué susto me has dado! —me dice sobresaltada y quitándose los auriculares—. Pasaron con el almuerzo hace un rato, pero yo les dije que no te despertaran. La chica comentó que la avises cuando despiertes y te lo trae. ¡Es majísima!

Aprieto el botón de llamada a la tripulación y veo cómo aparece una luz azul por encima de mi cabeza. De lejos veo acercarse a alguien con una bandeja.

—Buenas tardes —saluda la azafata mientras me ofrece agua con una rodaja de limón en una taza y una servilleta al lado—. ¿Le apetece carne, pescado? También tenemos una opción vegetariana.

—Opción vegetariana, por favor —le pido mientras coloco la taza en la mesita. La azafata se va y yo procedo a meter los dedos en el agua tibia para limpiarme las manos.

—Nunca te he preguntado desde cuándo eres vegetariana —pregunta la Chispa con curiosidad.

—Desde que empecé a trabajar con doña Inés —le contesto mientras la azafata me sirve una rebanada de pan con humus—. ¿Quieres?

—No, gracias —contesta ella apretando el botón de la derecha para reajustar el asiento—. Oye, qué bien se ha portado la paya Cayetana, que nos ha sacado las butacas más grandes del avión.

—Pues sí, ¡míranos aquí sentadas en *business*! Aunque yo creo que eso ha sido Bastian —le digo con emoción.

—*Business* para limpiar su conciencia. No está mal. Tu ex la limpió con un mensaje de WhatsApp después de dos años juntos. Y el mío ni siquiera se sabe si tiene conciencia.

—Eso de que Bastian tenga novia no me encaja, Chispa, de verdad.

—A ver, niña, nadie te manda a miles de kilómetros en un asiento de lujo en un avión, con acompañante incluido, si no es para que te vayas lejos. Este regalo no es gratis, te lo digo yo. Lo que pasa es que estás ciega de amor.

—Anda, anda..., pero si lo he visto tres veces.

—Pues mira en la película del Titanic. Dos veces se vieron el pintor y la chica, y ya se habían jurado amor eterno en la proa del barco, con dos miraditas y una canción de fondo. ¡Pues anda que no vendo yo camisetas de esa película! Porque a la gente le encanta creer en el amor así de repente. Pero ¿sabes cuál es el verdadero mensaje que James Cameron quiso dejarnos?

—No —le digo esperando que me sorprenda.

—Pues mira, la gente se ríe cuestionando que en la tabla cabían los dos, que en realidad cabían perfectamente, pero es que la moraleja de la película es que el amor es egoísta, y que no importa lo enamorado que estés, que si al final uno tiene que deshacerse del otro para sobrevivir, lo hará. Y uno se quedará a flote mientras el otro se irá *pal* carajo por *confiao.* ¡Niña! Por eso yo siempre estoy con el ojo *echao,* para ser yo la que se quede a flote —sentencia la Chispa, y suelto una carcajada.

—¡Me encantan tus conclusiones a partir de las películas! —le contesto mientras le pido disculpas a la señora de delante, que se ha girado a mirarme enfadada por el ruido de mi risa.

—Se ve que el Cameron no se fía de nadie, como yo.

—No conozco a nadie que utilice las películas para sacar sus propias metáforas de la vida, solo tú. Deberías hacerte *coach* emocional.

—Lo seré algún día, pero de momento escucha a tu amiga. Esto es culpabilidad, no regalo. Te digo yo que ese payo es embustero —sentencia mientras me mira a los ojos sin parpadear y me señala con el dedo.

—Te quiero, amiga —le digo con toda mi alma puesta en cada letra y apretándole la mano.

—¡Yo más a ti! ¡Que nos vamos a Colombiaaa! —grita mientras me aprieta los cachetes y me da un beso.

27

GATO DOS

Bastian

Cae la noche en la plaza de la Cebada en Madrid. El restaurante El Viajero está lleno de turistas que vienen a probar un vermut casero. Camino entre los adoquines viejos y ligeramente levantados por las obras y, por fin, llego a mi refugio desde hace dos años: la buhardilla donde vivo. Nada más entrar, saco al animal del trasportín y lo dejo en el sofá. Me voy a la cocina a buscar unas lonchas de pavo y agua para ofrecerle. Cuando regreso, él permanece en la misma posición, totalmente inmóvil. Me pregunto qué le habrá ocurrido para proyectar tanta docilidad.

—Seremos grandes amigos —le digo ofreciéndole el pavo con los dedos.

Todavía retumba en mi cabeza ese «hijo» que mi madre pronunció cuando se dirigió al *hacker* de Pan Bendito. Trato de apartar de mi cabeza la idea de que nunca ha usado esa palabra conmigo, supongo que la habrá dicho alguna vez, aunque ahora no logre acordarme. Quizás cuando nací. Quiero imaginar que me presentaba a los demás y no decía Bastiancito sino «este es mi hijo». Reflexiono mientras acaricio a Índigo con la ternura que desearía en este momento para mi niño interior.

El animal me sorprende pasándome su áspera lengua por el dorso de la mano y bajando las orejas.

Le ofrezco los últimos pedacitos de pavo y se los traga tan rápido que dudo que los haya podido saborear.

Me levanto a buscar algo de comer para mí y encuentro un trozo de tortilla que quedaba de esta mañana. Lo meto en el microondas para recalentarlo. Y observo el plato dando vueltas mientras el segundero va avanzando hacia atrás. Parece una metáfora de mí mismo, girando sobre mi propio eje mientras se me va la vida, mientras resto números deseando que se agoten los días, y no esperando a que lleguen. Cada vez estoy más seguro de que separarme de Carlota fue un salto al vacío. El día que lo dejamos, sentenció: «No sabes lo que quieres, Bastian». Y no era cierto, sabía que no quería hacerle daño. Pero cuando empezamos éramos demasiado niños y nos prometimos más de lo que podíamos cumplir. Fue difícil traicionar mis propios juramentos. Pero lo hice. Y luego me quedé estancado en sus palabras al despedirse, en lo que realmente pensaba de mí: que no era capaz de dar un paso al frente cuando sugirió que nos fuésemos a vivir juntos. Suenan los tres pitidos del microondas. Agarro el plato de un extremo y me instalo en el sofá. Al sentarme un mensaje de mi madre ilumina la pantalla:

Hortensia

Mañana no olvides llevarte al Gato
Dos a la oficina del notario.

Ella, en su línea, sentencia sin ningún mensaje de despedida, sin permitirse un «Buenas noches, hijo, que descanses».

Resoplo mientras trato de entenderla. Supongo que es

una víctima y educa como la educaron. Actúa como la enseñaron y ama como la amaron. Solo es el resultado de un patrón familiar de muchas generaciones que nunca se ha permitido cuestionar. Mi abuela no la dejó decidir quién sería su marido, ni la casa donde viviría. Nunca eligió absolutamente nada en su vida y vive presa de la firme creencia de que un hijo debe hacer lo que diga su madre, al igual que ella hizo en su momento. Así que eso es lo que espera de mí.

Seguramente, aunque yo la considere egoísta, nunca ha hecho nada por ella misma. Luchó por no perder a mi padre, al igual que hoy lucha por no desprenderse del legado de su madre, porque ella cree que es su deber. Hasta yo he sido una lucha para ella, y no una recompensa. Batalló por darme lo que una madre debe dar según el «manual oficial de los deberes y valores de la familia Humanes de Arteaga», pero en esas páginas no hay capítulos para la complicidad, la comprensión ni la ternura.

Dejo el plato en la mesa y me recuesto en el sofá, mientras me hago la promesa de no volver a juzgarla.

Cierro los ojos.

28

MANGO BICHE

Luciana

Una hora y media después de despegar de Bogotá aterrizamos en el aeropuerto de El Caraño, en Quibdó. Bajando del avión nos sorprende un intenso golpe de calor húmedo, como si hubiésemos entrado por una rendija del secador de pelo y estuviésemos tratando de respirar ahí dentro. Tras una larga espera en la cinta de las maletas, y doscientos selfis de la Chispa con toda la gente que se encuentra, tomamos un taxi.

—Por favor, ¿nos puede llevar a donde se toman las embarcaciones?

—Sí, señorita —contesta el taxista bajando la música—. Tardaremos quince minutos aproximadamente, ¿está bien?

—Sí, perfecto —contesto mientras saco a Karma de su bolsa.

Él vuelve a subir la radio.

—¿Qué grupo de música es? —pregunta la Chispa fascinada mientras hace un vídeo con su teléfono.

—Grupo Niche, mi señora, puro colombiano.

—¡Suba la música tan alto como pueda, amigo!... ¡Que la Chispa está de vacaciones! —grita ella mientras saca la cabeza por la ventanilla y da palmas flamencas acompañando el ritmo del tambor de la salsa—. ¡Rumba flamenca, Luchi! ¡Esto es una salsa, pero es una rumba nuestra también, mira el ritmo! —explica feliz.

Yo sonrío pensando en lo maravillosa que es la música. Es el testigo noble de la historia, porque los conquistadores van y vienen, atraviesan continentes, desaparecen unos y aparecen otros, pero la música siempre se queda como una semilla amable del pasado, que se va convirtiendo en un árbol regado con otras aguas y cuidado por otras manos de las que sale un fruto único del que todos nos sentimos parte. La música nos recuerda que es más lo que nos une que lo que nos separa. Respiro profundo mientras la canción llega a su estribillo diciendo que los ojos se llenan de lágrimas al regresar al pueblo donde uno nace, y siento cómo los nudos de mi estómago se van soltando. La alegría de mi tierra cura.

—¿No tienen hambre? —pregunta el taxista.

—Sí, amigo, yo estoy que me como las bolitas del gato —contesta la Chispa riéndose mientras Karma levanta la cabeza de mi regazo y la mira con cara de pocos amigos.

—Aquí cerca está el Malecón de Quibdó. Podemos parar a comprar algo de comer antes de seguir a las embarcaciones —nos propone, y nosotras al unísono aceptamos la idea.

Al llegar nos bajamos del coche y nos recibe majestuoso el río Atrato con su caudal inmenso. Es una mezcla perfecta entre puerto industrial y selva. De arquitectura colonial con la huella de las ocupaciones europeas, pero con lo exótico de la selva amazónica asomándose para dar sombra a las chalupas y lanchas de los lugareños llenas de banano, papaya y fruta marañón.

Caminamos hacia la catedral de San Francisco de Asís cuando veo escrito a lo lejos JUGOS NATURALES. Salgo corriendo, volviendo a ser la niña que bailaba calle abajo con la felicidad de saber que un mango biche me estaba esperando. La Chispa me sigue, y Karma, trepada en mi hombro, me acompaña; puedo sentir su emoción. A unos pasos de distancia llegamos a un simpático puesto con forma de huevo verde, ruedas y una sombrilla.

—Por favor, ¿me da un especial para mí y otro para mi amiga?

—Enseguida —contesta la señora mientras pone la fruta pelada en una máquina de metal que en unos segundos transforma el mango en un montón de espaguetis largos. Después los mete en unos vasos de plástico y les pone sal, limón, pimienta y leche condensada.

—¿Mango con pimienta? —pregunta la Chispa.

—¡Bienvenida a Colombia, hermana! —celebro levantando mi vaso y chocándolo con el suyo.

29

ESCROTO O TETILLA

Bastian

Mientras subimos en el ascensor, mi madre cuelga el teléfono.

—Dice el tío Ernesto que la colombiana salió ayer del país.

—¿Y cómo lo sabe? —le pregunto.

—Porque tiene un amigo que trabaja en Inmigración del aeropuerto. ¡Choca! Que todo está saliendo perfecto —celebra muy pizpireta mientras abre la palma de la mano—. Muy bien, Bastian, hiciste lo que te pedí, estoy orgullosa de ti —dice mientras sale del ascensor colocándose el pañuelo de seda en el cuello.

Ya una vez dentro del bufete de abogados de la tía Inés, una señora de pelo canoso nos recibe en la entrada y nos pregunta si queremos café.

—No, gracias —contesta mi madre.

Parece estar nerviosa porque ella nunca le dice que no a una taza de café y menos a las once de la mañana. La recepcionista nos hace pasar a una sala de reuniones donde está el notario sudoroso que nos leyó el testamento, dos señores que se identifican como abogados y una chica con bata blanca. Ellos nos piden que saquemos al animal. Cuando abro el trasportín, Índigo me mira con los ojos de quien sabe que lo echan a los leones. La chica de bata blanca nos pide situarlo en una camilla portátil que está terminando de cubrir con una sábana desechable.

—¿Quién es ella? —pregunta mi madre.

—Una veterinaria forense experta en peritajes de animales. Va a comprobar que todo es correcto —contesta el notario.

Mi madre y yo nos miramos nerviosos, rezando por que nuestro amigo informático no nos haya fallado.

—Por favor, ese gato está mejor cuidado que usted y que yo. Le hemos tenido en una jaula de oro —se enorgullece mi madre.

—¿Tienen al animal en una jaula? —pregunta sorprendida la veterinaria.

—Pues… —duda incómoda mi madre.

—No, no, es un decir —contesto yo rápido pidiendo por favor al universo que mi madre no diga nada más sobre animales.

—Entonces, doña Hortensia, mientras esperamos el resultado del peritaje, ¿nos puede explicar cómo es que Luciana María Álvarez dejó una nota manuscrita renunciando al animal? —pregunta el notario.

—Pues ¿qué le puedo decir yo, caballero? Nosotros estamos igual de sorprendidos. Ella vino a visitarnos para entregarnos el gato porque se quería marchar a su país. Le contamos las voluntades de mi hermana Inés y dijo que necesitaba pensarlo. Al cabo de unos días encontramos esta nota y al animal rondando por la casa. —Mi madre se le acerca y el notario estira la mano para recoger una carta que supuestamente ha escrito Luciana.

Yo me quedo conmocionado por la gravedad de lo que acaba de hacer. Mi madre está presentando un documento falso. Empiezo a transpirar por debajo de la camisa mientras el notario lo abre con delicadeza y lo observa línea por línea, en silencio. Unos segundos más tarde decide leer en voz alta:

> Dejo esta carta con el fin de renunciar a mis obligaciones con Karma. Después del fallecimiento de doña Inés, doy por terminado mi trabajo con el animal. Dejo a la gata en manos de sus familiares, que estoy segura cuidarán al animal con mucho cariño. Mi único deseo es regresar a mi país.
>
> Adjunto copia de mi billete de avión que he entregado a doña Hortensia como muestra de que salí de España por decisión propia.
>
> Muchas gracias,
>
> María Luciana Álvarez

Los dos abogados se miran.

—Como verá, a nosotros también nos sorprendió —reafirma mi madre.

Yo me levanto de la silla y doy unos pasos por la sala, cada vez más nervioso.

—¿Podríamos llamar a la señorita Álvarez, por favor? —le propone el abogado a su compañero.

—Sí, claro. Llámenla —interviene mi madre.

—¿Podríamos también confirmar que este billete de avión es auténtico? ¿Y que salió del país? —ordena el abogado mientras el otro más joven abandona la sala para cumplir esas diligencias.

—Sí, claro, por supuesto —vuelve a contestar mi madre de forma enérgica.

—No, señora, no le pregunto a usted —la corta él tajante.

—Perdón. —Mi madre se sonroja y baja la mirada.

—Bueno, vamos a continuar con el peritaje del animal —indica el notario tratando de rebajar la tensión.

—Sí, sí, claro. —Mi madre se repone volviendo a levantar la mirada.

En ese momento la veterinaria se gira hacia nosotros.

—¿Todo bien? —pregunta el notario mientras ella revisa unos informes que hay sobre la mesa.

—A ver..., el microchip es correcto: el nombre, la dirección y la propietaria. Los rasgos físicos y de edad también corresponden. Solo hay un problema... —La veterinaria hace una pausa y a mí me baja el sudor frío hasta el pecho.

Mi madre empalidece. La veterinaria sigue leyendo los informes alargando nuestra angustia.

—Díganos, colegiada —pide el notario.

En ese momento la veterinaria levanta el rabo del gato y dice señalando su trasero como una azafata de vuelo indicando la salida de emergencia:

—O el animal ha desarrollado un pene durante el trauma de la pérdida de su dueña, cosa imposible desde el punto de vista de la medicina, o este animal no es una hembra, sino que es un macho contradiciendo el registro de la REIAC.

En ese momento todas las cabezas se acercan al mismo tiempo a observar las intimidades del pobre felino. Parece el rosco de *Pasapalabra,* pero en vez de letras son cabezas, y en vez de un concursante en el medio, están las posaderas de un animal vistas desde atrás. Puedo imaginar que el pobre gato está pensando que nunca en su vida tuvo a seis personas a la vez observando su trasero. Mi madre rodea la mesa y se coloca delante de las cabezas. Saca sus gafas de cerca y empieza a inspeccionar sin tocarlo mientras arruga la nariz. Tras unos segundos, se echa hacia atrás con tono de experta y dice:

—Querida, eso no es un pene, es una tetilla hinchada. Fíjate bien en el color y la forma.

—¡Señora, por favor! Eso no es un pene ni una tetilla, ¡es el escroto! —contesta enfadada la veterinaria.

Se hace un silencio. Los abogados no dan crédito.

Y por la cara del notario, estoy seguro de que nunca ha tenido que certificar una herencia millonaria a partir de la disputa entre un escroto o una tetilla. Se limpia el sudor. Creíamos que hoy se cerraba un capítulo. Por la cara de los abogados, creo que solo acaba de empezar.

30

BOCA DE AMÉ

Luciana

El capitán del barco anuncia que ya nos aproximamos a mi pueblo, Boca de Amé. Hace ya tres horas que nos montamos en la embarcación en Quibdó y más de veinticuatro que salimos de Madrid. Miro a la Chispa, que está sacando su brillo de labios del neceser para retocarse, creo que piensa que va a desembarcar en Ibiza, entre celebridades y fotógrafos. De repente veo asomarse una fila de viviendas palafíticas hechas de madera con techo de zinc que parecen reposar en el río. Me genera tristeza ver cómo parece que la tierra las estuviese engullendo. Tienen un color entre gris y marrón que se funde con la suciedad del río.

—¡Mira, Karma, mi pueblo! —le digo mientras la acaricio y le doy un beso en el lomo.

Mi corazón late deprisa porque mis hermanos no saben que estoy aquí y yo no soy muy buena para las sorpresas. Ya en la orilla, veo a unas mujeres de piel negra con el pelo trenzado en un patrón perfecto, mezcladas con mujeres indígenas, vestidas con ropa desgastada mientras lavan usando un rayo. El capitán nos ayuda a desembarcar. A unos metros, un campesino con sombrero de guano aprieta un trapiche con el que saca jugo de caña.

—¡Vengan pues a tomarse una papanelita! —nos invita el señor mientras se acerca a acariciar a Karma.

Cuando miro hacia atrás veo que la Chispa se ha quedado hablando con las señoras que lavan en el río. Me acerco con la bebida en la mano mientras Karma está lamiendo las gotitas azucaradas que resbalan hasta mi codo.

—Pues es que mi amiga ha venido a ver a sus hermanos, es una sorpresa porque hace mucho que no los ve —explica la Chispa, que hace un minuto que puso los pies en Boca de Amé y ya le está contando nuestra vida a todo el mundo.

Si la dejo diez segundos más, les dice que Bastian tiene una novia y hasta les hace la analogía de la tabla del Titanic.

—Vení usted, mijita. ¿Cómo es que se llama su familia? —pregunta una de las lavanderas.

—Uno de mis hermanos se llama Juan Diego y el otro Maximiliano, pero le dicen Max. Mi abuelo se llamaba Manuel Saturio Asprilla, alias Satu, murió hace tres años —contesto.

Todas las mujeres se giran hacia una chica joven que está lavando en la parte del final. Ella levanta la cabeza.

—Dale, muchacha, dígale pues —le insiste la señora que estaba hablando con nosotras.

—Hola —dice la chica, que deja de lavar y se acerca secándose las manos con el vestido—. Tú y yo hemos hablado por teléfono. Yo soy Zoë.

—¡Ay, carajo! Muchacha, pero dile sin pena —le corta una de las señoras más longevas, y continúa dirigiéndose a nosotras—: Es muy tímida. Pero es la novia de Max, y ¿ven esa barriguita que asoma debajo del mandil? —La chica se levanta el delantal y se acaricia el vientre—. Pues es la criaturita que están esperando, Max y ella, así que... aquí está su sobrino, mi señora.

—¡No lo puedo creer! —le digo mientras doy unos pasos mojándome los zapatos en el río para abrazarla.

—¡Tenía muchas ganas de conocerte! —exclama ella.

—¡Yo sí que tenía ganas de conocerte a ti! Max me dijo hace tiempo que tenía una sorpresa que darme, pero nunca imaginé algo así —le cuento mientras paso mi mano por la curvatura de su preciosa tripita y mis ojos se llenan de lágrimas.

La última vez que vi a mi hermano Max apenas era un niño. En mi cabeza sigo teniendo que atarle los cordones y continúo preparándole su sopa de guineo con tajada de plátano asado al lado. Mi hermano es como un hijo para mí. La ausencia de madre me hizo adulta con apenas diez años y a él le tocó entender de la noche a la mañana que yo pasaría de robarle las chicharritas camino a la escuela a ser su cocinera, cuidadora y consejera. Fue difícil para ambos, pero a la vez nos unió para siempre en un vínculo muy especial. Ahora miro esa barriguita y no puedo creer que se vaya a convertir en papá.

—¡Vamos a la casa! Max regresó del trabajo. ¡Se va a morir al verte! —Me vuelve a abrazar y descubre a Karma escondida en mi bolso—. Ay, ¿y esa bolita de pelo qué es?

—Se llama Karma, es mi compañera de vida. Es una gata —le digo mientras la saco del bolso, y todas las mujeres se arremolinan a nuestro alrededor para observarla.

Una de ellas la toma en sus brazos, es la mujer más mayor del grupo. Está vestida con una paruma. Se ve que es una wounnan. Me llaman la atención sus manos deformadas de trabajar la tierra, al igual que las tenían mis padres. Observo las líneas de su rostro, imagino que cada arruga es una historia de lucha y sacrificio. Sus párpados cansados invitando a sus ojos a cerrarse. Unos ojos marrones que se intuyen azules por el efecto del arco senil. Ella pone a Karma frente a sus ojos y la mira profundamente. Siento que puede llegar hasta su alma.

—Esta gata es un espíritu viejo —me advierte y recita unas palabras en wayuunaiki—: *Kaainjalaa!*

Zoë, que está a mi derecha, se acerca y me traduce:

—Dice que le han hecho mucho daño.

—¿Cómo se llama? —pregunta la señora mientras aprieta a la gata contra su pecho.

—Karma —contesto.

—*Anülia lotaa* —dice la mujer y se echa a reír a carcajadas.

—Dice que tiene un nombre perfecto —continúa traduciendo Zoë.

—Cuídala, ella tiene una misión —me dice la mujer mientras me la entrega.

31

DETENIDOS

Bastian

—Luciana María Álvarez no contesta el teléfono —confirma el abogado joven entrando en la sala.

—Comprueba en la oficina de Correos si llegó a recibir la notificación de la herencia, y en ese caso que nos manden el acuse de recibo con fecha.

—Mauricio, la notificación se ha enviado esta mañana. La semana pasada Correos estaba cerrado por Semana Santa —explica.

—Me temo que voy a tener que llamar a la policía —dice el abogado engominado, que parece estar muy enfadado.

—¿Por qué motivo? —le pregunto haciéndome el despistado.

—Por el intento de estafa a través del animal y por la desaparición de Luciana María.

—¿Qué estafa del animal? —le pregunto.

—Claramente este gato no es Karma.

—Bueno, eso lo tendrá que demostrar —le rebato.

—¿Y qué tenemos nosotros que ver con que la chica se haya marchado a su país? —sonríe sarcástica mi madre.

—Señora, usted fue la última persona en verla. Tendrá que explicarnos cómo fue el encuentro y por qué le dejó a usted ese documento tan importante en vez de personarse en la notaría. Tengo una dilatada experiencia, y esta situación es peculiar —explica el abogado.

Intuyo que nada de lo que estamos haciendo los pilla de sorpresa y que estamos siguiendo a la perfección un guion que ya tenían previsto.

—¡Quiero a mi abogado aquí ahora mismo! —Se levanta mi madre enfurecida.

—Llámelo, señora, créame que lo va a necesitar —contesta él mientras su colega más joven sale al pasillo.

Mi madre, muy nerviosa, me ruega con los ojos que consiga a alguien que nos saque de este entuerto.

—¿En qué momento pensabas decirme que ibas a falsificar una carta de Luciana? —le pregunto entre dientes dándoles la espalda a los abogados.

—Lo hice para agilizar las cosas. Cállate y resuelve —me ordena clavándome las uñas en el antebrazo.

En ese momento me acuerdo de mi amigo Germán, pues su madre tiene un bufete de abogados. Mientras salgo a la recepción para llamarlo y me conecta con ella, veo a unos policías vestidos de paisano con placas colgadas en el cuello entrando en las oficinas.

—Somos de la Unidad Especializada en Delitos Patrimoniales —dice uno de ellos mostrando su placa a la recepcionista. En ese momento tomo conciencia de nuestra cruda realidad y me pregunto desde cuándo soy tan inconsciente.

—No digáis nada hasta que yo llegue. Exigid no declarar mientras vuestro abogado no esté presente —me aconseja Blanca, la madre de Germán.

Vuelvo a la sala y veo que la policía ya está tratando de interrogar a mi madre.

—Disculpen, pero no vamos a declarar sin la presencia de nuestro abogado —los interrumpo.

—Está bien —contesta el policía que parece de mayor rango—. Tendrán que acompañarme a la comisaría.

—¿A comisaría yo? Usted no sabe con quién está hablando. ¡Soy Hortensia del Castillo Humanes de Arteaga! Mi familia tiene título de nobleza —grita histérica mi madre.

Tratando de contenerla, me pongo frente a ella para pedirle que se calme, pero me golpea fuertemente el pecho y grita desesperada insultando a todos los presentes. Está fuera de sí.

—¡Señora, cálmese! No me deja otra opción que esposarla —dice el policía mientras le agarra las muñecas.

Inesperadamente, con el ruido del cierre del segundo grillete en su espalda, se queda inmóvil, como si le hubiesen puesto una inyección de conciencia. Se desploma en la silla.

Comienza a llorar. Totalmente rota. Ha tocado fondo, y yo con ella. Puedo ver a esa niña inconsciente que sigue jugando a las muñecas mientras su niñera hace lo que ella le pide. Una niña que solo aprendió a ganar porque ella era la que ponía las reglas. Esta vez todos hemos sido sus muñecas, pero se le ha olvidado que las normas no eran las suyas.

La abrazo contra mí. Al levantar la mirada, el otro policía me señala la puerta:

—Por favor, ¿me acompañan?

32

YERBERAS, ARTESANÍA Y CELULITIS

Luciana

Subimos loma arriba hasta unos puestos de artesanías de chocolatillo. Unos niños traen en sus manos fibra vegetal recién arrancada de la planta y se la entregan a sus madres como materia prima con la que están tejiendo maceteros, cántaros y canastos. En una esquina una mujer las hierve junto con hojas de diferente color para teñirlas. Cada olla tiene un líquido: amarillo y naranja. Mientras tanto, otra lugareña va dándole vueltas con un cucharón. La Chispa se acerca entusiasmada.

—¡Señora, qué arte! En mi país la cestería es una tradición milenaria. En mi pueblo todavía los abuelos son artesanos del mimbre. Hacen canastos para coger setas. Pero nunca lo había visto con fibras de colores.

—¿De dónde nos visita, mijita? —le pregunta la señora con auténtico interés.

—De España, mi señora —contesta la Chispa con el orgullo de los deportistas que llevan la bandera en alto durante la inauguración de las Olimpiadas.

—Es que acá los hacemos en colores, porque en el Pacífico colombiano no entendemos la vida sin alegría —nos dice la mujer mientras continúa dándole vueltas a los calderos hirviendo y añade más hojas de pigmento amarillo.

Seguimos caminando por los puestos y llegamos a una mujer que vende ungüentos. En el cartel dice: YERBERÍA CORCOMÍ, CELULITIS, CAÍDA DEL CABELLO, TODO AQUÍ.

—¡Me encantan los carteles de negocios que riman, Luchi! Detrás de un cartel con rima hay ingenio —explica la Chispa en su análisis de los pequeños detalles que solo ella sabe hacer, mientras se acerca a hablar con la señora de la tienda.

—¿En qué puedo ayudarle? —dice la yerbera con una sonrisa amable.

—Mire, le voy a decir una cosa, yo he probado tantos productos para la celulitis que hasta se podría decir que soy un ensayo clínico con patas.

—Ándele, usted tiene que probar mis productos.

—Mi doña, ¿usted realmente cree que este botecito de hierbas me va a hacer algo? —pregunta la Chispa mostrándole sus maravillosas piernas.

—Yo también tengo celulitis, Chispa, no me parece tan grave —le digo.

—Se toma estas pastillas, hechas cien por cien de una planta que la ayuda a drenar, y esta crema. ¡Ya verá usted que se va a sorprender! —contesta eufórica la vendedora mientras mete los ungüentos en una bolsa.

—Mira, mi Luchi, si yo he tenido que viajar al otro lado del mundo para encontrar un milagro para la celulitis, ya te puedo decir que este es el viaje de mi vida, aunque mañana Miguel Ángel Silvestre me lleve a las Maldivas —explica entusiasmada mientras recoge la bolsa.

Empezamos a caminar hacia la cima de la loma mientras yo le voy contando:

—Mi madre era yerbera. Nos curaba todo con las propiedades de las plantas. La fiebre, el dolor de muelas, una infección... Recuerdo que siempre me pedía que lo apuntara todo en una libreta para que no olvidara sus recetas. Y tristemente se quedó en mi casa de la infancia cuando tuvimos que huir por el desplazamiento. Qué pena no tener todo ese conocimiento conmigo.

En ese momento Zoë, que se había parado a conversar con una señora, se acerca a nosotras.

—¿Sabes quién ha ayudado a todas estas mujeres a expandir sus productos por el mundo? —me pregunta.

—No.

—Tu hermano Juan Diego —resuelve.

—¡No lo puedo creer, Zoë! —Y me giro para ver la magnitud de la fila de tenderetes. Me sorprende, aunque no me extraña—. Mi hermano siempre fue tan brillante y emprendedor... Con quince años ya construía cabañas de madera con sus propias manos sin que nadie le explicase cómo hacerlo —les cuento con orgullo.

—Pues sí. Hizo un curso de gestión de empresas digitales, abrió una web y tiene una red de envíos cada vez más grande. Ahora estos productos están llegando a cualquier país.

—¡Esto en los mercadillos de España sería gloria bendita! —comenta entusiasmada la Chispa.

—Hace apenas un año que comenzó y ya cambió la realidad de esas familias. Hoy todos se dedican a la artesanía. Es un logro, sobre todo para los niños del pueblo, porque antes la delincuencia era para muchos su única forma de sobrevivir.

Mientras me explica todo esto, mi corazón se llena de orgullo y a la vez de tristeza, ya que después de emigrar a España mi hermano mayor y yo nunca volvimos a tener una relación fluida. Creo que durante el tiempo que estuve en Bogotá pensó que regresaría al pueblo, y después al marcharme a Europa sintió que desaparecía para siempre.

Mi hermano Juan Diego era el orgullo de mi madre y mi abuela. Fue el primer hijo y nieto. Cuando huimos por el desplazamiento, yo me encargué de mi hermano Max y de mis abuelos, asumiendo el papel de mi madre. Mi hermano salió al pueblo a recoger chatarra para venderla y con lo que ganaba nos daba para alimentarnos. Asumió el papel de mi padre con apenas quince años.

—¡No puedo esperar a abrazarlo!

Tras unos minutos giramos la esquina a la derecha y me detengo. Respiro profundo mientras observo a mi hermano Max a lo lejos, sentado en una escalera de cemento. Mis ojos se llenan de lágrimas. Le doy mi bolso con Karma a la Chispa y salgo corriendo.

—¡Hermana! —oigo gritar a Max mientras corro hacia él como si me estuviese desprendiendo de mi piel de adulta capa a capa; puedo sentir que vuelvo a ser una niña otra vez.

Cuando llego a sus brazos, me inunda el calor de mi casa. Percibo su desconsuelo en las pequeñas contracciones de su estómago. Y con voz entrecortada le tarareo la primera canción que me escribió de adolescente y decía: «Donde tú estés, está mi hogar», para que sepa que nunca me olvidé de ser su abrazo y él mi lugar donde regresar.

33

LA DETENCIÓN

Bastian

—¡No sé qué hacemos aquí! ¡Esto es un error garrafal! —dice mi madre mientras la empujan a entrar en el coche patrulla.

—Sí, claro... Eso dicen todos —contesta el policía entre dientes cerrando la puerta con fuerza y acercándose a mí para escoltarme a la otra puerta.

Nos llama la atención que el tapizado es de plástico duro.

—¿Qué necesidad tienen de colocar estos asientos tan incómodos aquí detrás? —les pregunta mi madre alzando la voz.

—Disculpe, señora, es que la limusina con tapizado de terciopelo no estaba disponible en este momento —le contesta el policía con acento andaluz—. ¡Es que tiene guasa la tía! —comenta con su compañero.

—En realidad, es muy práctico, señora. Se puede orinar o vomitar y no pasa nada. Después con una manguera lo limpiamos. Así que tranquila, desahóguese lo que necesite. —Se ríe a carcajadas el que está conduciendo.

—¡Ahí hay restos de todo lo que se pueda imaginar! Es un museo de fluidos. En Madrid tenemos el museo del Prado, el Thyssen y este coche, señora. Y mire, no cobramos la entrada, le salió gratis. ¡A ver si es que hoy es su día de suerte! —sigue la broma el policía andaluz.

Llegamos a la Ronda de Toledo. Habré pasado mil veces por aquí y nunca me había dado cuenta de que había una comisaría de policía.

Dos oficiales nos llevan a una sala gris con una mesa y una foto de Felipe VI enmarcada. Le quitan las esposas a mi madre y nos dejan solos más de una hora, en la que permanecemos en silencio hasta que mi madre comenta en tono jovial:

—¡Mira qué guapo el príncipe Felipe!

Yo me quedo sorprendido de su cambio de actitud tan precipitado. Conociéndola, seguro que es parte de un plan que se le acaba de ocurrir.

—Mamá, no es el príncipe, es el rey —le comento siguiendo el hilo de normalizar la situación.

—Para mí es el príncipe porque su padre está vivo y esa sucesión nunca debería haber ocurrido. —Abre el bolso y saca un cigarro—. Todas estas sandeces ocurren porque hace tiempo que la policía dejó de proteger a los españoles.

—Mamá, por favor, no empieces. Además, aquí no se puede fumar —le digo.

—¿Y dónde lo pone? —pregunta muy molesta—. A ver si ahora voy a tener que ser adivina. Si no lo pone, pues fumo, que para cartelitos de «No se puede aparcar» no escatiman y luego resulta que llega uno aquí y hay que suponer las cosas.

En ese momento entran un señor lampiño con una señora de pelo recogido y traje de chaqueta. Mi madre esconde el tabaco, dándose la vuelta agobiada como una niña pequeña a la que la han pillado robando dulces. Mientras nos dan la mano, la señora del moño nos dice en voz baja:

—Soy Blanca de la Vega, la madre de Germán y vuestra

abogada. Él es mi asistente. No declaréis absolutamente nada.

Tras ellos dos, ha entrado un policía que trae unas sillas más para que se sienten, y detrás de él aparece en la puerta un señor gigante con barba larga y canosa que tiene que ponerse ligeramente de perfil para poder entrar. Lleva un ordenador portátil abierto en las manos y una carpeta debajo de la axila.

—Buenas tardes —saluda.

—Buenas tardes —contestamos al unísono.

El señor observa el ordenador y los papeles que tiene enfrente un largo rato.

—Soy el inspector Márquez —se presenta—. Me temo que van a tener que quedarse retenidos hasta que aparezca la chica desaparecida y se aclare lo de su intento de estafa.

—Señor, mis representados no van a declarar hoy y yo solicito el *habeas corpus* para ellos por retención ilegal. No les han comunicado sus derechos en el momento de la detención.

—Entonces tendré que dirigirme al Juzgado y que sea el juez quien decrete las actuaciones o que proceda a la puesta en libertad. Pero me temo que eso ya será mañana por la mañana. Esta noche se quedarán aquí —sentencia el inspector mientras mete todos los documentos de vuelta en la carpeta y cierra con fuerza el portátil, dispuesto a abandonar la sala.

Cuando sale, entra de nuevo un agente a recoger su silla.

—Disculpe, necesito hablar en privado con mis clientes —solicita la abogada.

El policía asiente y cierra la puerta tras él.

Una vez solos, Blanca nos pregunta bajito:

—¿Qué es eso de una chica desaparecida? Bastian, me

dijiste que era un error de algo relacionado con el microchip de un gato. No entiendo nada.

—Es una historia un poco complicada. De hecho, no sé ni por dónde empezar —le contesto.

—Pues desde el principio, Bastian.

34

UN REENCUENTRO Y UN JARRO DE AGUA FRÍA

Luciana

Mi hermano Max y yo nos quedamos abrazados un largo rato. Mi cabeza apoyada en su pecho. Siento sus manos acariciando mi pelo. Al rodear su cintura, me doy cuenta de que está más corpulento, como si unos músculos introvertidos hubiesen estado escondidos detrás de sus huesecitos de niño, esperando salir para dar forma al hombre en el que se ha convertido.

—¡Maxi! —le digo separándome de él para mirarlo de frente—. ¡Te extrañé tanto, mi hermanito!

—¡Qué chimba que estás aquí! —grita emocionado mientras veo a mi padre en la expresión de sus ojos y a mi madre en su barbilla puntiaguda—. ¿Qué ha pasado? ¿No estabas bien en España?

—Bueno, todo ha cambiado mucho desde que se murió doña Inés. Todavía estoy tratando de encontrar mi nuevo sitio en Madrid —le digo sin soltarle las manos—. Cuando no sabes a dónde vas, mira de dónde vienes. Eso dicen, ¿no? Pues aquí estoy. Este viaje lo necesitaba. ¡Te extrañé mucho, mi hermano querido! —Le vuelvo a abrazar y veo a su espalda a mi otro hermano, Juan Diego, que está petrificado, sin palabras. Me mira como si hubiese visto un fantasma.

—¡Juanito! —grito mientras voy a abrazarlo. Al rodearlo, encuentro frialdad y resistencia en su gesto—. ¡Hermano, soy Luciana! —enfatizo con la esperanza de que no me haya reconocido.

—¿Luciana? ¿Qué Luciana? ¿La nieta de los Asprilla? —me pregunta frunciendo el ceño.

—Sí, hermano, tu morocha de pelo rizo.

—Qué peye que a usted se le olvidó la yuquita con suero, el mote de queso y la sabrosura de Antioquia. ¿De dónde sacó ese acento?

—Acabo de llegar de España. Pero soy la de siempre, la que jugaba contigo al trompo, al yoyó y a las escondidas —sonrío, con la esperanza de que su rechazo sea parte de una broma de bienvenida.

—¡Ay, caray! Pues parece que el frío de Europa le hizo un cambalache. Usted perdió lo que le quedaba de colombiana, mija —sentencia tajante. A mí me invade una profunda tristeza—. ¿Qué viniste a buscar al Chocó? ¿Se te perdió algo o es que están reformando el palacio donde vives?

—¡Oe, parce! ¡Ya está bueno! Todos estos reproches están bien charros. Acaba de llegar, déjela tranquila —le reprende Max.

—¡Ave María pues! Sáquenle la alfombra roja, que la princesa volvió a ese pueblo que era demasiado poco para ella... —afirma en tono sarcástico.

—¡Yo nunca dije eso! —le rebato tajante.

—¡Déjese de cantinela, Juan! Vámonos —ordena Max queriendo romper el incómodo momento.

Max me arrastra de la mano mientras mi cuerpo está inmóvil, mirando cómo se aleja mi hermano Juan Diego. Nunca imaginé que todavía me guardara el rencor de haberme marchado. Es verdad que nuestra comunicación telefónica ha sido escasa, pero siempre lo atribuí a su desinterés a la hora de hablar por teléfono. Nunca percibí que su distancia conmigo fuese fruto del resentimiento por haber migrado. Siento un nudo en el estómago al recordar todo lo que hemos vivido juntos. Max sigue hablando. Parece que estamos en dos frecuencias diferentes. Yo apenas puedo escucharlo. Él persiste tratando de quitar peso al malestar de Juan Diego:

—Además me tienes que presentar a tu amiga.

—Yo misma me presento. Soy la Chispa, amiga de Luchi, de Madrid —dice ella con entusiasmo.

—¡Bienvenida a Colombia! —contesta mi hermano.

Se besan a modo de saludo. La Chispa se queda dando el segundo beso al aire, pues en Colombia solo damos uno. Percibo las risas por la situación, pero soy incapaz de unirme a ellas.

—Es que yo soy muy de achuchar. Es más, dame un abrazo, ¡que somos familia, mi *arma*! —resuelve la Chispa en un amago de seguir rompiendo la tensión creada por mi hermano mayor—. Mirad esta cosita preciosa. Se llama Karma —les explica mientras la saca de la bolsa.

—¡Cuchita, qué ganas de conocerte! —le dice mi hermano mientras la acaricia por detrás de las orejas.

Karma me mira y salta a mis brazos desesperada. Imagino que le sorprenderá mi inexpresión. Suavemente, pasa su áspera lengua por mi mejilla. Siempre actúa así cuando me ve llorar. Y yo pienso que lo hace porque le gusta el sabor salado de las lágrimas. Ahora con su gesto entiendo que sabe que estoy llorando por dentro.

—Deberíamos ir a comer algo, yo creo que Karma tiene hambre —propone la Chispa tratando de poner el foco en otro asunto distinto y distraerme.

Observo a Zoë, con gesto dulce, parada en un segundo plano al lado de mi hermano mientras acaricia su pancita.

Entonces soy consciente de que no es momento de lamentarme y que debo darle su lugar al bebé que está en camino.

—Creo que tienes algo que contarme —le susurro a Max mientras le agarro del brazo y empezamos a subir la cuesta.

—¡Tantas cosas! —contesta él volviendo a agarrarme la mano.

—Bueno, pero hay una que es más importante que las demás.

—Pues sí, hermana, justo se lo iba a decir en estos días que ya sabremos si traemos un carajito como yo o una hermosa hembrita como su mamá... —me cuenta ilusionado acariciando el rostro de Zoë—. Me hace muy feliz que lo primero que hayas visto al llegar al pueblo sea a mi ángel de luz, mi Zoë, que es un regalo de la vida en forma de mujer —dice, lleno de amor y de orgullo.

Zoë apoya la cabeza en el hombro de mi hermano con cariño.

—Bueno, ¿y cómo se va a llamar ese bebé? —pregunta la Chispa—. Mira, ¡tengo una idea! Si es varón, Camarón de la Isla, y si es hembra, la Niña de los Peines, porque pelo no le va a faltar a la muchacha —canturrea con su gracia natural mientras me pasa la mano por las trenzas—. Imagínate con esa piel tostadita y esos rizos, pero con el duende del flamenco. Vamos, ¡gloria bendita! —continúa la Chispa mientras seguimos caminando.

Miro a mi izquierda y me quedo parada ante un pasillo entre dos casas que llega hasta el río. Y me viene nítido el recuerdo de cuando bajábamos por ahí a buscar al abuelo para subirlo en su silla de ruedas, ya que era la subida mejor pavimentada del pueblo. Éramos tan pequeños y la cuesta tan empinada que teníamos que empujar la silla entre los tres. Max, delante, tiraba de ella y nos guiaba mientras Juan y yo empujábamos por detrás. Éramos una familia unida, un equipo que dejó de jugar en la misma cancha. Unos hermanos que, al tratar de huir del dolor, olvidaron que juntos eran mejores. No sé en qué momento dejamos de pensar en nosotros como una sola fuerza, quizás al marcharme dejaron de necesitarme para empujar juntos la silla, y esa imagen se convirtió en la moraleja de nuestra historia. A lo mejor es verdad que soy una egoísta a la que no le gusta enfrentarse a la realidad y que huye todo el tiempo. Quizás es momento de encararme con la vida y dejar de escapar.

35

CINCO DELITOS

Bastian

Después de más de dos horas encerrados en una sala de la comisaría para relatarles toda la historia, observo que nuestros abogados están cada vez más nerviosos. El señor lampiño se seca el sudor de la frente y Blanca se afloja el moño.

—Pero ¿cómo se le ha ocurrido semejante locura? —pregunta Blanca dirigiéndose a mi madre—. Siento decirle que usted ha sido muy inconsciente al falsear la carta. Como a la chica se le ocurra denunciar, van a tener, además del intento de estafa por presentar un gato como si fuese el animal heredero, otro cargo añadido de falsificación documental, que es considerado delito penal —nos explica mientras se levanta y recorre la sala tratando de pensar una estrategia—. A ver... ¿Qué tipo de relación tienen con Luciana? —pregunta apretándose las sienes con la mano.

—Muy buena —contesta mi madre, superpositiva—. Mi hijo y ella han intimado, que lo sé yo, aunque él no lo diga, vamos, que la tenemos controlada, quiero decir...

—Mamá, ¿de qué estás hablando? Lo mío con ella no tiene que ver con esto.

—¿Y con qué tiene que ver? ¿Me lo explicas? —Me mira amenazante—. Bastian puede ir a buscarla y pedirle que nos ayude. Que vuelvan a intimar y seguro que la convence. Bastiancito tiene mucho éxito con las mujeres.

El señor se afloja la corbata y le susurra a la abogada:

—¿Esto también lo apunto, doña Blanca?

—¡Apúntalo todo, Ramiro! —contesta nerviosa.

Da dos pasos hacia nosotros, que seguimos sentados, y apoya las manos en el reposabrazos de mi silla. Parece el interrogatorio de una película de asesinatos. Al mirarla desde abajo, la luz del techo la ilumina por detrás de la cabeza y parece la imagen de una Virgen milagrosa. En ese momento tan tétrico, ella se cierne sobre mí, amenazante:

—Ah, pero además, ¿has tenido relaciones con la chica? ¿Y eso ha sido antes, durante o después de intentar engañarla?

Nervioso por la aureola y su cercanía, desvío la mirada buscando una salida, algo que pueda calmarme. Pero en estas cuatro paredes amarillentas solo está el cuadro de Felipe VI, que tampoco parece dar crédito. Decido enfrentarme a la realidad:

—Pues... durante.

—¿O sea que la chica podría declarar que has intimado con ella con fines malintencionados? —plantea la abogada.

—Pues supongo que podría... —le contesto en un ataque de sinceridad. Llegados a este punto, prefiero confesarlo todo y dormir con la conciencia tranquila, aunque sea en prisión.

—¡A ver, que la chica también se ha aprovechado de él! —interrumpe mi madre.

—¿Ah, sí? ¿Y en qué se ha aprovechado exactamente? —pregunta la abogada girando su cuello hacia ella.

—Pues... nadie la obligó a meterlo en su cama, punto número uno. Y punto número dos, qué es lo que realmente buscaba una chica como esa con un muchacho como Bastian, de buena familia, arquitecto y educado, ¿eh? —dice convencida, alzando las cejas.

—¿Una chica como esa? ¿A qué se refiere? —replica la abogada.

—Sí..., inmigrante, y de color..., ya sabe..., de color que no es... este color —explica señalándose el antebrazo.

—¿Negra? —le cuestiona la abogada como tratando de entenderla.

—Sí, negra y... de fuera. Esa chica no tiene dónde caerse muerta.

—Señora, antes que nada, vamos a ver cómo trabajamos sus declaraciones para que no le salga el agravante de odio racial. Y segundo, a ver si entiende que la que según usted «no tiene donde caerse muerta» acaba de heredar una fortuna millonaria. Así que más vale que deje de ver telenovelas que cuentan historias de hombres ricos con mujeres empleadas del hogar y se centre un poco en su realidad, que nada tiene que ver.

—Si no existiese esta nueva ley estúpida de poder dejarle herencias a los gatos y los perros, no estaríamos en esta situación. Somos víctimas de estas leyes absurdas que están acabando con el país —sentencia mi madre.

—Por lo pronto, debemos nosotros interponer una demanda para anular la desheredación —interviene su compañero.

—Pero a ver..., primero necesitamos encontrarle una solución a lo mal hecho. ¿Dónde está la chica? —pregunta Blanca mientras continúa frotándose la sien.

—En Colombia —contesto.

—¿Y qué hace allí?

—Se fue —afirma mi madre.

—La mandamos allí —la interrumpo yo—. Compramos un billete con la excusa de que fuese a ver a su familia y no supiera que es la heredera.

—¿¿¿Cómo dices??? —Blanca no aguanta más. Se masajea el cuero cabelludo con fuerza, su pelo parece el de Einstein en su mítica foto con la lengua fuera—. Entonces, ¿la habéis sacado del país con mentiras para que no supiera que es la albacea de la herencia, y os presentasteis con un gato callejero y una carta falsa? ¡¿Es eso, lo he entendido bien?! —pregunta mientras nosotros, callados, no somos capaces de contestar—. ¡Ramiro! —le grita a su asistente, que da un saltito y abre los ojos sin parpadear—. ¿Cuántos delitos van?

—Pues..., con este cinco, doña Blanca —le dice él.

Mi madre se levanta y se acerca a Ramiro tratando de leer su libreta.

—Oye..., pero a la colombiana le sacamos un billete en *business class* con acompañante. Eso debería contar en positivo, ¿no? ¡Apúntalo ahí, Ramiro! —le ordena mi madre señalando con el dedo la libreta.

—Bueno..., por lo pronto vamos a ver cómo os saco de aquí rápido sin que os retengan los pasaportes para que tú, Bastian, puedas ir a buscar a la chica. Más vale que la encontremos nosotros antes de que la encuentren ellos, si es que no la han encontrado ya. Y a la vez, voy a poner una demanda para tratar de anular vuestra desheredación. No serán vistos los delitos de la misma manera si conseguimos demostrar que vosotros sois los herederos legítimos. En España no es como en otros países, que puedes dejar tu herencia a quien quieras, aquí la familia tiene derecho a pelear en contra de la voluntad del finado. Creo que en el mejor escenario toda esta locura podría quedar como un delito administrativo. Alegaríamos que vuestra única voluntad era ganar tiempo hasta que se resolviera.

—Pues ya está, ¿ves que tampoco era tan grave? —resuelve mi madre mientras se dirige a la puerta y cambia radicalmente de actitud—. Oye, Ramiro, ¿no me pueden traer unas aceitunas aunque sea? Es que no nos han ofrecido ni un piscolabis desde que hemos llegado...

El abogado mira a su jefa sin saber qué decir. Es Blanca quien responde:

—A ver, señora, que es una comisaría, no un hotel, ubíquese, por favor. Además, todo esto es bastante grave. Los dos podrían ir presos. Y el delito de estafa no es *peccata minuta* —sentencia Blanca.

—Seguiremos tus pasos al pie de la letra, tal y como nos aconsejes —me comprometo.

—Lo que me preocupa es el gato, que ha pasado al Centro de Protección Animal —nos explica ella.

—Bueno, mujer, tampoco es tan grave. Alguien lo querrá, tampoco era tan feo —dice mi madre buscando un cigarrillo en su bolso, feliz, porque ya ve la luz al final del túnel.

—No lo entiende. El gato es una prueba irrefutable de mala fe. Veamos qué podemos hacer.

36

EL REGRESO DE JUANA LA CUBANA

Luciana

Al llegar a lo que fue mi casa observo que todo sigue igual. Es como si se hubiese parado el tiempo. Coloco mi maleta en la cama de mis abuelos y empiezo a guardar mis cosas en las gavetas; puedo recordar como si fuese ayer el día que pinté esta cómoda a mano con unos restos de pintura de barco que encontré en un cubo del puerto.

La Chispa se tumbó nada más llegar para probar la sensación del ventilador de techo y se ha quedado dormida profundamente, ni una cacerolada con todo el pueblo dentro de este cuarto podría despertarla. Saco las cosas de Karma y aprovecho para humedecer sus patas con una barra de manteca de cacao. Me impregno un tónico refrescante en las manos y lo esparzo por su pelaje. Ella cierra los ojos agradecida por la sesión de *spa* improvisada. Le abro una lata de su comida favorita y le prometo que en la noche le voy a preparar un delicioso plato casero. Me tumbo en el otro lado de la cama tratando de robarle un trocito de sábana a la Chispa. Tengo el pecho apretado, como si se me hubiese encogido y no fuese capaz de liberarlo. El encuentro con mi hermano mayor me ha dejado con una sensación de culpabilidad que nunca tuve antes. Trato de distanciar la mente de ese dolor y me concentro en viajar con la imaginación a un lugar agradable. Cuando apoyo mi cabeza sobre la palma de mi mano, como reposando en un lugar seguro, cierro los ojos pensando que son las manos de Bastian sosteniendo mis pensamientos, mi angustia. Apenas nos hemos visto tres veces, pero siento que lo conozco de otras vidas. Evocar la profundidad de sus ojos verdes y el calor de su abrazo es como un masaje al alma, quizás su recuerdo tenga propiedades curativas. Pienso en cómo me besaba y todo se ralentiza alrededor. Parecíamos dos amantes en una noche de pasión llena de reencuentro y de perdón, de querer absorber cada segundo porque nuestras almas entendieron la sequía de estar el uno sin el otro. Lo increíble es que, a pesar de ser la primera vez que nos besábamos, cuando me sentí abrigada en el hueco entre sus brazos y su pecho presagié que mi viaje había llegado a su destino. Una senda ya marcada por una ruta invisible que, de manera intuitiva, habíamos estado recorriendo hasta llegar ahí. Lo increíble es que llegamos sin saber que nos estábamos buscando.

Recuerdo cómo me decía: «Créeme, no soy para tanto». Esa sonrisa tímida y la mirada al suelo que acompañaron una frase tan llena de humildad, propia de quien no es consciente de la fascinación que genera en los demás. Podría enamorar a cualquiera.

De repente, la Chispa pega un grito y yo doy un salto. Empieza a mover la cabeza a los lados mientras dice: «¡No, no, por favor! ¡Rómpelo, rómpelo!». Me levanto y me acerco al otro lado de la cama para tratar de calmarla, le agarro las manos y trato de sostener su cabeza.

Le digo muy suave:

—Tranquila, amiga, estás soñando.

Ella abre los ojos, confundida.

—Luchi, tenemos que llamar a Juana la Cubana. Algo

grave va a pasar, lo he visto. He visto cómo se nos caía un barco gigante encima y no podíamos correr, estábamos agarradas de una soga a tus pies. Y yo no quería dejarte sola, pero tú no podías soltarte. Era un sueño muy raro y muy real a la vez.

—Tranquila, Chispa, era solo una pesadilla.

—No, Luchi, no. Vamos a preguntarle a Juana. Acuérdate de que habló de una chica y unos barcos. También te dijo que te esperaba un viaje a tu pueblo, y mira dónde estamos.

—Venga, vamos a llamarla.

37

EL CALABOZO Y LUPITA PERRA II

Bastian

Bajamos una escalera y llegamos a una sala oscura, llena de humedades. No sé si alguna vez he visto en libros cómo eran las cavernas de los *Homo sapiens,* pero estoy seguro de que se parecían a esto. En la celda nos reciben dos colchonetas sucias, de las que usan en los colegios para enseñar a los niños a hacer volteretas. Me pregunto si hay algún mensaje subliminal en el hecho de que se utilice la misma colchoneta con la que en primaria aprendes a amortiguar las caídas.

Cierran la puerta detrás de nosotros, y al mirar de frente descubrimos que hay un banco de madera con dos personas sentadas.

—Hola —nos dicen.

La que está más cerca de la ventana lleva una camiseta grande y rasgada, con pantalones rotos y un flequillo irregular cortado a apenas un centímetro del nacimiento de su frente, pareciera que se lo ha cortado ella misma sin mirarse al espejo. Tiene un *piercing* en la nariz y un tatuaje como de una lágrima negra en el ojo derecho. A su lado una mujer de largas piernas y pelo muy rizado está tratando de quitarse los zapatos. Lleva un vestido de una tela que parece una red y que deja asomar su ropa interior negra.

—Hola —contesto.

Mi madre no dice nada, creo que todavía está asimilando que le han vuelto a requisar el bolso. Justo en ese momento golpean la puerta de metal dos veces.

—¡Lupita Pollo! O como cojones te llames. ¡Termina de darme el sujetador! Usted también, señora —dice.

—¿Quién, yo? —Se señala mi madre a sí misma.

—Sí. Y tú, chico, ¿llevas cordones? —me pregunta a mí.

—No, no llevo —contesto.

—¡Narizón, me vas a tener que comer el coño si quieres que te dé el sujetador! —contesta la mujer de las piernas largas visiblemente enfadada.

—¡¿Qué coño ni qué coño? ¡Más quisieras tú tener uno! —le grita el policía desde fuera.

Mi madre se mete las manos por dentro de la blusa y trata de desabrocharse el sostén. Cuando se lo quita y lo tiene en la mano, el policía entra y lo recoge. La chica de las piernas largas le dice:

—Vamos a ver, narizón, ¿cómo me voy a quitar el sujetador si mi vestido es transparente? El sujetador es mi camiseta, ¿entiendes?

—Son las normas. Así que la próxima vez vas más tapadita —le grita él.

La chica decide no pelear y se lo quita mientras se cubre los pechos con la mano.

El policía cierra la puerta y el golpe del metal retumba en un eco que dura unos segundos. La chica se ha quedado en posición fetal en la esquina cubriéndose el pecho con las piernas. Por la postura de su cuerpo, puedo sentir su vulnerabilidad. Me quito la chaqueta y se la entrego.

—Toma, con esto podrás taparte.

—Gracias —contesta estirando una mano para agarrarla.

—Quédatela —le digo.

—Vaya, un pijo con sentimientos. ¿Qué pasa, que tu mamá no te pudo llevar hoy al zoo y te ha traído aquí a visitar a las fieras del inframundo? —se suma a la conversación la chica del *piercing* en la nariz.

—¡Anda, mocosa, cállate! Que tienes tres dedos de mierda en ese pelo. —Mi madre saca su furia.

—¿Qué dice usted, cacho de pija?... —Se levanta amenazante.

—Para, por favor. El chico está tratando de ser amable y tú con tu mala onda —le ordena la chica que lleva mi chaqueta mientras tira de su brazo para que se siente de nuevo. Tras unos segundos de silencio se presenta—: Bueno, ya que parece que vamos a pasar la noche juntos, ella es Irantzu y yo Lupita Perra II. —Se levanta para darme la mano.

—¿Y quién es Lupita Perra I? —pregunta mi madre tratando de adaptarse a la conversación.

—Lupita Perra I fue mi madrina, que murió el año pasado. En su honor llevo su nombre, pero con el número II... por respeto —explica mientras se besa un tatuaje en la muñeca.

—Mejor que te hubieses puesto Lupita Perrita. Es más amable y así le quitas el II —continúa mi madre.

—Ay, señora, en el argot de la calle no es lo mismo ser Perra que Perrita.

—¿Ah, no? —pregunta mi madre mostrando interés.

—La que es perra manda y la que es perrita espera a que la manden. Son códigos del reguetón —explica Lupita.

—Qué orgullosa estará la RAE de saber que el reguetón hace tantos usos detallados del lenguaje —añade mi madre mientras se quita los zapatos para masajear sus pies hinchados.

—Al reguetón se la pela la RAE, señora —replica Irantzu.

—¡Eso lo dirás tú! El reguetón es pura poesía de la calle —argumenta Lupita.

—Sí, claro... Vamos, que si Federico García Lorca levantara la cabeza después de su mítico *El jardín de las morenas* y viera que ahora la rima con morena es *perreo pa los nenes, perreo pa las nenas,* se vuelve a morir y se lleva a unos cuantos con él para que no sigan jodiendo el idioma —explica Irantzu.

—Pues Federico era muy moderno. Seguro que escribiría canciones con Tangana —discute Lupita mientras las dos tratan de hablar al mismo tiempo.

—Bueno, pues yo soy Bastian —interrumpo tratando de parar el conflicto poético—, y ella es mi madre, Hortensia.

—¿Por qué estáis aquí? —pregunta Lupita.

—Por un error informático —sostiene mi madre adelantándose a mi respuesta—. Tenemos el mismo nombre que unas personas que han cometido un delito. Ya nos han pedido disculpas y todo, pero hasta que mañana por la mañana no localicen al chico del ordenador, pues nos tenemos que quedar aquí.

—¡Joder! ¡Qué buena excusa, señora! Me la quedo para usarla yo —dice Irantzu.

Mi madre entiende que no la han creído. Y calla avergonzada.

—¿Y vosotras? —pregunto por cambiar de tema.

—Una compañera envidiosa le dijo a la pasma, en una redada ayer en el Dlirio, que yo trabajaba pasando farlopa. Así que estoy aquí por, supuestamente, ser camello —explica Lupita.

—Y nosotros por un gato... —confiesa mi madre en un ataque de sinceridad.

—¡Parece que esto va de animales! —Se ríe Irantzu celebrando su chiste.

—¿Y tú por qué estás aquí? —le pregunto.

—Porque recojo cadáveres, los corto en trozos y luego los

guardo en botes de Nocilla —responde mientras mi madre la mira asustada.

—Anda, idiota, no les asustes —la corta Lupita. Y explica—: Esta está aquí porque ha echado un bote de pintura en un *jet* privado para no sé qué historia suya del cambio climático.

—¿Cómo que no sé qué historia mía? Como si yo fuese la única habitante del planeta. ¡Que es de todos! —le grita Irantzu poniéndose de nuevo de pie. Se acerca a nosotros y cambia el tono—: Somos una plataforma llamada Mundo Vegetal. La pintura sobre el *jet* es para tratar de frenar las emisiones de lujo que están dañando el planeta...

Y entonces mi madre le pregunta:

—¿Y qué es lujo para ti, muchacha?

—Pues los pijos que se piensan que pueden contaminar lo que quieran para disfrutar de sus vacaciones a costa de jodernos el mundo —le replica la chica volviendo a su tono molesto del principio.

—A ver si te piensas que las botas perrofláuticas que llevas las han hecho en Alcobendas. Pues habrán venido en avión o en barco desde China para que tú te las puedas poner. ¿Eso no es lujo? —le replica mi madre.

—¿Qué me ha llamado? ¿Perroflauta? —Se acerca a nosotros aún más, en posición amenazante.

—¡Silencio! ¡Dejad de hablar ya! ¡Que parecéis un gallinero! —grita un policía desde fuera golpeando la puerta.

Es, también, un golpe de realidad para mí, pues vuelvo a tomar conciencia del lugar donde estoy.

38

JUANA VÍA WIFI

Luciana

Toco la puerta de la habitación de Max y al abrir me sorprende un universo en tercera dimensión. El umbral parece el confín que separa la realidad del mundo virtual. Mi hermano ha convertido nuestro antiguo dormitorio en una sala futurista: aparatos de grabación, altavoces, luces de neón, micrófonos, teclados y un ordenador.

—Pasa, hermana. Mira todo lo que he hecho con los ahorritos que me has ido mandando —me muestra con emoción.

—¡Madre mía, Maxi! —le elogio mientras voy observando los detalles. La mesa donde están apoyados los equipos de música está forrada con fotos de nuestra infancia a modo de *collage* junto a sus grandes ídolos Joe Arroyo y Tego Calderón.

—Empecé haciendo música para puras bandas antioqueñas. Luego subí unos temas en SoundCloud y, gracias a eso, me contactó un manejador muy bacano que vive en Bogotá. ¿Recuerdas, hermana, que te lo conté en un audio?

—¡Claro! El boricua, ¿no?

—¡Sí, del mismo Puerto Rico! Bueno, pues vino acá y el tipo es superchévere. Le armé un parche de tres días con los músicos y ayer me llamó para decirme que el productor de Karol G está interesado en una de las canciones que le mostré. ¿Qué tú crees, hermanita? Karol G cantando un tema mío, compuesto en esta habitación que levantamos de las ruinas.

—¡Qué chimbaaa! —le grito mientras me lanzo a abrazarlo.

—¡Qué más, pues! ¡Colombia en la casa!

—¡Estoy orgullosa de ti, no sabes cuánto! Mamá y papá también lo estarían. —Apoyo la cabeza en su pecho y él me rodea con fuerza con sus brazos. Siento cómo aguanta la respiración.

—Gracias, hermana, porque sin el dinerito que mandaste todo esto no sería posible.

—¡Cuánto necesitaba oír esto! Especialmente hoy, después de lo de Juan Diego.

—Olvídate de esa vaina, hermanita. Juan Diego se levantó enfurruscado pero sabe que estamos acá gracias a todo lo que has camellado para sacarnos adelante. Los pájaros abandonan a sus crías buscando alimento y ramas para construir el nido. Quedándose a su lado no las quieren más. Cada uno sabe lo que tiene que hacer cuando el motor es la familia. Vivías en Bogotá y, aun necesitándolo tú, nos mandabas dinero para comprar las medicinas del abuelo. No puedo imaginar cuántas veces te sentiste sola allá. Pero a grandes sacrificios, grandes beneficios, como decía mamá. ¿Sí o qué? —reafirma mirándome a los ojos mientras coloca mis dedos entre sus manos gigantes, haciéndome sentir muy pequeñita—. Todo lo que tenemos es gracias al esfuerzo berraco que has hecho para mantenernos a flote. Juan Diego lo sabe, pero te extrañó mucho. No tenerte acá fue tenaz al principio, por las complicaciones del abuelo, y yo, que era un carajito. Pero mañana lo abrazas y le dices: «Déjese de malacrianza y abráceme pues», y verás cómo se le olvida.

Siento cómo mi corazón se abre.

—Gracias, hermano.

De pronto oímos un grito llamándome:

—¡Luchi! —Es la Chispa desde la entrada—. ¿Aquí hay wifi?

Le sonrío a mi hermano secándome el lagrimal.

—¡Chocó2023! —le grita él.

—¡Vamos, Luchi, que Juana nos espera!

De regreso a la habitación que comparto con mi amiga, ella me mete prisa.

—Juana estará ya lista. He activado los datos del teléfono para decirle que le vamos a hacer una videollamada —me explica apurada mientras escribo la clave en su teléfono y se lo devuelvo para que pueda marcar.

Tras unos segundos de espera, aparece Juana en pantalla.

—¡Dímelo, Chispa! Oye, que no puedes vivir sin mí ni al otro lado del mundo —dice.

—¡Hola, Juana, cariño! Aquí estoy con mi amiga la colombiana, ¿te acuerdas? —le comenta mientras empieza a escenificar con todo detalle su pesadilla.

Yo la saludo con la mano.

—A ver, mijita. Recuérdame tu nombre con apellidos y fecha de nacimiento —me pide Juana mientras se la ve colocar los caracoles enfrente de la pantalla. Al mismo tiempo que le voy dando mis datos, ella los agita y los lanza. Analiza su posición unos segundos y dice—: ¡Ay, santísima Virgen de la Caridad del Cobre! —Se santigua—. *Ogbe She!*

—¿Y eso qué significa? —pregunto asustada.

—Pues este patakí o parábola habla de la trampa. Dice la metáfora de *Ogbe She* que Dios convocó a las aves para escoger las plumas de una de ellas como símbolo de la sabiduría. Al ser el loro la única ave blanca, los demás pájaros pensaron que iba a ser el elegido por su pureza, así que le tendieron una trampa y empezaron a ensuciarlo con todos los colores que aparecían.

—Madre mía, hay envidiosos hasta en la selva —murmura la Chispa.

—Olófin, que es nuestro dios, vio todo lo que estaba pasando y quiso castigar a los animales por su maldad, eligiendo al loro como símbolo de grandeza y dándole la oportunidad de ser la única ave que puede hablar —continúa Juana. La Chispa y yo nos miramos tratando de relacionar la parábola con algo de mi vida—. Así que esto habla de la trampa y la envidia. También de una bendición que vendrá después.

—Pues no sé qué será, no tengo ni idea —comento confundida.

—¿Y no será una trampa de amor? —sugiere la Chispa mientras Juana vuelve a lanzar los caracoles.

—Veo un gran amor que propiciará un cambio de vida. ¡Niña! Va a poner tu mundo patas arriba. Dice que le abras la puerta porque viene *iré*.

—¿Qué quiere decir que viene *iré*? —consulto.

—Pues *iré* seguro que significa que se irá, vamos, que te va a durar dos días —sentencia la Chispa.

—No, mija, no, *iré* significa que viene en positivo para ti, que es algo bueno. Chispa, tu negatividad con los hombres es *pa* estudiarla —reafirma Juana con mucha convicción.

—Pero ¿y si él es la trampa? —pregunta la Chispa.

—Bueno, mijita, aquí dice que le abra la puerta para una bendición. Yo creo que la trampa viene por otro lado. Y si viene de él, pues gózatelo, pero con veinte ojos alrededor —me advierte.

—¿Lo de gózatelo lo dices tú o lo dicen los caracoles, Juana? —duda la Chispa.

—Mira, *pa* que tú sepas, eso lo firma Juana la Cubana —contesta ella dándose golpes en el pecho—: *No cojas lucha, mija, que la caña es mucha.* Gente mala hay en todas partes. Los santos te van a advertir, pero uno tiene que vivir también. No se puede no hacer las cosas por el miedo. *No te pierdas en la curvita*, muchacha, como decimos los cubanos. Aquí no dice que del amor viene un mal porvenir. —Vuelve a tirar los caracoles para reconfirmar.

—Es que mira, ella está obsesionada con uno que yo creo que tiene novia. ¿Lo puedes preguntar? —dice la Chispa.

—Ay, Chispita, *¿hasta cuándo los quince de Yaquelín*, muchachaaa? Sal ya de eso de los cuernos por todos lados —le insiste Juana—. Yo aquí no veo cuernos. La trampa no viene por cuernos —asegura muy contundente—. Mira, yo te voy a mandar unos rezos y unas obras espirituales con flores para limpiarte y que salga toda esa trampa *pa* fuera. Hazlo siete días seguidos. Te lo voy a mandar por el WhatsApp de la Chispa.

—Gracias, mi Juana querida. Oye, mándame algo a mí también —implora la Chispa.

—A ti te voy a mandar una obra con Oshún para que te encuentres un amor, que ya te toca —se despide Juana con una sonrisa.

39

JUICIO EXPRÉS

Bastian

—¡Levántense, vamos! Que les está esperando el juez.

Abro los ojos confundido.

No sé dónde estoy. Me pongo la mano en el brazo derecho, que está entumecido después de sostener el peso de mi cuerpo contra la pared durante toda la noche, y trato de levantarlo para ver si se me ha dislocado el hombro. Mi madre se ha quedado dormida sobre mis piernas.

—¡Chicos, espabilad, que este policía es el majo! Como venga el narizón, os vais a llevar un par de regalitos de despedida —nos apura Lupita.

—¿Dan obsequios? —pregunta mi madre mientras se despereza.

—No, señora. —Se ríe la otra—. Son obsequios que no le van a gustar, créame. —Le da la mano y la ayuda a levantarse—. Bueno, pues nada..., ya se van. Han sido unos buenos compañeros de celda. Búsquenme en Instagram: Lupita Perra Moca, de mocatriz, como la canción.

—¿Mocatriz? —pregunta mi madre ya de pie.

—Sí, señora. Modelo, cantante y actriz. Como una vedete, pero moderna. Una *show-woman,* vaya. Y doy clases de interpretación a particulares. —Se acerca a nosotros y nos dice con mucho secretismo—: Así que, si un día tienen que ponerse frente a un juez para declarar, yo puedo prepararlos. Soy una experta *drama queen*. Puedo enseñar a llorar a cualquiera.

—No lo vamos a necesitar, pero gracias —sentencia mi madre ofreciéndole la mano para despedirse.

—Y tú, guapo, escríbeme para lo que te haga falta. Gracias por la chaqueta —me dice mientras me la devuelve.

—No te preocupes, quédatela.

Justo en ese momento aparece el policía y abre la puerta de la celda.

—Siéntate, que tú no vas a ningún lado —le ordena a Lupita.

—¡Tranquilo, hombre! Estaba tratando de ser amable para que hagan una buena reseña en Google —comenta sarcástica. Y se dirige a nosotros—: Ya saben, Calabozo de Arganzuela, servicio veinticuatro horas. Lo que nos diferencia de otros hoteles es que se sabe cuándo entras pero no cuándo sales...

—Te crees muy graciosa, ¿no? —gruñe el policía.

—No me lo creo, cariño, lo soy —sentencia ella al tiempo que el golpe seco del cierre de la puerta retumba hasta la planta de arriba.

Una vez en la calle, nos meten en un furgón policial en el que viajan más personas.

—¿Sabes a dónde nos llevan? —le pregunto a un chico sentado junto a mí.

—A un juicio exprés en la plaza de Castilla —contesta.

Al llegar nos separan en dos grupos: hombres y mujeres. Y nos llevan a salas de espera distintas. Allí los funcionarios de Prisiones nos ofrecen un bocadillo, un zumo y fruta.

—Francisco Bastian Ortega del Castillo, le toca declarar.

Tras leerme mis derechos me llevan a un pasillo donde están mis abogados, Blanca y Ramiro.

—Niégalo todo —murmura disimuladamente Blanca al darme dos besos—. Tu madre ya ha tenido la vista con el juez. Solo faltas tú.

Entramos en una sala de unos cuarenta metros cuadrados donde están el juez, el fiscal y unos cuantos guardias y funcionarios. Me hacen varias preguntas relacionadas con el gato, la herencia y la carta de Luciana. Estoy tan nervioso que apenas puedo responder. Siento como si estuviese sumergido en una piscina y, fuera de esta, la gente estuviera hablando, así es como oigo sus voces, con dificultad, distorsionadas y lejanas. Respondo en modo automático que no sé nada una y otra vez. Técnicamente estoy mintiendo, pero emocionalmente estoy diciendo la verdad ya que estoy tan aturdido que apenas sé cómo me llamo. Al cabo de un rato, como si sacara la cabeza del agua, oigo de manera nítida al juez dirigiéndose a mí:

—En breve notificaré su veredicto.

Fuera de la sala, Blanca se acerca hasta la silla donde espero y me dice al oído:

—Estamos bien, no os pueden retener más tiempo. Os van a liberar. Los abogados no pueden demostrar que la carta es falsificada ni que existe otro gato. La única que podría denunciar es la chica. En cuanto salgas de aquí, ve a Colombia a buscarla, más vale que la encuentres tú antes de que lo hagan ellos. Y trata de convencerla de que no denuncie. Dependéis totalmente de ella.

—Señora, debo llevármelo —informa un policía.

—Te sacaré un billete de avión a Colombia para mañana. ¿Sabes en qué ciudad está ella? —pregunta Blanca.

—Los billetes que le sacamos fueron para el aeropuerto de Quibdó.

—¡Señora, ya! —El policía le da un leve empujón por la espalda.

Vuelvo a la sala. Los otros detenidos me abren hueco en el mismo sitio donde estaba sentado antes.

La espera se me hace eterna. Finalmente, uno de los policías me llama:

—Francisco Bastian Ortega del Castillo, sígame.

Me conduce delante del juez. Aunque Blanca haya afirmado que no hay nada que temer y que podemos estar tranquilos, estoy hecho un flan.

—Queda libre —sentencia el magistrado.

40

LA TRAMPA Y EL LORO

Luciana

Un rayo de luz que entra por la ventana me despierta. Miro el reloj, son las 5.45 de la mañana. Me asomo y observo mi pueblo, un mar de techos de zinc flotando en agua de barro. Los pájaros de colores revolotean de un lugar a otro, como queriendo manchar la paleta de grises con sus tonos azules, rojos y amarillos. Se oye una sirena a lo lejos y los burros arrastrando las carretas de dos ruedas que transportan frutas y bidones de agua.

Suena el teléfono.

—Luciana, cariño, ¿cómo estás? —Reconozco la voz de Pilar, la portera de mi edificio, al otro lado de la línea.

—Muy bien, Pilar, ¿y tú cómo estás? —le pregunto extrañada por su llamada.

—Bien, hija..., con mucho calor aquí en Madrid. ¿Ya te reuniste con tus hermanos? —pregunta ella.

—¡Sí, Pilar! Ya los vi y están muy bien. Cuéntame, ¿pasa algo?

—No, hija, no pasa nada. Es solo que... —hace una pausa— vinieron unos señores a buscarte.

—¿A mí?

—Sí, dijeron que eran abogados. No me quisieron dar

información, pero me pidieron una dirección urgente para mandarte una carta certificada —me cuenta con preocupación—. No te habrás metido en algún lío, hija, ¿verdad?

—No, Pilar, al menos que yo sepa.

—¿Pagaste al casero el alquiler que le debías?

—Sí, le pagué justo el día que vine para acá —le confirmo.

—Pues no sé, hija. Me preguntaron cuándo ibas a regresar, si te habías ido sola, cuándo te fuiste... —enumera inquieta—. No quise darles señas, pero me dejaron una tarjeta por si sabía de ti.

—Dale mi dirección y teléfono a quien te lo pida. No tienes que pedirme permiso.

—Vale. Tú no te preocupes, bonita, que será algún trámite administrativo.

Tras despedirme, me quedo sentada junto a la ventana cabizbaja. Fijo la vista en el infinito. Un ave de colores vivos se posa en una de las macetas vacías que cuelgan de la ventana. Me causa sorpresa verla apoyada en ese trozo inerte de tierra sin plantas, en mitad de esta selva tropical. El animal me mira por un largo rato. Con sigilo, Karma salta a mis rodillas y lo observa tan quieta que parece una estatua.

Me sorprende que no haya apoyado sus patas delanteras en el cristal tratando de cazarlo, ya que le encanta perseguir pájaros. Pero esta vez no quiere ahuyentarlo. Solo se observan el uno al otro, como si trataran de descifrar un mensaje.

—La trampa —me digo acordándome de la profecía del loro de Juana y preocupada por lo que me acaba de contar Pilar.

41

LA VECINA

Bastian

Levanto el brazo en mitad del paseo de la Castellana tratando de parar un taxi mientras, con el otro, sujeto el móvil.

—Hola, Blanca. Ya estoy fuera. Voy de camino a tu despacho —le cuento a mi abogada.

—Perfecto. Ya te he enviado el billete de avión a tu *e-mail.* Sales mañana a las tres de la tarde.

—El problema es que no sé dónde vive en Colombia, no tengo su dirección...

—¿No conoces a alguna amiga suya a la que preguntar?

—Puedo pasar por su casa, quizás la portera sepa algo —propongo mientras por fin logro un taxi.

—Perfecto. Acércate a preguntar y cuéntame enseguida. ¡Suerte!

Unos minutos más tarde el taxi estaciona delante del edificio de Luciana. Desde la esquina de la calle se puede percibir el olor a lavanda del gel limpiador.

—¡Joven, cuidado no se vaya a caer, que el suelo está recién fregado! —me alerta la portera en cuanto me acerco. Me mira con los ojos entrecerrados y cierta desconfianza, hasta que me reconoce—. Ah, eres el sobrino de la señora Inés, ¿verdad?

—Sí, soy yo.

—¿Necesitas algo? Luciana no está.

—Pues es que la he estado llamando y no me contesta —invento.

—¡Ah, claro! Porque cambió de número —responde de inmediato.

—¿Y usted me podría dar sus datos? ¿El teléfono y su dirección en Colombia? Es que le quiero mandar unos papeles de mi tía —sigo improvisando.

—Faltaría más —dice, entra en la garita a buscar algo y sale apenas un minuto después—. Mira, esta es su dirección. Hazle una foto si quieres.

—Muchas gracias, señora —le digo desbloqueando mi teléfono para guardar los datos.

—Oye, ya que estás aquí... —Se quita las gafas y se acerca para hablarme bajito—: Vinieron unos abogados preguntando por Luciana. ¿Tú crees que es algo de tu tía?

Mi corazón empieza a latir rápido.

—¿Qué le dijeron exactamente?

—No mucho, pero también me pidieron su dirección.

—¿Y se la dio? —Respiro despacio tratando de mantener la calma.

—No, todavía no, los iba a llamar ahora.

—Pues no se preocupe. Seguramente es para mandarle los mismos papeles que yo le voy a enviar.

—Ah, bueno. Pues ya me quedo tranquila.

—¡Señora Pilar! ¡Ayúdeme con el carro! —le pide una vecina sujetando la puerta del ascensor.

—Adiós, chico, ten cuidado de no resbalar.

Voy hasta el bar de la esquina para tomar un café y así despertar mi mente; en el corto trayecto llamo a mi abogada:

—Blanca, ya tengo la dirección de Luciana en Colombia.

—Perfecto. Muy bien —vitorea ella.

—Pero la portera me ha contado que los abogados de mi tía estuvieron aquí preguntando por ella.

—Están a punto de notificarle. Te tienes que ir hoy mismo.

42

LAS HERIDAS

Luciana

Bajo caminando hacia el río. Voy sin zapatos y esquivo las irregularidades del suelo. Antes podía caminar descalza sin problema, no sentía las piedras clavándose en las plantas de los pies. Ahora, ya acostumbrada a la comodidad de los zapatos y a las calles asfaltadas de la vieja Europa, mis pies se han vuelto frágiles y mis pasos, temerosos.

Pienso en la capacidad que tiene el cuerpo para protegerse. Y me pregunto qué partes de mí habrán creado durezas; quizás mi alma, que siempre ha tratado de olvidar. En el fondo me alivia sentir dolor en las plantas de los pies, eso significa que donde hubo dureza un día puede dejar de haberla, aunque lo que quede al descubierto sea una piel desprotegida y vulnerable.

Cuando llego abajo me recibe el río, que parece una laguna en movimiento por la inmensidad de sus aguas. Tiene tanto caudal que en época de lluvia a veces inunda parte del pueblo. Cierro los ojos con una media sonrisa, saludándolo. Y, cuando los abro, me fijo en las palmeras tumbadas sobre el agua. Me conmueve acordarme de que, cuando era niña, pensaba que se inclinaban para darnos los buenos días. Tomo asiento en una piedra grande y me vienen a la mente mi abuelo y sus relatos. Me contaba que, en la época de la conquista, no se podía navegar por el río. Según un mandato de los reyes de España, te podían condenar a pena de muerte si lo transitabas. Hoy parece una M-30 acuática, pues cientos de chalupas y lanchas inundan sus aguas turbias.

Después de un largo rato siento el sol abrasándome los hombros, así que decido regresar a casa. Reconozco en algunos adultos con los que me cruzo las caras de algunos niños con quienes un día jugué. Pasados quince años, desembarcan en el mismo puerto, pero ahora con sus hijos en brazos.

Al llegar a casa, subo los tres escalones de hormigón y siento unos pasos detrás de mí. Me giro y descubro que es mi hermano Juan Diego. Esbozo una sonrisa a modo de bandera blanca. Y él se acerca.

—Murusha... —pronuncia el mote cariñoso por el que me llamaban mis padres—. Cuánta falta me has hecho.

—Y tú a mí —le digo casi sin voz.

—No sé si fue más duro perder a mamá y a papá, o que te fueras supuestamente por unos meses y que nueve años más tarde todavía esté intentando acostumbrarme a vivir sin ti —confiesa.

—Siempre pensé que en España sería de más ayuda.

—¿Sabes por qué estoy enojado? —suelta con su mirada todavía fija en el suelo—. Porque siempre supe que volarías alto, pero no sola. Los pájaros siempre vuelan en bandada.

—Vosotros siempre fuisteis parte de mi viaje.

—Me sentí un pendejo por no haber tenido yo las agallas de emigrar.

—Tú tuviste el valor de sacar al abuelo y a Max adelante. Yo no hubiera tenido tu fuerza, no hubiera sido capaz.

—Claro que hubieses podido. Siempre fuiste una berraca que no tuvo miedo a nada, lo heredaste de mamá.

—Sí que tengo miedo, Juan.

—¿Miedo a qué?

—A la soledad que siempre me acecha —confieso.

—Tú no estás sola, Murusha, acá tienes tu casa y tu familia.

—Lo sé. —Nos miramos unos instantes en silencio—. ¿Puedo abrazarte?

—¡Pues claro! —Sonríe.

43

UN ESPAÑOL EN EL CHOCÓ

Bastian

En cuanto aterrizo en el aeropuerto de Quibdó, enciendo el teléfono, pero no me llega la señal. Algo desorientado, me dirijo a recoger la maleta. Estar sin internet me hace sentir perdido. Pregunto a algunos pasajeros cómo conseguir wifi, sin suerte. Decido calmarme, esperar las maletas e intentar solucionarlo al salir. Una vez fuera, me dirijo a la parada de taxis.

—¡Oe, parcero! ¿A dónde se dirige? —me pregunta un taxista.

—A las embarcaciones —respondo.

—Con mucho gusto —contesta, para luego añadir—: Pero óigame, en el embarcadero no más hay puro barco a los pueblitos del río, y allí no hay hoteles ni vida turística. ¿Usted está seguro que es *pallí* donde va?

—Sí, señor —le contesto sin dar más explicaciones.

—¡Ay, caray! Lo que sí se va a aventar es una tierra de gente bella. Allá la mezcla indígena y africana produce un atractivo único. Las muchachas son hermosas —afirma, y yo pienso en Luciana.

Sus rasgos, la forma de su cara son indígenas. Pero sus labios y su cuerpo sinuoso son África pura. Abro la ventanilla, el aire caliente me golpea con fuerza y me obliga a cerrar los ojos. Recuerdo su mirada atigrada a pocos centímetros de mí, apenas un instante antes de besarme. Trato de pensar a qué etnia pertenecen. «A nadie», me digo, esos ojos salvajes solo le pertenecen a ella. Ojalá nos hubiésemos conocido antes, cuando mi tía aún vivía, o en otro escenario.

Instado por el taxista, subo la ventanilla. Y mientras el hombre se queja de haber puesto el aire acondicionado para nada, me pregunto qué pasará cuando nos reencontremos. ¿Querré besarla de nuevo? ¿Me comportaré de manera fría para no alimentar una historia de amor que no va a ninguna parte? ¿Le explicaré la verdad nada más llegar? Y, si no soy capaz de ser sincero, ¿cómo explicaré por qué he venido hasta aquí? Y ella, ¿cómo me recibirá?

—Parcero, ya hemos llegado. Tiene que preguntar allá, donde dice «Salida a las bocas del Medio Atrato» —explica el taxista.

—Gracias. —Le pago y me bajo del coche.

—Espero que encuentre lo que busca —dice él mientras abre el maletero para sacar mi maleta.

—Ojalá —contesto.

El taxi se marcha y yo imagino que dejo atrás mi vida para empezar de cero.

Frente a la mesa donde venden los billetes, pienso que quizás lo que busque sea descubrir quién soy, porque el Bastian de estos últimos días es alguien en quien no me reconozco. Pero creo que es una meta demasiado compleja para este viaje. Y debo centrarme en convencer a Luciana de que no tome medidas contra nosotros.

Me venden el último billete y me piden que me apresure porque el barco está a punto de zarpar.

—¡Es su día de suerte! —celebra el taquillero.

Suspiro aliviado, parece que el azar va a poner de su parte.

44

BAILAR HASTA QUE SE ACABEN LAS CANCIONES

Luciana

Después de toda la mañana visitando a los artesanos del pueblo, a los que mi hermano ayuda a vender su producción a nivel internacional, salimos hacia la casa. En una tabla rota que sobresale de un cobertizo hay unos niños lanzándose al río como si fuese un trampolín, la fuerza de su risa contagiosa me hace feliz. Mi hermano Juan me dice:

—¡Dale, lánzate! Como en los viejos tiempos, Murusha.

—¿Yo? —pregunto incrédula.

—Dale, manita mía, que a ti te encanta la aventura. Es más, si no te lanzas tú, te empujo yo —me amedrenta arrastrándome hacia la tabla.

—Juan, para, por favor —le imploro en una mezcla de risa nerviosa y resistencia real.

Los niños que están agolpados alrededor del trampolín empiezan a dar palmas y a corear:

—¡Que se lance, que se lance!

Ya una vez arriba, dejo de resistirme y negocio con mi hermano:

—Está bien. Nos tiramos juntos. En honor al abuelo, que decía que eras un *culicagao.*

—¡Va por usted, señor Asprilla! —grita mi hermano.

Todavía no he terminado de poner los pies en la punta de la tabla cuando me empuja y caemos los dos al agua. Saco la cabeza y me río a carcajadas mientras miro su gesto de felicidad; los aplausos de los niños nos sirven de banda sonora. La Chispa observa desde la orilla. De repente un ruido de lancha nos pide apartarnos de su camino. Mi hermano me sube en sus hombros para sacarme del agua rápido y yo siento que estamos poseídos por el espíritu de nuestra infancia, como un regalo del río. Cuando ya estamos fuera del agua los niños me empiezan a señalar, y me doy cuenta de que mi vestido blanco se volvió transparente. Me tapo el pecho con mi pelo tímidamente. En ese momento una chalupa desembarca a unas cincuenta personas, así que me tapo abrazando a mi hermano por la espalda mientras esperamos a que se vaya todo el mundo. Una vez pasado el pelotón de gente, nos disponemos a subir la cuesta de regreso a casa, y una voz nos detiene:

—¿Luciana?

Me quedo inmóvil, incapaz de darme la vuelta. Esa voz..., no puede ser. Es imposible.

—¿Luciana? —repite.

Tengo que comprobar que mis oídos no mienten acercándome a él.

—¡¿Bastian?! —exclamo—. ¡¿Qué haces aquí?! —Me acerco cautelosa, todavía sin podérmelo creer.

—Pues ayer pensé ¿por qué no acepto su invitación y voy a Colombia a probar el verdadero canelazo? —intenta bromear—. Siendo franco, después de probarlo, ni el daiquiri ni los mojitos me saben igual. —Sonríe.

—No sé qué decir... ¡Estoy sin palabras! —Si le digo lo que pienso, me tiraría a sus brazos y lo besaría sin importarme mi hermano, la Chispa o los niños del pueblo, que lo miran con curiosidad. Pero decido contenerme—. Bueno... ¡Bienvenido al Chocó!

—Estás... muy... guapa —me piropea. De manera involuntaria, su mirada viaja de mis ojos al vestido, aún mojado.

Trata de saludarme con dos besos (¿o iba a darme uno?) que yo quiero corresponder, pero estamos ambos tan nerviosos que nuestros gestos son algo torpes y vacilantes. ¿Buscamos o evitamos nuestros labios?

—¡Luchi! ¡Venga! —grita la Chispa, al lado de mi hermano, y nos mira con cara de extrañeza.

—¿Amigos? —me pregunta Bastian señalándolos con la cabeza.

—Bueno, sí, una amiga de España y mi hermano mayor —especifico, aún abrumada.

—¿Me los presentas?

—Sí..., claro —respondo al tiempo que empiezo a enfilar la cuesta. Luego me vuelvo hacia él y pregunto—: ¿Dónde vas a dormir?

—Donde tú me dejes —contesta rozándome la mano.

El contacto me deja temblando. Me apresuro a alcanzar a la Chispa y a mi hermano antes de que vuelva a tocarme y me fallen las piernas.

—¡Chicos! —les digo al llegar a ellos. Miro a la Chispa y alzo las cejas a modo de señal secreta—. Este es Bastian, un amigo español. Era el sobrino de doña Inés.

—¡Bienvenido, parcero! —lo saluda mi hermano con efusión.

—Pero ¿y este descarado no es el de la novia? —me susurra al oído la Chispa.

—La novia solo existe en tu cabeza —siseo de vuelta.

—Tú fíate de un Cayetano con camisa de lino... —me advierte desconfiada entre dientes, mientras Bastian y mi hermano conversan sobre el viaje.

—¿Ya empiezas? —me quejo, divertida—. ¿Me puedes decir cuál es el problema del lino?

—El lino es la tela de los que esconden algo. De los pijos que no quieren lucir marcas para no parecer pijos, pero visten de lino, que es una tela cara y que se arruga mucho. Necesitas que alguien te la planche... —La Chispa me mira como si lo que hubiera dicho fuera una verdad universal. Al comprender que no la sigo, continúa—: Es la ropa de un malo tratando de parecer bueno, como el tinto de verano sin azúcar o la cerveza 0,0 —afirma en un susurro y tapándose la boca con el pelo para disimular, pues Bastian se acerca a nosotras.

La Chispa le tiende la mano y hasta le sonríe:

—Hola, Bastian, yo soy la Chispa, amiga de Luchi. ¡Encantada! Qué bonita tu camisa de lino —celebra, sarcástica y mirándome de reojo.

—Ah, gracias. No sabía qué tipo de tejido era. No me gusta ir de compras, así que la encargué por internet.

—El lino es muy transpirable, pero se arruga rápido. En cuanto lo usas un poco..., ¡zasca! —dice dando una palmada al aire—. Se arruga.

Bastian se sobresalta por la fuerza de su gesto y yo la miro enfadada.

—¿Y dónde te vas a hospedar? Aquí no hay hoteles —pregunta mi hermano.

—Pues no lo sé todavía... Pensaba buscar una habitación, o quizás sepáis de alguna casita que me pudieran alquilar. He venido un poco a la aventura. —Bastian me mira mientras contesta.

—Te puedes quedar en un bohío bien bacano que acabo de construir, tiene la vista más berraca de toda Antioquia —le ofrece mi hermano, entusiasmado de poder ayudarlo.

—¿Eres constructor? Yo soy arquitecto. —Bastian sonríe.

—¡Yo soy un superviviente! Hago de todo —contesta mi hermano. Bastian sonríe. Siguen conversando mientras empezamos a caminar, ellos delante y nosotras detrás.

El sol cae e ilumina su espalda creando una sombra sobre el asfalto que se funde con la mía, como si estuviésemos uno dentro del otro. Parece una obra de arte abstracta muy bonita. La Chispa guarda silencio desde que mi mirada le advirtió que no estaba dispuesta a oír nada negativo.

Quiero que me deje vivir esta historia. Estoy cansada de estar sola, de haber perdido ese impulso de saltar al vacío. Anhelo ser como esos niños del trampolín, sentirme ligera porque nada pesa. Con los años, y debido a mis vivencias, fui construyendo un muro que pensaba que me defendía de algo, cuando en realidad es una mochila cargada de piedras que no me deja disfrutar el salto. Porque vivir se escribe con uve de vértigo, y morir, con eme de miedo. Yo elijo vivir. No quiero sumirme en un estado de duelo permanente, como si hubiese decidido enterrar la posibilidad de enamorarme. Cuando estás más llena de miedo que de ganas, no estás viviendo, solo estás respirando mientras dejas pasar los días. Seguramente no salga bien, pero no pienso perderme esta historia, ni esos ojos verdes.

Quiero que hablemos hasta que se agoten las palabras, que bailemos hasta que se acaben las canciones. Y nos amemos hasta que se calle el ruido.

45

LA SELVA Y UN BESO DISEÑADO

Bastian

Llegamos a una cabaña de madera en mitad de la selva del Darién. El hermano de Luciana me abre la puerta y me explica el funcionamiento de la cocina de gas y cómo se encienden los quinqués.

—Vamos pues, compadrito. Venga acá, ahora va usted a observar la magia del Chocó —advierte Juan Diego mientras me lleva hasta el fondo de la cabaña.

Abre una puerta hecha con ramas de árbol que da a una terraza con una vista impresionante. Me da la sensación de que estamos flotando sobre la selva. En el horizonte contemplo el río inmenso que abraza la imagen resplandeciente de la luna. Parece una de esas imágenes que te ofrecen los ordenadores como salvapantallas; la diferencia es que aquí es real.

—¡Esto es increíble! —exclamo admirado—. ¡Este lugar es el paraíso!

—¡Es suya, compadrito! La llamamos «la terraza curita», porque no importa si está embolatado con millones de problemas. Si consigue poner la mente en blanco y observar el águila arpía aterrizando entre las hojas, todo se le calma. El águila es el símbolo mundial de la espiritualidad, y nosotros tenemos una de las mayores concentraciones de águilas del mundo. Por eso es un santuario energético capaz de sanar a cualquiera. Créame, manito —me explica Juan mientras salgo a la esquina de la terraza y apoyo mis manos en la baranda.

El aire va entrando en mi cuerpo mientras noto su pureza. Y siento las propiedades curativas de este pulmón de Latinoamérica. Luciana se ha quedado dentro observando desde la cabaña.

—Ven, mira esto —la animo mientras la invito a ponerse en el mismo punto donde estoy.

Ella cierra los ojos, yo la rodeo con mis brazos y apoyo la cabeza en su hombro. El olor a aceite de coco de su piel y su espalda contra mi pecho me producen un hormigueo desesperado. De repente empieza a llover. Una lluvia roja y fuerte cae sobre nosotros.

—Bienvenido al Chocó, Bastian —me dice ella inmóvil, como si también quisiera parar el tiempo.

Gira su cara y me mira con sus ojos atigrados, que compiten con la belleza salvaje del lugar. Percibo que tiene las mismas ganas que yo de que desaparezcan todos y quedarnos solos aquí hasta fusionarnos con la naturaleza.

—¡Ave María, pues! Acá tiene su casa —repite Juan.

—Dime qué es lo que te debo por esto. Aunque el cariño que le has puesto no tiene precio —le agradezco emocionado por su cordialidad.

—Déjese usted de pagos. Aquí somos todos familia y lo mío es suyo, compadre. Nada me da más gusto que atenderle y agradecer que su familia le haya dado un empleo a mi hermanita para poder desarrollarse en la Madre Patria. —Luciana sonríe agradeciendo sus palabras—. Bueno, hora de marcharnos. Murusha, ¿te quedas?

—Dame unos minutos, hermanito.

La Chispa y Juan Diego salen de la cabaña. Y nos quedamos solos, ella mira hacia la puerta esperando que se cierre y se acerca a mí tan sigilosa que siento cómo baja el ritmo de la lluvia con cada paso más cerca de sus labios. A escasos centímetros de mí, susurro:

—¿Ya puedo besarte?

—Yo creo que si no nos besamos es que estamos idiotas —contesta ella.

Y me besa con un beso tan perfecto que parece diseñado. Siento su boca acariciándose con la mía. Como un reposo del alma. Se separa y roza de nuevo mis labios con los suyos, lentamente, provocando en mí un cosquilleo. En el temblor de sus manos rodeando mi cuello intuyo sus ganas por desnudar su cuerpo y su alma. Levanta los pies provocando que la sostenga por la cintura. Su lengua acaricia la mía, a modo de reencuentro, y ambas se hacen saber que no se han olvidado. Abre los ojos y me clava su mirada felina al mismo tiempo que muerde mis labios y me arranca hasta las dudas. No sé cuánto dura el beso, solo sé que ha dejado de llover porque la tormenta no podía competir con el ruido de mi respiración agitada sobre ella.

—Llegaste —me dice ella acariciando mi cara y apoyando los pies de nuevo en el suelo. Siento que se está despidiendo.

—¿Te marchas ya?

—Sí, Karma está sola con mi hermano Max. Y llevo todo el día fuera de la casa.

Al oír el nombre de la gata, se me enfría la sangre. Me devuelve a la realidad como una jarra de hielo. Recuerdo la finalidad de este viaje y me inunda una mezcla de maldad y culpabilidad.

—Sí, es lo mejor —le digo mostrándome impermeable. Suelto su cintura al instante y entro en la casa.

Ella me mira sin entender mi cambio repentino.

—¿Estás bien? —me pregunta entrando en la cabaña.

—Sí, sí —le digo mientras compruebo si hay agua en la nevera, o cualquier cosa que me haga disimular.

Trato de darle dos besos para agilizar su marcha. Ella sigue confundida. Pero yo he vuelto a la realidad.

46

LOS MIEDOS Y LAS DUDAS

Luciana

—¡Es la segunda vez que me hace esto! —les voy contando a la Chispa y a mi hermano, que van sentados en los asientos delanteros del coche.

—Bueno, manita, los hombres somos así. Se llama miedo al compromiso —expone mi hermano mientras me mira por el espejo retrovisor.

—¿Miedo al compromiso? Pues para meterse en su cama no tuvo ningún miedo a nada —afirma la Chispa desde el asiento del copiloto—. O sea, así sois los tíos, no tengo miedo a estar desnudo frente a ti mostrándote mis intimidades, pero sí tengo miedo de que me llames dos veces seguidas.

—Óigame, pero ese *man* vino desde España para verla. Si no, ¿para qué iba a venir? Yo le digo a usted, Murusha, que el español está *enchulao* —sostiene mi hermano.

—Eso es verdad, Chispa —reafirmo aliviada—. Si no ¿para qué hubiese venido hasta aquí?

—A mí ese chico no me gusta, Luchi. Esa gente que cambia así de repente suele tener algún trastorno. Como en los casos de asesinos en la tele, siempre sale la típica vecina sorprendida que dice que era muy buena persona porque la ayudaba a subir las bolsas de la compra. ¡Sí, señora, pero también mató a veinte personas! —La Chispa da una palma en el aire zanjando su argumentación.

Mi hermano se sobresalta. Yo me río y pienso que ya se irá acostumbrando a ese gesto de ella tras soltar una de sus maravillosas filosofías de la vida.

—Ese muchacho es bueno, Murushita, créeme. Lo que pasa es que el amor asusta a cualquiera —opina Juan Diego.

—Y ¿cuál es el susto, mi *arma*? Si luego bien que podéis tener relaciones paralelas. Os asustamos, pero decidís tener dos, ¿cuál es el miedo entonces? —replica la Chispa.

—¡Ah, no, mamacita! Yo no pego tarros —contesta mi hermano.

Mientras siguen discutiendo, yo vuelvo a mi mundo y observo, por la ventanilla, cómo se suceden los árboles en la oscuridad de la carretera, solo iluminada por los faros del coche y por la luna, la misma que admiraba con él hace unos minutos deseando que se detuviese el tiempo.

47

LA TERRAZA CURITA

Bastian

Me despierto al amanecer con la sensación de haber dormido veinte horas. Me siento descansado y con la cabeza despejada.

Voy a la cocina y veo una bolsa de granos de café puro con un molinillo al lado. Me dispongo a molerlos mientras caliento un poco de agua en la hornilla. Buscando el azúcar encuentro un papel en el cajón con la palabra «wifi» y una contraseña. Y mientras espero que repose el café introduzco las claves en mi teléfono.

Salgo a la terraza con la taza en la mano y el paisaje vuelve a impresionarme. Intento hacer una foto con mi teléfono, pero no hay píxeles que aguanten tanta grandeza. De pronto la pantalla se inunda de notificaciones que destruyen la armonía de los trinos de los pájaros, que parecen regular el volumen de sus cantos para no romper el equilibrio.

—Qué desagradable es el pitido del WhatsApp —me digo mientras tomo un sorbo del café más rico que jamás haya probado.

Qué ironía que hace apenas unas horas estaba aterrizando en Quibdó y creía que se me acababa el mundo sin internet y ahora me molesten las notificaciones. Seguramente porque no había conocido este maravilloso espectáculo de la naturaleza. O quizás porque estar lejos del mundanal ruido me hace pensar diferente.

Retiro la vista de la pantalla y me enfoco en el horizonte. Cierro los ojos mientras respiro profundamente por la nariz, y me digo que el universo puede esperar a que la cafeína active mi sistema nervioso. De pronto un aviso de llamada destruye la quietud:

—Buenos días, Bastian. ¿Encontraste a la chica? —pregunta Blanca.

—Sí —confirmo.

—He hablado con un colega especialista en herencias y vuestro caso se puede pelear fácilmente. Porque es un patrimonio transgeneracional, y eso está muy protegido por la ley. Así que es una gran noticia —me explica.

—¿Transgeneracional?

—Que pertenece a vuestra familia desde hace muchas generaciones. Es casi imposible la desheredación si lo peleamos bien.

—¿Lo sabe mi madre?

—Sí, ya se lo he comunicado y vendrá hoy a firmar la documentación necesaria para iniciar los trámites. Si todo sale bien, recuperaréis vuestra herencia antes de lo que imagináis. Ahora solo hace falta que la chica no denuncie. Esa es tu única misión en Colombia, Bastian. Si ella denuncia, los abogados de tu tía pueden presentar recurso y probar que habéis atentado contra los deseos de la difunta. La única razón por la que la ley española permite desheredar es demostrar maltrato. Y toda esta trama de engaño *post mortem* se podría considerar un maltrato contra la voluntad de la fallecida.

Vuelve la ansiedad nublando el amanecer y la calma.

—Pues yo..., no sé, Blanca... La chica y su familia me han

recibido increíblemente bien... No sé cómo... explicarles lo que hemos hecho —confieso.

—Seguro que se te ocurre algo, Bastian. Tú tienes la llave para salir de esto —concluye antes de colgar.

48

MR. WONDERFUL

Luciana

Me despierto ilusionada recordando que Bastian está aquí, que no ha sido un sueño. Abro los ojos y Karma amanece en mi regazo. Beso su cabecita mientras me ronronea y le agradezco que me regale los más bonitos amaneceres. Pongo un pie en el suelo y selecciono en mi teléfono una *playlist* que empieza con una canción de Billie Eilish.

Bajo bailando a desayunar unas arepitas que sobraron de anoche y a prepararme un jugo de lulo. Zoë y Max siguen durmiendo y la Chispa está en la ducha. Mientras me pongo una falda de licra y un top sin mangas, empieza una canción de Doja Cat que me empodera frente al reflejo del cristal. Salgo a maquillarme al pasillo, en un espejo roto que está entre mi habitación y el baño.

Me doy cuenta de que hace días que no sé lo que está pasando más allá de Boca de Amé, así que enciendo una radio vieja que está encima del mueble donde tengo apoyado el neceser e intento encontrar una estación de noticias. Pero ninguna emisora sintoniza bien, parece que la señal sea difícil de coger. Después de mover la antena en todas las direcciones, consigo encontrar una que se oye nítida. Es la emisora del pueblo y un hombre con voz profunda lee el horóscopo:

—Capricornio... —empieza. Subo el volumen, emocionada, ¡tiene que ser una señal que justo hable de mi signo!—. Capricornio, tienes el planeta Venus en tu signo. Eso significa que habrá grandes cambios en tu vida. Mucha pasión para ti, Capricornio, en los próximos días.

Me miro en el espejo y termino de ponerme brillo en los labios. Sonrío al reflejo y le lanzo un beso al señor que está hablando por la radio, agradeciéndole el buen pronóstico.

—Leo... —continúa el locutor mientras Karma se sube al mueble, junto a la radio.

—Mira, Karmita, tu signo y el de doña Inés —le digo mientras me pongo el rímel.

—Saturno en Leo... Serás el centro de atención en las próximas semanas.

Karma escucha atenta y erguida, moviendo la cola despacio en señal de agrado por lo que anuncia la predicción.

La cojo en brazos y ambas nos miramos en el espejo.

—Karma, tú siempre eres el centro de atención —le susurro—. No necesitas a Saturno en tu signo.

Ella me acaricia el cuello con su cabecita peluda. En ese momento la Chispa sale del baño y choca conmigo.

—¿Y tú a dónde vas con labios rojos a las nueve de la mañana, chiquilla? —Me sonríe.

—Hoy va a ser un gran día, Chispa, lo presiento —auguro mientras me coloco las trenzas por delante de los hombros.

—Y tanto que sí. Tienes al Cayetano roneándote... Aunque hace falta que hoy se despierte con el pie derecho —me recuerda.

—Mira, le voy a dejar claro que solo quiero que nos dejemos llevar, sin expectativas. Dejando atrás nuestras experiencias con otras relaciones. Yo quiero que proyectemos que el mundo empieza hoy y que puede ser un día perfecto.

—Madre mía, niña, parece que te has tragado una libreta de Mr. Wonderful —dice la Chispa mientras se tumba en la cama con el albornoz.

—Es que quiero cuidar lo que tenemos, y si él ha venido desde Madrid para estar conmigo es porque él también quiere que salga bien.

—Bueno, tú hazte la interesante, que eso funciona un montón. Que le quede claro que hoy estás aquí y que aproveche el momento, que mañana... ¡quién sabe!

—Exacto, el pasado ya se fue y el mañana no existe. Solo podemos influir en el hoy —reflexiono mientras me pongo perfume en el cuello—. ¿Nos vamos?

49

¿HASTA CUÁNTO SABES CONTAR?

Bastian

Estoy entrando en la ducha cuando llaman a la puerta. Me pongo nervioso tratando de encontrar una toalla. Me seco por encima y me la pongo en la cintura para abrir.

Mientras averiguo cómo funciona la cerradura intentando girar la llave hacia los dos lados, me sorprenden abriendo desde fuera.

—¡Buenos días, parce! —saluda Juan—. Perdona, que no te expliqué ayer cómo abrir. Parece que te queríamos dejar encerrado.

Mientras me explica cómo destrabar la puerta, aparece Luciana por detrás, más bella que nunca. Tan perfecta. Se acerca a mí y me saluda dándome dos besos en las comisuras de los labios.

—Bueno, la explicación del cerrojo la dejamos para otro momento —dice su hermano dejándonos solos.

Ella se separa unos centímetros para observar mi cuerpo desnudo, fijando su vista en la toalla y pasándome su mano suavemente por el pecho mientras acompaña el camino de una gota de agua que recorre mi abdomen. Después coloca su dedo mojado sobre sus labios y me mira sacando otra vez el tigre de sus ojos.

—Vámonos —anuncia Juan Diego sacándome del trance de la mirada de Luciana—. ¡Que hoy te vamos a llevar a las playas de Nuquí!

Entro a vestirme a la habitación. No he traído mucha ropa, opto por un pantalón corto y una camiseta cómoda. Me peino y me perfumo mientras los oigo hablar fuera.

Me asomo abriendo un poquito la puerta de mi habitación y veo que Juan Diego y la Chispa conversan en la terraza, y que Luciana está en la cocina, así que la llamo:

—Señorita... —susurro. Ella se señala a sí misma y luego comprueba que su hermano y la Chispa están distraídos. Entra en la habitación. Cierro la puerta tras ella y la apoyo contra la pared—. Me preguntaba si el beso de ayer lo soñé o fue real, así que quizás podrías hacerme el favor de repetirlo, para sacarme de dudas —murmuro a apenas un centímetro de distancia.

No he terminado la frase cuando ella se lanza a besarme y me agarra del cuello. Siento que sus labios son más carnosos que ayer y su lengua más suave.

—Te has propuesto obsesionarme, ¿verdad? —le pregunto sin dejar de besarla.

—¿Por qué? —Me sonríe.

—Porque siento que cada beso es mejor.

—A los besos le pone la calidad el que los recibe, no el que los da. Así que más bien eres tú, que hoy me valoraste un poquito más que ayer.

—Vale, pues entonces les iré poniendo nota... Hoy te doy un 7.

—¿Un 7? Es muy poco. —Se enfurruña de modo coqueto.

—Y ayer un 6..., bueno, un 6,5. Porque te ayudó el atardecer —justifico, de nuevo a un centímetro de sus labios.

—¿Y este? —pregunta mientras vuelve a besarme. Esta vez con más intensidad.

—Este ya es un 8 —contesto excitado.

—¡Chicos, vamos! —nos llama Juan—. Que se va la última lancha que va para el Quibdó. Tenemos que cogerla para después tomar la avioneta que nos deja en Nuquí.

Luciana se ríe y limpia los restos de pintalabios en mi boca.

—¿Cómo disimulamos que estoy en tu habitación? —me pregunta divertida.

—Dile que me estabas ayudando a encontrar... algo.

—¿A encontrar el qué? ¡Si yo no conozco esta casa! —contesta riéndose.

—Pues diles que me estabas ayudando a encontrarme a mí mismo, porque antes de conocerte andaba perdido. Así no les mientes —le digo mirándola a los ojos.

Su hermano nos apresura de nuevo.

—Nuquí te va a encantar —me cuenta Luciana con ilusión.

—¿Más que seguir poniéndole nota a tus besos? Lo dudo —le contesto intentando retenerla.

—Podemos seguir después. ¿Hasta dónde sabes contar? —me pregunta con cara traviesa. Yo no logro contestar, sus ojos me tienen embelesado mientras susurra—: Hasta donde sepas contar, ahí voy a llevarte.

50

EL PARAÍSO DE NUQUÍ

Luciana

Vamos en una lancha a toda velocidad y no paramos de mirarnos. Parecemos dos extraños que están queriendo iniciar una conversación en el transporte público. Nos sonreímos porque el ruido del motor es tan fuerte que no podemos hablar. Él va sentado enfrente de mí. Sus ojos se van aclarando con la luz y no deja de morderse los labios al admirar el paisaje. Su mandíbula es tan perfecta que parece sacado de un anuncio de Gillette. Le cede su sitio a una señora mayor que estaba de pie e inventa historias con un superhéroe mutilado que le ha dejado un niño que está a su lado. La ternura que desprende mientras le hace reír me parece irresistible.

Llegamos al aeropuerto. Una vez dentro de la avioneta que nos dejará en Nuquí, la azafata nos separa tratando de organizarnos por el peso, y yo no puedo dejar de mirar hacia atrás buscando la complicidad de Bastian.

—¡Niña, que me va a dar una subida de azúcar solo de ver cómo os miráis! ¡Qué cansinos! —susurra la Chispa, sentada a mi lado.

—Nunca imaginé que pudiera existir un hombre así. ¿Tú lo has visto?

—A ver, es imposible no verlo porque es guapo, guapísimo. Parece sacado de una novela turca. Lo miras tú y lo miran las azafatas. Mira esa, qué descarada es —comenta señalando a una con el dedo—. No ha dejado de servirle galleticas solo a él. Y yo muriéndome de hambre —se lamenta indignada.

—Mira, puede ser tu aliado para conseguir más comida —bromeo por su capacidad infinita para comer.

—Sí, al final vamos a llevarnos bien —me responde convencida.

—Ahora solo hace falta que dejes de llamarle Cayetano —le propongo bajito mientras nos avisan de que ya vamos a aterrizar.

Al bajarnos del avión nos recibe Andrés, un amigo de mi hermano que trabaja como guía turístico y que nos va a llevar a los lugares más bonitos de Nuquí.

—Andresito, parcero mío, ¿cómo le va? —Juan Diego le da un largo abrazo.

—Bienvenidos a Nuquí —nos saluda Andrés al tiempo que nos ofrece la mano a cada uno de nosotros—. Nadie acá tiene miedo a montar en caballo, ¿cierto?

—No —contestamos.

—Perfecto, porque empezaremos por visitar nuestra maravillosa cascada. Y por vía ecuestre es la única forma de acceder al lugar —continúa Andrés.

Subimos a un auto que nos va a llevar hasta la caballeriza. Allí una mujer nos ofrece cuatro caballos.

—Pueden montar juntos si lo desean —nos sugiere a Bastian y a mí dando por hecho que somos pareja.

Los dos nos miramos y aceptamos la propuesta. Monta él primero y yo después, delante de él y sujetando las riendas.

—Tienen que estar más pegados —dice la instructora.

En ese momento sus brazos me empujan hacia él y siento

cómo un millón de mariposas baten sus alas a la vez en mi vientre.

—Te has propuesto torturarme, ¿verdad? —me pregunta él al oído.

Y yo intento no pensar en lo que eso significa y arreo al caballo para que emprenda la ruta. En comitiva, nos adentramos en el bosque; sigo sintiendo en la parte baja de mi espalda el roce de su cuerpo excitado. Llegamos a las cataratas. Son hermosas y el agua es cristalina.

—¿Nos bañamos? —le pregunto.

—Es que no he traído bañador —responde.

—No importa.

No hace falta que le insista. Enseguida se quita el pantalón y se queda en ropa interior.

—¡Virgen santa! —clama la Chispa acercándose a mí sigilosa—. Chiquilla, hay que decirle a Juana la Cubana que me dé triple rezo a mí...

El comentario me provoca una carcajada y Bastian me mira interrogante.

Le cojo de la mano mientras nos adentramos en el agua. Y dentro, él se agacha quedando a mi altura. Oímos la voz de Andrés, lejana:

—¿Quién quiere saltar desde arriba de la cascada?

—¡Yo! —se apunta la Chispa.

—Yo también —se suma mi hermano.

—¿Alguien más? —insiste Andrés en voz más alta, claramente dirigiéndose a nosotros.

—No, no —respondemos los dos como siameses.

—Bueno, pues los vemos en un rato, hay que subir una lomita hasta llegar arriba —nos explica Andrés.

Miro a Bastian. Él me sonríe. Al fin solos.

51

LA MEMORIA DE LA PIEL

Bastian

Nos escondemos detrás de la cascada, como dos niños inquietos a punto de hacer una travesura. Nos colocamos justo en el centro y vemos caer los miles de litros de agua que nos salpican. La miro, consciente de este momento mágico que nos regala la naturaleza sirviéndonos de cortina natural frente al mundo.

—Si me trajiste hasta aquí para conseguir un 9, ya te digo que te lo doy —le susurro al oído.

Le aparto el pelo mojado de la cara. Estamos tan cerca el uno del otro que lo demás se vuelve borroso, lo único nítido es ella. Es magnética. Me coge de la mano y la coloca en su pecho. La fina tela mojada de su camiseta es lo único que separa su piel de mi mano.

—Mira lo que haces conmigo —susurra ella.

Su corazón late tan rápido como el mío, que ya anticipa y desea el beso.

Abre ligeramente los labios al tiempo que se pone de puntillas para besarme. Sostiene mi mano con la suya para que no deje de acariciarla.

Sus piernas trepan a mi cintura. Sus besos son suaves y los combina magistralmente con pequeños roces de sus labios por mi cara. Me agarra el pelo de la nuca obligándome a levantar la barbilla para besarme el cuello. Cierro los ojos extasiado y paseo mis manos por su espalda.

—No tengas miedo —me susurra mientras me agarra la mano invitándome a bajarla un poco más. Sus ojos se clavan en mí provocándome—. Quiero ir directa al 10.

Aunque el agua nos moje, noto el calor apoderarse de mi cuerpo al avanzar la expedición por el suyo.

Recorro cada esquina de su anatomía como un animal salvaje en terreno desconocido. No tengo prisa, quiero grabar mis caricias en la memoria de su piel. Me gusta que ella marque los tiempos y sentir cómo desea que mis manos y mi boca sigan acariciándola. Ondula su cuerpo como una serpiente para mostrarme el camino. Tiene prisa por obtener el 11.

El roce de sus manos deslizándose hacia abajo me desprenden de la última prenda que cubría mi cuerpo. Ella sonríe y se quita la camiseta sin dejar de mirarme mientras guía mis labios a besar esta nueva zona que estaba escondida hasta ahora. Después, sus jadeos exigen que entre dentro de ella. Me recorre un cosquilleo indescriptible al sentirla desesperada. Me agarra con fuerza, la abrazo con ansias y ondeamos juntos, así como la luna mueve la infinidad del agua a través de un baile perfecto con la marea.

Nivel 12. Arquea la espalda hacia atrás, siento su desesperación por sentirme más dentro, así que la sostengo de la cintura hasta quedarnos tan pegados que parecemos fundidos uno sobre el otro. Descubro su sombra reflejada en las rocas, parece una hermosa bailarina de ballet encorvando su espalda hacia atrás. Siento que no puedo aguantar más, su respiración agitada se acompasa con la mía y me descubren que ella tampoco tardará en llegar. Se para el mundo justo en el instante en el que se desprende una cascada dentro de mí en la que el agua agitada y el mar en calma se encuentran. Más hermosa que nunca, Luciana regresa su cuerpo hacia mí y me besa. Nos fundimos en un fuerte abrazo, conscientes de que culminó nuestra danza. Permanecemos en silencio, dejamos que el agua pueda mecer nuestros pensamientos.

Nunca me había sentido en casa tras el sexo como en sus brazos. Ahora entiendo que el alma culmina después que el cuerpo. Seguimos sin movernos, escuchando nuestra respiración, sin querer que esto acabe. Todavía incapaces de mirarnos porque nos hemos recorrido tan profundo que ahora sabemos cosas que nadie más sabe. Nunca antes había entendido «el después» como una parte de la intimidad donde no cabe la prisa. Tomando el mismo tiempo para llegar a la cumbre que para bajar de ella.

Cuando siento que sus brazos ya no muestran resistencia y ya está lista para mirarnos a los ojos, enmarco su cara con mis manos para besarla en las comisuras de los labios y confesar:

—Ahora sé cuánto dura la eternidad.

52

LOS MANGLARES Y EL CIELO RESERVADO

Luciana

—¿Sabes qué? Te parecerá una tontería, pero por alguna razón siento que mi misión de vida fue este instante. Nunca antes había sentido eso —le confieso mientras lo beso con los ojos cerrados queriendo retener el tiempo.

Cuando los abro, puedo ver que el verde alrededor de sus pupilas tiene trazas de azul cielo y que solo se puede ver a esta distancia. Como si fuese un cielo reservado, no disponible para todo el mundo. No me atrevo a moverme y romper la magia con la simplicidad de algo tan terrenal como vestirnos. Tampoco quiero volver tan rápido al mundo exterior. De pronto los gritos de quienes se lanzan al agua desde arriba de la cascada rompen el momento.

—¡Ándele, Chispa, no tenga miedo, salte! —Oigo la voz de mi hermano.

Bastian y yo recogemos nuestra ropa del suelo y nos reímos al oír el grito de mi amiga al saltar.

Poco más tarde aparecemos frente a los demás y, para disimular, admiramos y tocamos las rocas como si fuéramos gemólogos que determinan la calidad de las piedras. Cuando nos giramos hacia ellos, que están sumergidos en el agua mirándonos, se ríen:

—*Ta* buena la roca, ¿verdad? —pregunta mi hermano en tono sarcástico mientras todos se ríen.

—Creo que me tienes que contar algo, ¿no? —susurra la Chispa cuando entro en el agua.

Después de unos minutos sumergidos, en los que Bastian y yo no hemos dejado de mirarnos en ningún momento, el señor Andrés nos dice:

—Venga, que ahora vamos a recorrer en canoa el río Joví.

Mientras salimos del agua, Bastian me ofrece su camiseta:

—¿Quieres secarte?

—No te preocupes, toda mi infancia vine a bañarme con mis padres a estas aguas y nunca trajimos toallas. Mi madre decía que había que dejar a la piel nutrirse del agua pura de manantial —le explico mientras me acerco al caballo.

Mientras recorremos la selva voy hablándole de los pájaros y la biodiversidad única de este paraje natural. Él está impresionado, como un niño que quiere hacer mil preguntas.

Una vez llegamos al río Joví nos subimos a una canoa. Los turistas van en kayak acompañados de los lugareños. Dejo que se siente delante de mí mientras observamos este universo infinito de manglares. Bastian me pregunta:

—¿Cómo se forma un manglar?

—Pues es muy interesante, los manglares se germinan junto a la planta madre, pero después se separan de ella para sobrevivir. Crecen desarrollándose en largas ramas por el agua, que pueden medir kilómetros, en busca de un lodo donde alimentarse y echar raíces. Si se quedaran cerca de la planta madre, no podrían desarrollarse así —le explico mientras él acerca su cabeza a mi hombro para escucharme.

—Qué increíble que tengan que entrar en el lodo para hacerse fuertes, y qué curioso, también, que tengan que desprenderse de la madre para poder crecer —reflexiona.

—A veces la naturaleza nos da grandes lecciones. Si yo hubiese tenido a mis padres conmigo, seguramente nunca habría viajado a España —le explico abriendo mi corazón.

—Es difícil entender que quien te dio la vida a veces también te la frena —responde murmurando y con la vista perdida.

Me quedo en silencio, analizando su mundo. Su madre es tan diferente a él. Cada vez que me acuerdo de su actitud despectiva por mi pelo afro, o de su carácter altivo el día que quiso quedarse con Karma, me indigno. Menos mal que se me olvida que es su madre.

—Tu tía siempre me prometió viajar un día aquí conmigo, pero cuando la conocí ya había recorrido el mundo siete veces y estaba cansada de viajar. Pero estoy segura de que le hubiese encantado porque su capacidad para amar a los animales y la naturaleza eran algo fuera de lo común. Siempre decía que los humanos tenemos una deuda moral por haber robado todo sin permiso. Es por eso que invertía todo en sus fundaciones benéficas. En el plano personal era muy austera. «Como nacemos, nos morimos», me decía cuando yo le preguntaba por qué tenía tan poca ropa. «No nos iremos de este mundo con un camión de mudanza, Luciana, así que es mejor gastar el dinero en algo que se quede cuando ya nos hayamos marchado».

—Qué interesante su reflexión sobre la vida. Es una pena que una mujer así estuviese tan sola —razona tratando de encontrar una respuesta.

—Recuerdo una vez que la acompañé a A Coruña, a ver unas tortugas que había salvado a través de una de sus fundaciones. Mientras los rescatistas nos explicaban las condiciones en que las encontraron por culpa de la maldad humana, tu tía me decía: «Luciana, tenemos que poder pedirles perdón a los animales en nombre de tanto degenerado». Fue odiando cada vez más a las personas, pero ella era puro amor. Le molestaba terriblemente el egoísmo, nunca intentó conseguir beneficio económico con sus proyectos animalistas y, sin embargo, la vida le compensaba cada vez más. Le llegaban donaciones de personas desconocidas que querían apoyar sus acciones. —Mientras le voy contando el maravilloso legado que me dejó doña Inés, el señor que dirige la canoa nos avisa de que ya hemos llegado al final del recorrido.

—Gracias, Luciana, por dejarme conocer a mi tía a través de ti. Me hubiese encantado conocerla más.

—Siempre dices «gracias». Te voy a llamar el Chico del «gracias». —Sonrío mientras él se baja de la canoa—. Gracias a ti por regalarme tu trozo de azul cielo reservado.

53

EL OCÉANO

Bastian

Mientras nos dirigimos al coche, Andrés anuncia:

—Ahora iremos a la playa Guachalito. La última lancha de vuelta sale a media tarde, así que les tengo unas cajitas de comida para almorzar ahora en el carro, y así no entretenernos —explica el guía mientras nos entrega el almuerzo.

—¡Qué rico, don Andrés! Ahí tienen unos chicharroncitos, costilla asada, arroz con aguacate y una yuquita frita. Pura delicia paisa —celebra Juan Diego al abrir el recipiente de plástico y descubrir el menú.

—También traje unas frutas para los que no comen carne —explica Andrés.

—¡Gracias! —contesta Luciana.

—De beber, ¿qué se les ofrece? —pregunta acercándose con una pequeña nevera portátil—. Tenemos cola, viche, agua y cerveza.

Los colombianos del grupo piden viche, la Chispa y yo pedimos una cerveza al unísono. Y brindamos cómplices cuando nos entregan la lata, celebrando que somos dos españoles disfrutando de la vida al otro lado del mundo.

Desembarcamos en la orilla de la playa más hermosa que jamás han visto mis ojos. Es la selva muriendo en la arena y es el mar naciendo de la maleza. El color turquesa y la tierra blanca contrastan con unas rocas grandes que parecen haber quedado varadas como náufragos de alguna tormenta. Mientras caminamos Luciana me pregunta:

—¿Estás cansado?

—¿Cansado? —repito.

—De caminar, de ir de un lado para otro...

—Al contrario, gracias por enseñarme este maravilloso paraíso —le digo y comparto con ella algo que, desde que la conocí, no comprendo—: ¿Cómo pude haber coincidido contigo en el funeral de mi padre y no acordarme?

—Es normal. Se acababa de morir tu padre. Yo no recuerdo los siguientes días a la muerte de mis padres, y eso que vino una cadena de desgracias en dominó. Yo creo que el cuerpo nos protege ante este tipo de situaciones, olvida, porque ser consciente y recordar todo ese dolor sería insoportable.

Nos sentamos a la sombra de una palmera y observamos a los demás tomarse fotos en la orilla de la playa.

—¿Cómo murieron tus padres? —le pregunto.

—En un accidente de tráfico. Nos salvamos Juan y yo porque éramos los únicos que llevábamos cinturón. Por suerte, Max no viajaba con nosotros ese día. Mis padres fallecieron en el acto. Mientras venía la patrulla, abracé a mi madre tan fuerte como pude, pero su cuerpo ya no estaba conmigo. Por eso llevo este tatuaje con la palabra «vida», porque ese día su alma se quedó conmigo. —Me muestra el tatuaje en su muñeca izquierda. Y suspira—. Nunca suelo hablar de esto.

—Lo siento —susurro apretándole la mano. Puedo sentir su dolor.

—No, al revés. Creo que con este viaje estoy cerrando un ciclo que dejé abierto. Hablar de esto me ayuda a que así sea. —Se retira el pelo de la cara, alborotado por el viento, y deja la mirada perdida en la infinidad del océano—. Venga, ¿qué quieres que te cuente? Hoy estoy dispuesta a ser un libro abierto, no puedo prometer que mañana siga siéndolo.

—No sé, cuéntame lo que quieras. Hay tanto que no sé de ti aún.

—Es que no quiero entristecer este momento.

—Pues yo creo que debes sentirte feliz de todo lo que has logrado.

—La verdad, no ha sido fácil...

—¿Y qué pasó cuando murieron tus padres? ¿Con quién os quedasteis?

—Solos. Con apenas diez años me tocó convertirme en la madre de mis hermanos. Y junto a mi abuelo, que estaba en silla de ruedas, tuvimos que crear un hogar desde cero, porque a los pocos días del accidente, además, fuimos víctimas de un desplazamiento.

—¿Y eso qué es?

—Pues los desplazamientos son algo bastante habitual en esta zona de Colombia. Ocurre cuando la guerrilla llega a tu pueblo y debes desalojar tu casa porque ellos quieren ocupar la zona.

—¿Y has regresado alguna vez?

—¿Al pueblo? No, nunca. Eso sí que sería un cierre de ciclo. Pero imagínate, ahora fue que pude regresar a Boca de Amé después de nueve años. La verdad es que me gustaría volver en algún momento, ¡es el lugar donde nací y el único en el que guardo recuerdos con mis padres! Debería hacerlo.

—Eres una mujer muy fuerte, te ha tocado empezar de cero demasiadas veces —le digo con admiración.

—En tantos momentos he tenido la sensación de perderlo todo, que ya no tengo miedo de nada —dice, se tumba en la arena y tira de mí hasta ponerme encima de ella. Su proximidad vuelve a despertar cosquillas en mi estómago. Estoy por besarla cuando susurra—: ¿Y tú a qué le tienes miedo?

—¿Ahora mismo?

—Sí, ahora mismo.

—Honestamente... —dudo; me da pavor ser sincero y romper la magia— a hacerte daño... porque no lo mereces.

—¿Y por qué crees que podrías hacerme daño?

—No soy como tú me ves, Luciana. —Sé que este es el momento de confesarlo todo.

—No digas nada más —me interrumpe y pone dos dedos en mis labios—. No me importa el pasado. Solo me importa el nosotros a partir de hoy. Somos una hoja en blanco. No merece la pena empezar el cuaderno con rayones. Si piensas que hay algo de tu historia que podría hacerme daño, no me lo digas. Realmente no me interesa. Es más, te propongo convertir el día de hoy en el primero de nuestras vidas. ¿Aceptas?

A modo de respuesta, la beso.

54

DESCUBRIRNOS CON CANCIONES

Luciana

Me he quedado dormida en el hombro de Bastian durante el trayecto en lancha de regreso a Boca de Amé. Su mano acariciando mi mejilla me despierta:

—Ya hemos llegado, Luciana.

Mientras enfilamos la calle en dirección al coche de mi hermano, me pregunta:

—¿Te quedas a dormir conmigo?

—Si me quedo, no vamos a dormir —le contesto con una sonrisa ancha.

—Es que verás..., una chica un poco traviesa me entretuvo esta mañana para que no pudiera atender a las instrucciones de la cerradura. Y ahora, por su culpa, voy a quedarme encerrado de nuevo.

—Vaya, ¡qué chica tan horrible! —bromeo también.

—Entonces imagínate..., si tengo una emergencia, ¿qué hago? —insiste—. Puede ser peligroso, y más estando solo en mitad de esta selva.

—A mí me parece que esa chica de la que hablas puede ser más peligrosa que la propia selva —le susurro, divertida.

—En serio, Luciana. —Me frena antes de subir al coche—. Quiero hablar contigo. Necesito contarte algo importante.

Veo preocupación en sus ojos, pero la voz de mi hermano evita que sigamos con la conversación.

—¿Adónde los llevo, muchachos? —pregunta sacando la cabeza por la ventanilla del conductor.

—Pues podríamos ir a dejar a la Chispa y así también veo cómo está Karma —propongo tras acomodarme en el asiento trasero.

—Karma está mejor que tú y que yo. Max ha subido como treinta fotos de la gata en sus redes —comenta.

—Chispa, ¿te molesta que me quede a dormir con Bastian? —le pregunto a mi amiga, en el asiento del copiloto.

—¿A mí? —responde, y me guiña el ojo.

Al dejar a la Chispa en casa, no puedo evitar entrar y buscar a Karma, a quien encuentro dormida en el estudio de Max mientras este tararea algo frente al micrófono.

—Hermanita, puedes volver a España, que Karmita se queda acá en el Chocó —me dice mi hermano pequeño quitándose los auriculares. Claramente ella es una superviviente como yo, capaz de adaptarse a cualquier lugar.

—¡Vamos, Luciana! —grita Juan Diego desde el coche.

Le doy un beso a Karma en la cabecita y otro a mi hermano, y me marcho.

Ya en la cabaña, le pregunto a Bastian si le importa que me dé un baño mientras él sale con Juan a por comida.

Tras la ducha, busco una camiseta limpia de Bastian en su habitación y voy a la cocina siguiendo la senda de un delicioso olor a tortilla.

Cojo una manzana, le doy un mordisco y me asomo a la terraza prendada de la maravillosa vista del río. Sentada encima de la mesa de metal, me abrazo las piernas contra el pecho y pongo una de mis canciones favoritas en el móvil,

Nudito de Ale Zéguer. Miro al horizonte. Suenan los primeros compases y me preparo para cantar y unirme a Ale en su hermoso susurro que habla de bajarle el volumen al ruido.

—Qué diferencia tan grande existe entre los cantantes que escriben sus propias canciones a los que solo las interpretan —digo alzando la voz para que Bastian me oiga.

—¿Por? —grita él desde la cocina.

—Bueno, yo no tengo ni idea porque no sé cantar, pero me parece que la música es una reflexión con melodía, y que el que escribe esas palabras está pensando en alguien concretamente a quien quiere expresarle lo que siente; por eso esta cantautora, por ejemplo, la interpreta como un susurro. Sin embargo, el que únicamente las canta sin haberlas escrito solo espera que el mundo escuche su voz. Es más impersonal, creo yo —justifico.

Permanecemos callados, escuchando durante algunos minutos más canciones.

—¡Qué bonita *playlist*! —celebra Bastian al entrar en la terraza al son de la voz melancólica de Carla Morrison.

Me ofrece un plato de tortilla y un vaso de jugo de mango.

—Son cantautoras mexicanas. Me gusta la música alternativa. Especialmente si suena retro y hablan del amor bonito. En el fondo tengo alma de viejita, como siempre me decía doña Inés.

Al oír el nombre de su tía, Bastian frunce el ceño.

—Supongo que somos lo que escuchamos —se recupera enseguida—. Una canción es una manera de proyectar un deseo en el futuro, ¿no crees?

—La Chispa siempre dice que somos la música que consumimos. Yo pensaba que era una locura hasta que descubrió las infidelidades de mi ex gracias a la bachata.

—¿A la bachata? —pregunta él extrañado.

—Sí. Decía que un hombre que escucha a Romeo Santos solo quiere ser infiel... —Los dos nos reímos a la vez—. Y cuando me enteré de que me había engañado con medio Madrid, me fijé en las letras y me di cuenta de que a lo mejor lo de que las canciones definen nuestros deseos no es tan loco.

—¿Y... qué dice la Chispa de mí?

—Es que la Chispa es muy desconfiada. No ha tenido suerte en el amor; además, es muy sobreprotectora.

—Pero ¿qué piensa de mí? —insiste inseguro—. ¿Qué te ha dicho?

—Ella dice que ocultas algo.

Un silencio incómodo se instala en la terraza. Bastian ha dejado de beber. Y apoya el zumo en el suelo.

—Luciana —arranca con semblante serio—, necesito que hablemos...

—Espera, ¿qué música escuchas tú? Déjame averiguar primero quién eres con canciones.

—Pues yo..., depende del momento, pero lo que más escucho últimamente es Arde Bogotá, Vetusta...

—¿Y cuál es tu canción favorita?

—*Fix you* de Coldplay. Los he visto en directo tres veces y siempre me emociono con esa canción. Un día tienes que ir a un concierto de Coldplay.

—Podemos ir juntos —sugiero. Busco la canción en YouTube mientras él baja la mirada. Sorprendida por su reacción, le pregunto—: ¿Estás bien? ¿No te gusta el juego?

—Sí —responde esforzándose por sonreír.

—Voy a ponerla para que Coldplay me dé pistas de quién eres. Tú, calladito.

Empiezan los primeros acordes, y a medida que Chris Martin canta, hago mías sus palabras en mi cabeza, que hablan de estar perdido y esperar que unas luces te guíen a casa y de esa persona que llega a tu vida para repararte.

Me fijo en Bastian, él observa sus manos con la cabeza baja y yo inspiro profundamente y agradezco al destino haberle conocido y poder compartir con él la belleza de este atardecer con la luna menguante flotando en el río. El silbido de las hojas mecidas por el viento acompaña mis pensamientos.

—Así que eres un chico roto tratando de encontrar a alguien que pueda repararte. —Me agacho entre sus piernas para obligarlo a dejar de mirar al suelo y le beso la mejilla sosteniendo su cabeza entre mis manos—. Si me dejas, entre la selva y yo tal vez podamos curarte.

55

BORRÓN Y CUENTA NUEVA

Bastian

El ventilador de techo ha secado nuestro sudor de anoche. Los primeros rayos de sol entran por la ventana a reposar en su espalda y provocan un ligero brillo en su piel tersa. Observo cada una de sus curvas y, delicadamente, para no despertarla, le acaricio el cuello, de una suavidad extrema. Recuerdo el día que me besó por primera vez, y cómo yo le pagué su cariño con traición. Inutilicé su móvil a golpe de torpeza calculada. Entonces me sorprendió ver que no parecía afectarle demasiado, yo me habría enfurecido si hubiese perdido todos mis contactos y fotos en un segundo. Pero para una chica que pierde su casa y es capaz de empezar su vida de nuevo, marcharse sola a Bogotá para estudiar y ayudar a la familia, y después emigrar a España, a miles de kilómetros de los suyos, perder un simple dispositivo electrónico no tiene importancia. Más bien es anecdótico para alguien experto en el arte de hacer borrón y cuenta nueva.

Me voy a la ducha. El agua caliente cubre el cristal de vapor, y aparecen sus dedos marcados en la mampara. Son las huellas de nuestro encuentro de anoche. Mientras me enjabono, me detengo a repasar cada detalle de lo que hemos vivido, con el firme deseo de perpetuarlos en mi memoria, consciente de que cada momento con Luciana puede ser el último. Como un viaje al espacio sin regreso. Sé que estoy construyendo una ilusión, pues se sostiene en una mentira. Y que estoy subido en una rueda de insensatez, donde cada segundo que dejo que transcurra lo complico más, pero me resulta imposible elegir el momento adecuado para destruirlo todo.

—Estoy buscando un azul cielo reservado. —Su voz junto a la puerta me saca del atolladero mental en el que me he sumergido—. ¿Por casualidad lo has visto?

A través de la mampara, percibo su silueta acercarse.

—Caliente, caliente. —Sonrío. Entra en la ducha y me abraza—. Te quemaste.

—Gracias —dice tras un largo silencio en el que permanecemos juntos bajo el agua.

—Pero ¿no era yo el pesado del «gracias»?

—Es que yo tengo más motivos para agradecerte a ti que tú a mí —me contesta pegándose más a mi cintura.

Me siento un miserable.

—Luciana, tenemos una conversación pendiente desde ayer. —Me separo de ella.

—Ay, es que cada vez que me dices eso me suena a despedida, no sé por qué... Prefiero que sigamos calificando besos, ¡es más divertido! —Intenta evitar la conversación.

—Luciana, de verdad. Tenemos que hablar.

—Los «tenemos que hablar» nunca salen bien. En el amor, uno debería dejarse llevar. Sin conversaciones serias sobre «nosotros» o «la relación».

—Es que no tiene que ver con nosotros.

—Entonces, ¿por qué es tan importante algo que no tiene que ver contigo y conmigo, aquí y ahora?

Abro la boca para responderle, pero justo entonces suena mi teléfono.

—¡Dale, contesta! —me azuza ella—, que a lo mejor ya eres un arquitecto con un máster y hay que celebrar.

Salgo apresuradamente y me lanzo a responder. Es mi madre. Voy corriendo a la terraza para que Luciana no pueda oírme:

—¡Buenos días, mamá!

—Buenas tardes, dirás —contesta ella con su hostilidad habitual.

—Vale, pues buenas tardes —rectifico sin ánimo de amargarme el día.

—Bastian, ya puedes regresar a Madrid. He estado con los abogados y acabo de firmar unos papeles para que nos devuelvan la herencia. Parece que va a ser más fácil de lo que imaginábamos. Así que no tienes que seguir perdiendo el tiempo con la tonta esa —me explica.

—¿Qué te ha hecho Luciana para que la trates así?

—Robarme lo que es mío, ¿te parece poco? —Se genera un silencio entre nosotros—. Bastian, ¿estás ahí? ¿Qué te pasa?

Y algo en mi pecho estalla. De repente, aparece una furia silenciada durante años.

—¿Sabes qué? Ni ahogándote en todo el dinero del mundo tendrás nunca nada porque estás vacía por dentro. He tenido que viajar a la otra punta del mundo para entender lo lejos que debo estar de ti.

Recibo un silencio total del otro lado. Dejo de dar vueltas por la terraza.

—Mira, no sé qué mosca te habrá picado —reacciona ella finalmente—. Pero nadie debe hablarle así a una madre. ¿Dónde está la educación que te he dado?

—¿Qué educación? ¿La educación del «sí porque sí» y el «no porque no»? ¿O la de «tú haces lo que yo te diga porque soy tu madre y punto»? ¿Cuál de las dos?

—La de que tienes una carrera, un máster y todas las tonterías que te ha dado la gana gracias a mí, por ejemplo —me restriega altiva.

—O gracias a la abuela, que dejó ese dinero para mis estudios —le rebato enfurecido.

—Pero la abuela era mi madre y yo se lo pedí, desagradecido.

—Me has utilizado, mamá. Me has utilizado toda la vida. Me utilizaste para sacarle dinero a la abuela y me utilizaste para intentar mantener a papá a tu lado, y ahora vuelves a utilizarme —afirmo con rotundidad—. Se acabó.

56

LAS FEROMONAS

Luciana

Salgo de la ducha. Mientras me cepillo los dientes, pienso en un artículo que leí sobre las feromonas, que son una sustancia química secretada por el cuerpo a la que llaman «la droga de la atracción», y me imagino que yo debo de estar produciéndola a granel estos días.

—¿Todo bien? —le pregunto en la terraza.

—Mejor imposible —contesta sin volverse, sentado de espaldas a mí y cara al paisaje—. ¿Quieres un café?

—Voy a ir a desayunar con la Chispa, que se lo prometí ayer.

—Perfecto. Yo aprovecharé para acompañar a tu hermano, que se ha ofrecido a enseñarme su trabajo. Puede serme útil. No te lo he contado, pero voy a empezar a trabajar con un arquitecto al que admiro muchísimo. Le presenté un proyecto de casas prefabricadas sostenibles y me llamaron de su oficina para ofrecerme un contrato en su empresa. Quiero ampliar el boceto con el diseño interior y me gustaría que estuviese basado en productos biodegradables y cómplices con la naturaleza. Como lo que promueve Juan Diego.

—Es una muy buena noticia —le digo emocionada—. ¿Y cuándo empiezas?

—Pues en cuanto acabe el máster.

—¡Entonces compraré una botella de arrechón para celebrar! Porque estoy segura de que eso ya es un hecho —le digo acariciándole el pelo.

De pronto tocan a la puerta. Es mi hermano, que viene a buscarme.

Tras unos minutos bajando por la carretera hasta el pueblo llego a la casa de Max, donde me recibe un olor irresistible a arepas recién hechas.

—Pero bueno, Chispa, ¿a ti qué te ha pasado? ¿Cambiaste las porritas con café por las arepitas paisas? —me burlo de ella, pues la encuentro cocinando.

—Mira, Luchi, yo por un desayunito bueno cambio hasta a mis hijos y a mi madre —contesta ella y las dos soltamos una carcajada.

Me siento en una silla de madera y saco de una jaba un maracuyá. Lo abro para extraer su pulpa gelatinosa con una cuchara.

—Bueno..., ¿y entonces qué? —Me mira la Chispa alzando las cejas y girando una tostada en la sartén.

—¿Qué de qué? —pregunto.

—¿Pues qué va a ser, niña?

—Es que... no sé por dónde empezar —le contesto.

—Pues ya te lo digo yo, por las rocas, Luchi, por las rocas.

—Es que en las rocas pasó... lo que tú ya sabes —susurro para que no me oiga mi hermano, que está en el estudio.

La Chispa, impaciente, se sienta a mi lado y deja un plato de arepas entre las dos.

—A ver, a mí o me lo cuentas con detalles o no me lo cuentas.

—Pues fue... mágico. Sentí que estábamos... conectados. Fue hermoso, Chispa, la manera en que me besaba, los dos desnudos bajo la cascada...

—¿Cómo que desnudos? ¡Detalles, quiero detalles!

—Pues sí, claro, desnudos. Me subí a su cintura, él se quitó la ropa interior y yo mi camiseta, nos besamos..., y sin darnos cuenta pues estaba dentro de mí. Fue tan fluido... —le explico tratando de hacerle justicia al momento.

—A ver, que me hago un croquis. Si él se quitó la ropa interior y tú la camiseta, ¿en qué momento te quitaste las bragas, mi *arma,* si estabas encaramada a él? —pregunta ella curiosa.

—Pues es que... no llevaba —le digo, y me tapo la sonrisa con una mano mientras tiro la cáscara de maracuyá a la basura con la otra.

—¿Que no llevabas? ¡¿Saliste de la casa sin bragas?! —grita ella.

—Chsss... ¡Chispa, por favor!

—¡Menuda mosquita muerta! A eso si lo llamo yo ir preparada. Vamos que ni en *Cincuenta sombras de Grey* —dice mientras sirve café.

—No, mujer, no. No salí de casa así. Es que no me quería bañar en el río en ropa interior delante del señor Andrés, así que me bañé con la falda de licra y me las quité disimuladamente para no mojarlas y luego ya pues surgió lo que surgió.

—¿Y de qué habéis hablado? —continúa con el interrogatorio.

—Pues de muchas cosas, en la canoa hablamos sobre su madre...

—Dirás la Bruja.

—Chispa, ahora la voy a tener que respetar, que va a ser mi futura suegra —le digo sarcástica.

—Ah, bueno. En ese caso la llamaremos Honorable Bruja —contesta tapándose la cara con la taza de café.

—A lo mejor es buena persona, ¿quién sabe?

—Ninguna suegra es buena persona, Luchi. Eso te lo aseguro yo...

—No todas las suegras son iguales.

—Hasta yo seré una bruja con la que se case con mi Jonathan. Todo cambia cuando eres suegra, miras la vida desde una perspectiva diferente. Fíjate tú, me acabas de contar tu experiencia en las rocas y lo que pienso es: «Mírala ella, qué arte, sin ropa interior, prediciendo el futuro». Pero me llega una descarada novia de mi Jonathan sin bragas y le pongo una orden de alejamiento —afirma tan arrebatada que estallo en risas.

—Ay, Chispa..., ¿qué haría yo sin ti?

—Oye, ¿y él ya te ha explicado por qué, de repente, se le cruzan los cables?

—Pues no, pero varias veces ha intentado hablar seriamente conmigo de su pasado y... no quiero que se sienta juzgado. No necesito que me cuente nada. Le dije que empezáramos nuestra libreta en blanco.

—Bueno, piensa que si te cuenta los traumas con sus ex, pues eso te ayuda a conocerlo mejor.

—Pero es que yo siento que ya lo conozco. O sea, no necesito saber más de lo que me cuentan sus ojos. Quiero vivir este amor desde la piel. Que sean los sentidos los que escriban nuestra historia y tratar de no pensar mucho más allá. ¿No crees?

—Vamos, que quieres disfrutarte al payo Cayetano y que te quiten lo *bailao* —clama mientras da una palmada en el aire—. ¡Pues ole por eso!

—Además, Juana la Cubana dijo que venía un amor positivo para mí.

—Pues sí, y Juana nunca se equivoca.

57

EL ORO DE LA TIERRA Y LAS PEGATINAS DISNEY

Bastian

Entro en casa de Max después de un largo rato caminando por los talleres de los artesanos con los que trabaja Juan Diego. En el salón están Luciana y la Chispa riéndose, cómplices.

Karma, que estaba en el regazo de Luciana, salta y corre a olfatearme las piernas mientras me rodea y restriega su lomo contra mis pantalones. Me agacho y la cojo en brazos. Ella me mira y roza sus bigotes contra mi cuello mientras huele mi barbilla.

—Pasaste la prueba de fuego. Le gustas a Karma —celebra la Chispa.

—Eso parece —contesto mientras vuelvo a dejarla en el suelo—. Luciana, tengo una sorpresa, pero tenemos que irnos ya.

—¿Una sorpresa? —preguntan Luciana y Chispa a la vez.

—Sí. Poneos zapatos cómodos porque vamos a caminar bastante.

—¡Ah, ya sé! Hoy hay luna llena. ¿Vamos a ver atardecer en un lugar especial? —pregunta la Chispa.

—Puede ser —contesto.

Juan Diego se acerca a mí mientras esperamos en la puerta a que ellas terminen de arreglarse y me confiesa:

—Va a ser fuerte para ella.

—Lo sé.

Cuando al fin salen, empezamos a caminar a través de la selva. Después de más de una hora de trayecto, la Chispa se gira y me dice:

—Mi *arma,* si le vas a pedir matrimonio, sería igual de perfecto en la selva que se ve desde tu terraza —sentencia mientras se detiene, agotada.

—No, no es eso. Es algo mejor —le prometo guiñándole el ojo a Luciana.

Después de otra hora más siguiendo las directrices de Juan Diego, llegamos a un poblado con una calle donde un numeroso grupo de mujeres con vestidos de colores y turbantes baila delante de una fila de hombres con tambores. Entre los edificios han colocado guirnaldas de papel que adornan la calle principal.

—¡Estamos en festejo! —nos grita un lugareño animándonos a seguir la comparsa.

Así llegamos a una iglesia de ladrillo visto color naranja. Luciana se detiene y se tapa la cara con las manos. Cuando me acerco, veo que llora. Encoge los hombros y cae de rodillas. Su hermano Juan Diego se agacha a abrazarla mientras le dice algo al oído.

—¿Qué pasa? —pregunta la Chispa.

—Se acaba de dar cuenta de que estamos en su pueblo, donde nació y donde vivió con sus padres.

—No te puedo creer —se sorprende la Chispa llevándose las manos a la cabeza.

A lo lejos se oye el eco de los últimos tambores bajando por la calle. El silencio se abre paso.

—San José del Buey —murmura Luciana tras unos minutos de rodillas.

Se levanta limpiándose las lágrimas y entra en la iglesia

acompañada de su hermano y la Chispa. Yo me quedo fuera. Para que tenga su espacio. Durante la espera empieza a llover con mucha fuerza. Y me quedo resguardado en un cobertizo con techo de palma.

—¿Se le ofrece algo? —pregunta un hombre saliendo del bohío.

—Nada, señor, disculpe la molestia. Estamos dando una vuelta por la zona.

—¿Qué le trae por acá con esa zeta tan marcada? —me pregunta mientras la lluvia no da tregua.

—Pues es que mi amiga vivió aquí de niña y es la primera vez que regresa después de muchos años.

—¿Cómo es su apellido? —curiosea el anciano.

—Álvarez. Sus padres murieron en un accidente de tráfico cuando era pequeña.

—¡Anda! ¡Es la niña de los Asprilla! Muchacho, eso fue muy triste para todos en el pueblo —me explica el señor, apenado, mientras se sienta con dificultad en un trozo de madera.

—¿Usted los conoció?

—Claro que sí. Su padre y yo trabajábamos hombro con hombro en la mina: una pala, dos bateas y mucha paciencia. En los años 90 llegábamos a extraer de una sola faena 34 gramos de oro, pero después de la explotación de las grandes empresas, la naturaleza del área se deterioró y ahora no se saca ni medio gramo por jornada. Su papá y yo fuimos de los mejores haciendo eso.

—¿Y cómo sacan oro de la tierra? —le pregunto con curiosidad.

—Pues es una vaina muy hacerosa, muchacho: se araña la tierra y después se lava para quitar las raíces y malezas a partir de movimientos suaves con la batea. —Mientras lo explica, mueve su mano con la palma hacia arriba haciendo movimientos circulares—. Ahí va quedando una arenisca leve de color negro, que nosotros llamamos jagua, y cada tantito aparece el brillito de la felicidad nuestra, como una estrella que irrumpe en una noche despejada: el oro —me dice mirando ensimismado la palma de sus manos, como si todavía pudiera verlo.

—¿Hace cuánto que sacan el oro de esa manera?

—Uy, mijito, eso es una tradición ancestral. Además, mire qué lección nos da la tierra —me dice y apoya sus codos en las piernas tratando de acercarse a mí—. Por cada viruta milimétrica de oro, hay toneladas de barro y piedras. Las cosas más valiosas de la vida están escondidas, te tocará ir más profundo para encontrarlas, mientras que lo superficial y mundano están en la superficie, al alcance de cualquiera. El que quiere algo importante tendrá que arañar la tierra. —Después de unos segundos en silencio, se echa para atrás sentándose en la posición inicial—. Pero vamos, mijo, que cada vez estamos en un mundo más superficial. Ya nadie quiere mancharse las manos.

—¡Gracias, señor! —le digo sin encontrar las palabras suficientes para agradecerle tan valioso consejo.

—No, chico, no me diga gracias. Más bien disculpe a este viejo que no tiene con quién hablar.

Justo entonces los demás salen de la iglesia y se acercan corriendo a nosotros para guarecerse de la lluvia.

—Óigame, señorita, que yo la he cargado a usted cuando apenas era una peladita. Usted era la pasión de su papá —se dirige el viejo a Luciana.

Esta, visiblemente emocionada, lo abraza sin poder decir una palabra.

—Juan Diego Álvarez, señor —se presenta su hermano ofreciéndole la mano para saludarlo—. ¿Usted nos puede llevar a nuestra casa?

El hombre asiente.

—En breve la lluvia cesará —pronostica.

Y, efectivamente, así sucede poco después. El anciano agarra un palo y dice con firmeza:

—Síganme, parceros.

Luciana va de la mano de su hermano. Los observo caminar desde atrás y me parece ver en ellos a los niños que fueron y que esperan regresar a casa con la ilusión de haber retrocedido atrás en el tiempo.

Tras algunos minutos a paso rápido, llegamos a una casa con restos de pintura azul en la madera y techo de zinc parcheado. Parece que la humedad y la lluvia se han tragado la parte inferior de las paredes. Mientras nos acercamos a la puerta, un niño sin zapatos nos adelanta con mucha prisa y entra con un racimo de plátanos en la casa. El anciano le grita:

—¡Óigame, *culicagao*! ¿Dónde está su madre? —le grita mientras el niño señala hacia dentro—. Llámemela ahí, por favor.

Al cabo de unos segundos aparece una señora con un batón de tejido africano y un turbante que nos hace un gesto interrogante con la cabeza.

—Discúlpeme, mi señora, es que estos muchachos vinieron de lejos a visitar su casa de la infancia, que es esta. Su papá la construyó junto a los abuelos hace más de cincuenta años, pero se tuvieron que marchar con el desplazamiento. ¿Usted podría dejarles entrar?

La señora parece seria, pero nos deja pasar. Una vez dentro me impresionan las condiciones de pobreza extrema en las que viven: unos colchones en el suelo y una mosquitera que va de un extremo al otro de la puerta son todo lo que tienen en ese único espacio que es la casa. Con el corazón encogido, miro a los tres niños sentados en el suelo, uno de ellos apenas un bebé. Junto a ellos, descubro lo que deben considerar la cocina: un fogón sencillo, una pequeña mesa baja y dos troncos de madera para sentarse. Luciana pasa la mano por el borde de la ventana con unas pegatinas descoloridas y rotas de princesas Disney.

—Estas pegatinas las puse yo —murmura mientras se seca las lágrimas—. Señora, ¿todavía mantienen las hierbas?

La mujer nos conduce fuera por una puerta trasera, y llegamos a unos cuadrados de madera en mitad de la tierra virgen que separan diferentes especies de plantas. Luciana se agacha ante una maceta pintada de colores ya desgastados. Pone una fecha: 3 de febrero de 2003.

—Esta es mi letra. Mi madre era yerbera y yo la ayudaba.

—¡Así que tú eres la niña de las yerbas! Muchas veces nos hemos preguntado quién serías. Tu letra está por todas partes. ¡Fíjate! —Se agacha y muestra otras vasijas de barro—. Gracias a vuestras plantas, hemos curado muchas enfermedades en el pueblo.

—¿De verdad? —pregunta Luciana llevándose las manos al pecho.

—Claro. Pudimos continuar la siembra gracias a este cuaderno, que supongo que es tuyo también. —Saca del bolsillo de su delantal una libreta de hojas arrugadas y amarillentas por las que parece que han pasado diez vidas.

—Ahí fui apuntando todos los conocimientos que me dictaba mi madre —confirma Luciana, que acepta el cuaderno y empieza a pasar las páginas poco a poco, como queriendo recordar cada planta, fórmula y ungüento—. Señora, por favor, ¿podría quedármelo?

—Sí, claro, mijita. Ya todos nosotros hemos aprendido cómo van las semillas y para qué sirve cada planta. Siempre nos hemos preguntado quién sería el dueño de este regalo. La semana pasada mismamente curé a mi niño de la sarna con *Curcuma longa,* y hace dos veranos curamos al abuelo de una angina de pecho con cola de león. Le hubiésemos perdido porque hasta acá no llegan las medicinas ni tenemos acceso a los hospitales.

La señora habla con Luciana mientras que ella sigue ensimismada con las notas en cada página, como si pudiese traer a su madre de vuelta a la vida.

—Bueno, muchachos, vengan cuando quieran, esta es su casa. Y gracias a ti y a tu mamá por habernos dejado esta herencia que salvará vidas a muchas generaciones en el pueblo.

Luciana abraza a la señora y le dice:

—No sabe lo importante que es esto para mí. Como decía una gran amiga que murió este año: «Es importante dejar de herencia algo que vaya a permanecer en el tiempo, una vez nos hayamos marchado». Me hace muy feliz saber todo lo que dejó mi madre.

—Pues amén por su madre y por su amiga también.

58

CERRAR UN CICLO

Luciana

No he podido hablar desde hace horas. Mi cabeza está ordenando imágenes y fechas, como en un álbum de fotos. Mientras caminamos por el bosque de regreso a Boca de Amé, repaso cada segundo con mi madre a través de las páginas de la libreta.

Llevaba años evitando acordarme de San José del Buey para no sufrir, y ahora es como si se hubiese abierto la puerta de mi memoria inundando mi infancia de color y dando vida a un recuerdo que siempre había permanecido en blanco y negro. Me llama la atención no encontrar ningún trazo de la letra de mi madre, es como si ella hubiese podido ver el futuro y transmitirme la enseñanza de «mira lo que eres capaz de hacer con los conocimientos que te di», una forma magistral de darme valor y una hermosa manera de mostrarme lo imperecedero del trabajo en equipo.

Siento tanto orgullo de saber que su conocimiento herbolario ha ayudado a todo un pueblo a permanecer sano... Nunca me sentí tan bien. Hoy más que nunca sé que mi misión es ayudar a los demás, porque esta es la sensación que deseo experimentar toda la vida. Dicen que, cuando la encuentras, todo fluye, y lo que antes te suponía un camino empedrado, se vuelve una especie de ruta de regreso, por la que ya pasaste y sabes que estás listo para transitar. No es que deje de haber piedras, es que algo en ti reconoce la senda y sabes que estás preparado para recorrerla. Quizás la vida sea en realidad un viaje de regreso. Algo hizo clic en mí hoy. Abrazo la libreta y agradezco a la vida los padres tan maravillosos que tuve.

A nuestro regreso, ya está empezando a caer la noche. La Chispa se dispone a preparar la cena y yo voy a la habitación para guardar el cuaderno, mi nuevo tesoro, y del que no pienso despegarme nunca. Lo coloco entre mi ropa. Después me siento en la cama para quitarme las zapatillas llenas de barro y veo a Bastian en el umbral.

—¿Se puede? —pregunta.

—Sí, pasa.

—Espero que estés bien. No estoy seguro de que haya sido una buena idea llevarte hasta allí, no has hablado en todo el camino de regreso —comenta.

—Ha sido la mejor idea. Me has ayudado a recuperar mis recuerdos, no sabes cuánto valoro que me hayas llevado. Al fin, esto es el cierre de un ciclo, ¿verdad?

Bastian asiente, sonríe y entra en el cuarto para sentarse en el borde de la ventana.

De manera inesperada, empiezan a sonar numerosas notificaciones. Supongo que, al fin, mi teléfono se ha conectado al wifi. Reviso los mensajes.

—Qué raro, es Pilar, la portera, me ha llamado muchas veces y me ha mandado varios mensajes insistiendo en que la llame —murmuro y, acto seguido, preocupada e inquieta, lo hago.

»Pilar —saludo al descolgar ella—, disculpa, que yo sé que es de madrugada pero he visto tus mensajes urgentes. ¿Pasa algo?

—Hola, bonita mía. Sí, llevo todo el día intentando contactar contigo. De hecho, me he ido a dormir con el teléfono al lado por si me llamabas —murmura con su voz dormida.

—Cuéntame... —le pido, y miro a Bastian, cuyo rostro también está muy serio.

—Ay, Luciana. Vino la policía a buscarte con una orden judicial y yo la firmé por ti porque te llamé y no contestabas. ¿Hice mal? —me pregunta con mucha preocupación.

—No, Pilar. Al revés. Gracias. ¿Y qué dice la orden judicial?

—Pues una notificación de algo de una herencia.

—¿Una herencia? —me sorprendo.

—Sí.

—¿Qué herencia? —insisto sin dar crédito.

Bastian se acerca a mí y, tratando de apartarme del teléfono, me pide:

—Cuelga.

—¿Cómo que cuelgue? —le digo mientras trato de seguir escuchando la explicación de Pilar.

—Por favor, cuelga —insiste.

Yo le hago un gesto para que esté callado y sigo escuchando a Pilar:

—... entonces llamé a los abogados que me dieron la tarjeta porque me preocupé muchísimo.

Bastian me agarra del brazo e intenta arrebatarme el móvil. Yo me zafo de él con un movimiento brusco.

—¿Me estás escuchando, Luciana? —pregunta Pilar.

—Sí, sí, disculpa.

Bastian se dirige a la puerta.

—Luciana, ¿estás sentada?

—Sí —le contesto todavía confundida por la reacción de Bastian.

—Parece que la señora Inés dejó toda su herencia a Karma y te puso a ti como albacea.

—¿¿¿Cómo???

—Que ella dejó a Karma de heredera y a ti como gestora de todo. O sea, administradora del palacio, las fundaciones, sus cuentas de banco...

Se me acelera el ritmo cardiaco y siento como si se me congelara la sangre.

Mientras Pilar sigue enumerando cosas al otro lado del teléfono, mi cabeza repasa mi relación con Bastian, en imágenes que se solapan unas con otras. Estoy aturdida, como si la habitación diese vueltas. Cierro los ojos. Por un momento creo que me voy a desmayar.

—Luciana, contesta —me insta Pilar.

—Sí... —logro responder sin apenas fuerza.

—Entonces, la orden judicial que llegó es porque la familia de doña Inés ha pedido recuperar la herencia, por eso pone «demanda de revocación».

—¿Qué familia? —pregunto, temerosa de conocer ya la respuesta.

—Pues la hermana que se llama Hortensia, creo que es la madre del chico que vino a buscarte.

De repente siento un hueco infinito en mi estómago y una sensación de vértigo que me nubla la vista.

—¡Di algo, Luciana! —exclama Pilar tras un breve silencio—. Ya decía yo que doña Inés no podía haberte dejado sin nada. Dios la tenga en su gloria. Dicen los abogados que trataron de llamarte pero, como cambiaste de número, no te localizaban.

De pronto, suelto el teléfono sobre la cama, como si la decepción quemara entre mis dedos. Me viene a la cabeza mi móvil sumergido en la bañera y la imagen de Bastian, nervioso. El teléfono nuevo. La Chispa diciéndome en el aeropuerto: «¿Te manda a Colombia? Eso es porque te quiere lejos». Rompo a llorar sin poder silenciar el llanto.

Bastian sale de la habitación.

59

LA DESPEDIDA

Bastian

Me veo reflejado en el espejo roto del pasillo, sintiéndome ridículo y miserable. Puedo verme desde fuera saltando al abismo.

Se hace un silencio absoluto en la habitación y decido entrar suponiendo que ha colgado. Estoy muy nervioso. Al abrir la puerta, veo su cara empapada en lágrimas. Nota mi presencia, pero sigue con la mirada perdida en la pared. Una voz conmocionada sale del móvil y repite:

—Luciana, ¿sigues ahí?

Es entonces cuando ella me mira, vuelve la mirada al teléfono y cuelga sin decir palabra. Frunce el ceño con tanto dolor en sus ojos que no logro enfrentarme a ellos y desvío la mirada.

—¿Lo sabías? —me pregunta sin apenas poder articular las palabras, con temor a la respuesta.

Aprieto los labios. No sé qué decir. Me derrumbo.

—Sí.

—¿Y por qué no me lo dijiste? —solloza con un hilo de voz.

—No lo sé... Es muy difícil, Luciana.

—Me has mentido. Todo en ti es mentira. —Su mirada perdida derrocha decepción.

—No, Luciana, no —le digo acercándome a ella mientras se protege con las manos, que alza hacia mí como un escudo. Siento su rechazo como una estocada—. Luciana, escúchame. Lo que siento por ti es verdadero, te lo juro.

—¿Tan verdadero como la vez que te deshiciste de mi móvil para que no pudieran localizarme? ¿O tan verdadero como pagarme un viaje para que desapareciese?

—Tan verdadero como todo lo que te han dicho mis ojos.

—Tus ojos son una trampa. No me creo nada de ti.

Sus palabras me rompen el alma. Tiene razón. Aunque la quiera, todo ha sido un engaño.

—¿Por qué teníais miedo de que me enterara de lo de la herencia? —me pregunta.

—Porque ha supuesto un huracán para mi familia. Y yo... quería que estuviésemos lejos de eso.

—Mejor dicho, quieres que yo esté lejos de eso, ¿no? O sea, de la herencia. ¿Quién eres tú para decidir eso por mí, Bastian? —sentencia con firmeza, enfadada, reponiéndose de la conmoción inicial. Sus ojos ahora me miran con ira.

—Lo siento de verdad... Te juro que he intentado contártelo.

—¿Cuándo?

—En la playa, en la cabaña... Te pedí hablar varias veces..., pero tú no querías volver al pasado.

—¿Qué pasado, Bastian? Esto no es un pasado, es un presente. Karma es la heredera de una herencia y tú has decidido omitir esa información.

—Escúchame —le ruego mientras rozo su brazo.

—¡No me toques! —grita exaltada—. No quiero volver a verte nunca más.

—Luciana, por favor, no me hagas esto..., no me saques de tu vida. Hablemos, por favor... —suplico mientras me siento junto a ella tratando de convencerla.

Luciana se levanta de la cama, huye de la habitación y se encierra en el baño dando un portazo.

Me quedo unos segundos sentado en el borde de la cama, con la esperanza de que vuelva a salir algo más calmada y pueda contárselo todo. Pero no sale. La oigo sollozar en el baño. Su dolor me paraliza y me mata. Me marcho cabizbajo; al final, mis miedos se cumplieron. Sí he logrado hacerle daño.

60

REGRESO A ESPAÑA

Luciana

No he dormido en toda la noche. Primero, porque tras la discusión con Bastian, Karma se escapó y estuvo perdida durante horas. Me angustié pensando que los Humanes de Arteaga eran capaces de haber mandado secuestrarla. Y es que, en un instante, mi vida se ha llenado de miedo y traición. Ahora sé el peligro que corre Karma y lo que Bastian y su familia son capaces de hacer.

—Perdóname, Karmita, por haber sido tan confiada —le susurro.

Ella se revuelve y yo la libero de mis brazos; se recuesta en mis piernas cruzadas y apoya su cabeza sobre mi rodilla.

Mis hermanos, la Chispa y Zoë han estado acompañándome desde que Bastian se fue. Ninguno sabe muy bien qué decir. Me desahogo con ellos mientras voy atando cabos y sintiéndome cada vez más confundida. Ellos me escuchan, supongo que también están decepcionados, puesto que Bastian nos ha utilizado a todos.

—Pero entonces, ¿para qué estaba aquí? —pregunta Juan Diego.

—Para retenerme mientras su madre resolvía cómo recuperar la herencia —contesto.

—Pero ¿cómo va a venir a retenerte, Murusha, si tu billete de avión no tenía fecha de regreso?

—Seguramente pensaba que ella regresaría conmigo este viernes —contesta la Chispa.

—Habrá venido para asegurarse de que me quedo acá. ¿Quién sabe? Es un mentiroso profesional —me reafirmo.

—Me cuesta creer que no sentía nada por ti, Luciana —dice la Chispa negando con la cabeza—. Y mira que yo soy desconfiada. Es que entonces es un actor increíble.

—¿Y lo de hoy? ¿Llevarnos a San José del Buey? Yo mismo lo vi emocionarse cuando entraste en nuestra casa de la infancia —rebate Juan Diego.

—Culpabilidad, culpabilidad y estrategia —sentencio.

—Bueno, por lo pronto deberías llamar a la portera otra vez, ya son las once de la mañana en España. Me preocupa que tengas un requerimiento judicial, debes resolverlo porque eso es serio —aconseja la Chispa mientras me acerca el móvil.

Al desbloquearlo, aparece una foto con Bastian en la playa de Nuquí que justamente ayer puse de fondo de pantalla. Vuelvo a quebrarme.

—¿Cómo he podido ser tan tonta? —sollozo tapándome la cara con las manos.

Juan Diego me abraza.

—Venga, ya llamo yo.

Resuelta, la Chispa recupera el móvil, entra en mis contactos y busca a Pilar. Tras dos pitidos de señal esta contesta. La conversación es breve, porque Pilar insiste en que me ponga en contacto con los abogados inmediatamente.

Y eso hacemos.

—Por favor, ¿con el abogado Mauricio Silva? —pregunto nerviosa.

—Un momento, por favor —contesta la recepcionista, a

quien todos oímos, pues he puesto el modo altavoz—. ¿De parte de quién?

—De Luciana Álvarez.

Todos nos inclinamos sobre el teléfono con cara de incertidumbre. Parecemos un grupo de adolescentes alrededor de una tabla de ouija.

—¡Señorita Luciana! —exclama la voz de un hombre—. Qué alegría, al fin, poder hablar con usted. Imagino que le habrán comentado que llevamos semanas tratando de contactarla. ¿Le han contado el motivo?

—Muy por encima.

—Está bien, entonces le explico: la señora Inés del Castillo Humanes de Arteaga la designó a usted albacea de su patrimonio, ya que estableció que su gata Karma fuera la heredera universal. Su deseo era que usted se encargara de administrar, además de la fortuna del animal, sus fundaciones. Así que debe personarse para que se le informe de manera detallada de todo el proceso y obligaciones. Lo más importante ahora mismo es decidir si acepta o no lo antes posible. Solo hay seis días para la aceptación desde que le llega la notificación. Hemos solicitado la extensión alegando que está en paradero desconocido, pero tiene que venir lo antes posible.

—Está bien, saldré hoy mismo para Madrid —le confirmo mientras todos me miran.

—De momento, le pido que no se ponga en contacto con nadie de la familia de Inés y que si contactan directamente con usted les dirija a nosotros.

La Chispa no se puede contener y lo interrumpe:

—Disculpe que me entrometa, señor abogado. Soy una amiga de Luciana. Quería preguntarle si ella corre algún peligro.

—Peligro no creo, pero la familia no ha jugado demasiado limpio. Con trampas y ardides han intentado heredar de manera rápida para evitar el procedimiento judicial que conlleva un caso así. En cuanto esté aquí en persona, les pormenorizaré la situación.

Al oírle, la Chispa me clava las uñas en el brazo y me dice al oído:

—¡La trampa, Luchi! ¡La trampa! ¡Juana la Cubana!

—Entonces, señorita, si no hay más preguntas...

Cuando cuelgo la llamada, miro a mis hermanos y a mi amiga. No sé quién está más conmocionado. Sus expresiones reflejan preocupación, tristeza y desconcierto. Bajo los brazos, rendida y cada vez más consciente de que todo ha sido un engaño. Me abrazan los tres.

—Estamos contigo, hermana, pase lo que pase esta es tu casa —me apoya Juan Diego.

—¡Venga, no hay tiempo que perder, que nos vamos *pa* España! —clama la Chispa rompiendo el abrazo de grupo y yendo a por la maleta.

—No tengo fuerzas para enfrentarme a todo esto... —confieso mientras me quedo sentada sin fuerzas para levantarme.

—Pues si no tienes fuerzas, las sacas, y si no, nosotros las sacamos por ti. ¿Le vas a hacer el feo a doña Inés de abandonar sus fundaciones y dejarlas en manos de esas alimañas? ¡No, niña, no! A fuego con esa bruja. Tienes que sacar las garras. No es momento de bajar la cabeza —me arenga la Chispa con los brazos en jarras.

—Mira, Murushita, no le pares bolas ahora mismo a Bastian, ni te achantes. La tusa no puede frenarle a uno; al revés, demuéstrale que eres la nieta de los Asprilla y que nosotros no nos rendimos jamás.

61

CONSEJOS DE BOLSILLO

Bastian

Voy camino al aeropuerto. Observo una foto del taxista con su mujer, ambos sonrientes, pegada en el salpicadero. Él me mira por el retrovisor y comenta:

—Es mi señora. Este año cumplimos cuarenta y cinco años de casados.

—Felicidades —le contesto sin ánimo de hablar. Bajo la ventanilla y miro el paisaje para dar por finalizada la conversación.

—Nos conocimos cuando yo tenía dieciséis años y era un bandido que andaba por ahí gallinaceando. Mi señora, con su amor, me encaminó y me dio una familia de cuatro pelaítos. ¿Vio qué linda es? Fue Estrellita del Carnaval en Cartagena. Los hombres la miraban al pasar y ella me eligió a mí, imagínese. No sé qué vio en este loco *desganao*... Mi padre decía que la mujer de tu vida es la que te enseña a ser mejor, esa es la que lo lleva a uno al fin del mundo. ¿Le pongo el aire acondicionado? —finaliza tras advertir que saco un poco la cabeza por la ventanilla.

—No, señor, así está bien.

Cuando nos paramos en un semáforo, el hombre se da la vuelta para mirarme y me dice:

—¿Y usted sabe cuál es el secreto para seguir juntos?

—No sabía que había uno —respondo sin dejar de mirar el paisaje.

—Claro, mijito, todo tiene su secreto. Nosotros venimos de una generación donde lo que se rompe se arregla, no se cambia por otro nuevo. Recuérdelo, amigo, consejos del cachaco don Polo.

Un pitido del coche de atrás le devuelve las manos al volante.

Ahora no soy capaz de procesar de manera positiva prácticamente nada, pero, sin duda, me guardaré su consejo en el bolsillo, como todo en este viaje. Como el anciano que arañaba la tierra para conseguir oro, como el mensaje de los manglares y el sonido armónico de la selva. Espero con el tiempo poder limar el dolor y recordar tantas cosas que me llevo de Colombia.

Ya en la terminal, le doy la mano y las gracias por sus sabias palabras. Al ofrecerle la propina le digo:

—Salude a su señora.

—Gracias, mi parce. Acá estamos para servirle. ¡Regrese pronto!

—Seguro que volveré.

62

DEL AMOR AL ODIO

Luciana

Mientras me abrazo a mis hermanos en el aeropuerto de El Caraño, me doy cuenta de que no era consciente de la necesidad que tenía de tenerlos cerca. Después de tantos años cuidando de ellos, esta vez ellos cuidaron de mí. Le doy un beso a la pancita de Zoë.

—¿Para cuándo nace?

—En octubre salgo de cuentas —me contesta.

—El mes de las Razas. Será un hermoso líder de la gente —contesto imaginando la carita de mi sobrino y pensando lo duro que será estar lejos de mi familia otra vez. Me pregunto dónde estaré yo en esa fecha y si ya habré reconstruido mis piezas que ahora están rotas.

Mientras despega el avión a Bogotá, trato de comprender por qué todo ha dado un giro de 180 grados. O quizás nada cambió y siempre fue así, simplemente yo no era consciente. Quizás la felicidad se sostiene en la inconsciencia. Ojalá pudiera volver a ser la chica ciega de la cascada.

Aterrizamos sin que yo haya conseguido pegar ojo, así que al tomar el avión que nos llevará hasta Madrid, le pido a la Chispa una pastilla para dormir, consciente de que tengo que descansar. Me la tomo y reposo la cabeza en la ventanilla.

—Señorita, ya vamos a despegar, tiene que subir el bolso al compartimento superior. Debajo del asiento delantero ya lleva el trasportín —me informa la azafata.

Salgo al pasillo para colocarlo y alguien me pasa por detrás; con el roce de su cuerpo, siento un escalofrío. Me aparto para dejarle más espacio, giro la cabeza y lo veo.

No sé si es por la combinación de la pastilla relajante, que ya empieza a hacerme efecto, pero juraría que esos ojos verdes son de Bastian.

—¿Te ayudo? —me ofrece sin dejar lugar a dudas de que se trata de él.

—¿Qué haces aquí?

—¡Vete de aquí, embustero, o llamamos a la policía! —se exalta la Chispa levantándose de su asiento mientras todo el avión lo mira.

Él levanta las manos en señal de rendición y yo vuelvo a mi asiento por orden de la azafata, que se ha apresurado a venir al oír el jaleo.

—Esto tienes que decírselo al abogado. Acuérdate de que dijo que no podías tener ningún contacto con la familia —me insiste la Chispa todavía con la respiración agitada.

—Quizás... no hacía falta tratarlo así, estará de regreso también —le digo con tristeza mientras regreso a mi asiento—. ¿Cómo hemos pasado de besarnos a tener que avisar a los abogados si se acerca a mí? —murmuro todavía conmocionada.

Saco a Karma del trasportín y se acurruca en mis brazos escondiendo su cabeza entre mi codo y mi cintura. Creo que ella también quiere escapar del mundo. Oigo hablar a la Chispa, que ya vuelve a llamarle Cayetano, repasa su ropa de lino y su teoría de la tabla del Titanic. Su voz se va alejando.

Cierro los ojos y me desconecto del mundo.

63

¿MALETAS O PERSONAS?

Bastian

La señal de los cinturones se apaga dando paso a la voz del piloto, que anuncia nuestra llegada a Madrid:

—Bienvenidos al aeropuerto Adolfo Suárez Madrid-Barajas. Son las 11.35 de la mañana. Hoy es martes, 18 de abril.

Los pasajeros se levantan de inmediato preparándose para abandonar el avión. Yo no soy capaz de reaccionar, ni siquiera me he quitado los auriculares, la música me aísla de una realidad para la que no estoy preparado.

Espero a que todo el mundo salga para no cruzarme con Luciana y volver a sentir el miedo en su mirada. Por lo que intuyo, la próxima vez que nos veamos no será al pie de una catarata ni a la orilla del mar, será en algún tribunal gris, rodeado de gente con traje.

La azafata me invita a levantarme:

—Disculpe, señor, pero solo queda usted.

Camino hacia la salida cuando oigo a alguien discutir a lo lejos. Me coloco en la fila de pasaportes. Todos los que estamos esperando para pasar el control policial oímos la conversación, reconozco la voz de la Chispa; el alboroto cada vez es mayor. Al llegar a la aduana muestro mi pasaporte y ellas, situadas a medio metro, me miran. Escucho su conversación:

—Usted no tiene permiso de entrada al país. Debe acompañarnos para que podamos contactar con la embajada de Colombia, pero no puede entrar en la comisaría con el animal, tiene que permanecer en el área de reclamaciones de equipaje —explica el oficial de aduanas.

—No me voy a separar de ella —contesta Luciana muy firme.

—¿Tiene algún documento que acredite que el animal es apoyo emocional? —pregunta el policía.

—No —contesta Luciana tras dudar unos segundos.

—Pues en ese caso no puede acompañarla.

—¿Y quién me asegura que la van a cuidar bien? —plantea mientras los oficiales se miran para determinar la respuesta.

—Pues..., es que nosotros no nos encargamos de eso, señorita. Hay más animales esperando cuarentenas y procesos similares, así que supongo que sí.

—¿Y qué les dan de comer? Porque no es lo mismo un perro que un gato o un hámster.

—Pues..., no sabría decirle.

—Pero son especialistas en animales, ¿no? —insiste ella preocupada.

—Tampoco creo yo que se necesite a un especialista para ponerle unas bolitas al gatito —se mofa el policía.

—Ah, claro, porque los animales no tienen derechos, ¿cierto? Pero para cobrar un pasaje, obligar a unas vacunas y pagar para que tengan un pasaporte, para eso no son maletas, para eso son personas. Tienen los deberes de una persona, pero los derechos de una maleta —grita Luciana perdiendo los nervios.

—Señorita, es la hora del cambio de turno y mi compañero y yo tenemos que irnos. Nosotros solo cumplimos las leyes aeroportuarias —sentencia el policía.

—Este animal es español y tiene tanto derecho como usted o como yo a entrar en el país sin ser retenido en ninguna aduana —tercia la Chispa mostrándoles el pasaporte de Karma.

—Pues quédese usted con él. Quien se va a quedar retenida es ella, usted no tiene que venir y se lo puede llevar perfectamente —explica el oficial.

—¡No la voy a dejar sola con ustedes! —contesta con agresividad la Chispa.

El policía que estaba revisando mi pasaporte me lo devuelve y hace un gesto para que continúe. Me acerco a Luciana.

—¿Usted viene con ellas? —pregunta el agente que está dentro de la garita atendiéndolas.

—Sí —contesto—. ¿Qué pasa?

Los gritos de la Chispa no me dejan oír lo que trata de explicarme.

—Llévatela a comisaría —estalla el policía desde el otro lado del cristal mientras su compañero, que acaba de llegar, le intenta arrebatar el trasportín de las manos a Luciana, sin éxito. Llega otro por detrás y la agarra del codo. Todas las personas que están en la fila del control nos miran. La Chispa, alterada, decide ir tras ellos mientras continúa discutiendo.

El policía que se ha quedado con el trasportín en la mano me lo ofrece:

—Lléveselo usted.

Lo miro, preocupado por Luciana.

—¿Cuánto tiempo cree que va a estar retenida? —tanteo.

—Las deportaciones pueden durar hasta un mes, depende de la agilidad de la embajada.

Miro el trasportín y veo los ojos de Karma asustados asomados por la rejilla.

—Está bien, me lo llevo yo.

—Por favor, ¿algún oficial me puede traer al control de la

terminal 1 una autorización para retirar un bulto en bodega? —pregunta el hombre por un *walkie-talkie.* Y me explica—: Es que cualquier equipaje que se retire por alguien que no es el propietario requiere de un formulario.

Tras unos minutos de espera, llega el documento y rellenan mis datos con el DNI.

—Firme aquí abajo.

64

DEPORTACIÓN

Luciana

—Ya vienen en camino —me confirma la Chispa después de hablar con los abogados de doña Inés.

Tras unos minutos de espera sentadas en los bancos de plástico de la comisaría del aeropuerto, un policía se levanta y grita mi nombre.

—Pasaporte —me pide estirando el brazo—. ¿Dónde tiene la visa sellada?

—Aquí —le señalo con el dedo.

—Esta visa de residencia y trabajo expiró hace tres días.

—Es que mi empleadora, que era quien se encargaba de tramitar la renovación, acaba de fallecer.

—¿Tiene abogado?

—Sí, ya está en camino.

El hombre asiente. Aunque serio, parece amable.

—Disculpe, señor, ¿puedo hacerle una pregunta? —me lanzo—. Es que se llevaron a mi gata en el control de Migración y me gustaría saber si está bien.

—Seguro que sí, señorita —contesta, y me hace un gesto para que vuelva a mi asiento.

La Chispa me agarra las manos con fuerza mientras nos sentamos.

—Amiga, tranquila, todo va a salir bien. Respira por la nariz —me dice mientras inhala aire conmigo y nos sentamos.

—Buenas tardes, ¿es usted la señorita Álvarez?

—Sí —respondo poniéndome de pie.

—Mi nombre es Mauricio Silva, hablamos por teléfono ayer, y ella es Marian Aguilera, somos los abogados de doña Inés. —Me saludan ofreciéndome la mano—. Lo primero, no se preocupe, que esto es un mero trámite administrativo.

—Pero ¿qué ha pasado? No entendemos nada —pregunta la Chispa.

—Pues que solicitamos una renovación de su visa y los papeles llegaron al palacio del Fresno y allí nadie los recogió. Nosotros creíamos que la visa se había renovado automáticamente, pero hoy en Extranjería nos han confirmado que en la documentación que enviaron solicitaban que usted se personara para sellarla.

—Entonces, ¿tengo permiso de entrada o no? —pregunto confundida.

—Tiene la visa aprobada, pero no sellada en su pasaporte. Por eso le digo que se resolverá en unas horas, usted tranquila —contesta con serenidad el abogado mientras su compañera se acerca a hablar con el policía.

65

DEL TRINA DE NARANJA AL TEQUILA

Bastian

Llamo insistentemente a mi madre y, una y otra vez, salta el buzón de voz. Empiezo a sospechar cada vez con más solidez que ella es la culpable de la detención de Luciana.

Al llegar a los bajos de su edificio, toco el telefonillo y nadie me abre. Le hago un gesto al portero para que se acerque.

—¿Ha visto usted hoy a mi madre?

—Pues no ha bajado —contesta dejándome pasar.

En el tercer piso aprieto de manera insistente su timbre al mismo tiempo que golpeo con la aldaba de metal y la llamo a voz en grito. Insisto e insisto hasta que, al fin, me abre la puerta.

—¿Qué te pasa? ¿Es que has decidido tirarme la puerta? —contesta, en bata.

—¿Qué le has hecho a Luciana?

—¿De quién hablas? Deberías ir a un médico para curarte de esa inquina que tienes contra mí.

—¿No era suficiente para ti falsificar una carta con su nombre sino que además tienes que prohibirle entrar en España?

—¿Qué dices? ¡Estás loco! —contesta con desaire mientras trata de cerrar la puerta y yo la freno con el pie—. Así que te has enamorado de la limpiacacas. ¡Bravo! —Aplaude camino al salón.

—Pero ¿por qué la odias? ¿Qué te ha hecho?

—Robarme mi casa de la infancia, ¿te parece poco? —pregunta mientras abre una caja de metal, saca un paquete de tabaco y se enciende un cigarrillo.

En ese silencio que se genera entre ambos, Karma suelta un maullido. Me agacho a sacarla del trasportín.

—Mírate —me dice con desprecio.

Me acerco al baño para darle un poco de agua a la gata usando la palma de mi mano como cuenco. Mientras camino por el pasillo que me lleva de nuevo al salón respiro profundo tratando de tranquilizarme y así poder tener una conversación pacífica con mi madre.

—Vamos a ver, mamá, si ya vas a recuperar la herencia, según los abogados, ¿qué necesidad tienes de arruinarle la vida a ella?

—¡Solo voy a poder recuperar una parte! —revela—. Hay otro tercio de libre disposición que se lo va a quedar ella por ser la lameculos de tu tía, ¿qué te crees? ¿Que no lo tenía calculado? ¿Que aguantó a la infeliz de tu tía por un mísero sueldo al mes? ¡Despierta, Bastian, que vives en el mundo de Disney! —contesta llena de rabia.

Mi madre se masajea el cuello, y me doy cuenta de cuánto le tiemblan las manos. Está desquiciada.

—Mamá, ¿te estás tomando la medicación?

—¡Ese es el problema! —me dice señalándome amenazante—. Que os habéis puesto de acuerdo para hacerme creer que estoy loca, cuando yo soy la más cuerda de todos. Lo que pasa es que soy la única que se enfrenta a los problemas. Tú eres un cobarde, como tu padre y tu tío —protesta mientras se sirve una copa de tequila que vierte de una botella.

—¿Desde cuándo has cambiado el Trina por el tequila?

—¿Y tú desde cuándo has cambiado a tu familia por una cualquierona que conociste hace dos días?

—Esta vez no te vas a salir con la tuya.

—¡Maldito imbécil! —me grita mientras estampa la copa contra la pared con un ruido atroz y llenando el suelo de pedazos de cristal.

Karma, que estaba en mis brazos, salta asustada hacia la ventana del pasillo, que está abierta. Corro tras ella tratando de alcanzarla, pero es demasiado tarde. Al asomarme a la ventana, la veo correr mientras se pierde entre los coches.

66

INÉS SOLEDADES Y LA LUNA MENGUANTE

Luciana

Llega la noche y sigo esperando en el centro de retención para emigrantes. Me pongo a pensar en doña Inés mientras observo la luna por la ventana rectangular que está pegada al techo. Es una luna menguante, imagino que es una sonrisa. Quizás es doña Inés saludándome desde el más allá y recordándome: «¿Ves, Luciana? Ahora entiendes mi soledad».

Pienso en Karma, ni siquiera tuve tiempo de despedirme de ella. Me rodeo la cintura con los brazos, queriendo ocupar su espacio, imaginando que si estuviese aquí estaría recostada entre mis piernas mirándome con cara de «¿qué hacemos aquí?».

—¿Luciana María Álvarez? —pregunta el policía que me atendió cuando llegué.

—Dígame —le contesto acercándome a su escritorio.

—Lo siento, señorita, por haber tenido que pedirle a su amiga que se fuera. Es que hay mucha gente hoy aquí en la sala, y si cada uno trae un acompañante no habría sillas suficientes.

—Lo entiendo, señor, no se preocupe —contesto con resignación preparada para volver a mi asiento.

—Pregunté lo de su gato...

—¿Y? —lo interrumpo nerviosa.

—Que no se preocupe, que se lo llevó su amigo.

—¿¿¿Cómo??? ¿¿¿Qué amigo???

—El que venía con usted.

—No, no, no... No puede ser —exclamo con la respiración agitada. Me apoyo en el escritorio sintiendo que me voy a desvanecer.

—Tranquilícese y vuelva a sentarse, por favor —me pide.

—Necesito hablar con mis abogados... —Siento una presión en el pecho y un sudor frío recorrerme la espalda.

—Tranquilícese, mujer. —Se levanta precipitadamente para sostenerme con un brazo y avisar a enfermería, porque las piernas me fallan—. Ahora vienen mis compañeros y la atienden.

Siento un pitido largo en mis oídos y empiezo a ver todo borroso mientras oigo el murmullo de las personas apartando las sillas para recostarme en el suelo. De pronto veo un rostro conocido acercándose hacia mí y tomándome la mano.

—Luciana, soy Marian, tu abogada. Estoy aquí. Ya está todo resuelto —me dice mientras yo solo puedo asentir con la cabeza.

—Buenas noches, agente. Soy su abogada. Aquí tiene los documentos. —Se gira entregando unos papeles al policía—. Luciana, tranquila, sales de aquí hoy mismo. —Me toma de la mano y siento que mi mente se funde a negro.

67

SE BUSCA UN GATO, JOHNNY DEPP

Bastian

Salgo de una copistería situada en la calle Alcalá, exhausto después de toda la noche buscando a Karma. En mis manos llevo los carteles con la foto de la gata, junto a mi número de teléfono y escrito debajo: «Se busca». Les agradezco a las chicas de la tienda la rapidez con que me ayudaron a componer el póster a partir de una foto del Instagram de Luciana donde aparece con Karma en brazos. Es una tortura ver el brillo de sus ojos abrazando al animal cada vez que coloco el cartel en un semáforo.

Pienso en Colombia, en sus lágrimas cuando llegamos a su pueblo y el dolor de haber perdido todo. Y ese vacío por la muerte de sus padres que se ha quedado perenne en sus pupilas. No puedo imaginar darle la noticia de que Karma ha desaparecido. Trato de reponerme para seguir buscándola. Pregunto en los comercios de la zona si me dejan poner el cartel; todos se brindan a ayudarme mientras me dicen lo bonita que es la gata y me desean suerte.

—No te preocupes, chico. Aquí en el centro los coches van a poca velocidad porque casi todo ya es peatonal —me anima la señora de la floristería.

De repente, suena el teléfono y lo saco del bolsillo a toda

prisa imaginando que alguien la ha encontrado. Pero es Blanca, mi abogada.

—Dame una buena noticia, por favor —le digo nada más descolgar.

—La chica está ya fuera del centro de retención.

—¡Bien! —grito en mitad de la calle mientras un señor que está descargando unas cajas me mira extrañado.

—Bastian, la chica está con sus abogados. Eso quiere decir que le van a informar de las posibles medidas que hay que tomar. Ya se cumple el plazo para que ella firme que acepta la herencia, considero que deberíamos ir a ofrecerle un acuerdo de reparto y evitar juicios. Una vez que lo firme, la única vía será la jurídica y no habrá vuelta atrás.

—No sé si es buena idea... —sopeso mientras me siento en una parada de autobús.

—Bastian, más te vale tratar de resolver esto por las buenas. Tengo argumentos sólidos para revocar la herencia. Le va a convenir llegar a un acuerdo extrajudicial. Y pondremos como condición que no denuncie.

—¿Y la voluntad de mi tía? —le planteo mientras oigo el sonido monocorde del semáforo en verde.

—Ahora lo importante es evitar que os demanden por falsedad documental e intento de estafa, entre otras muchas cosas que podrían alegar. Así que vamos a ir con el gato, para entregárselo y que vean que por nuestra parte solo hay buenas intenciones.

—Blanca, no sé cómo decirte esto. —Hago una pausa mientras el autobús arranca y me ahogo entre el humo gris que me provoca un ataque de tos.

—¿Estás bien? ¿El qué no puedes decirme, Bastian?

—La gata...

—¿¿¿Qué pasa con la gata???

—Se ha perdido —le digo todavía tratando de reponerme de la tos.

—Bastian, no te oigo. Tienes mucho ruido alrededor.

—¡Que se me ha perdido la gata! —Alzo la voz por pura frustración y para imponerme al caos del tráfico. Un silencio desde el otro lado me hace pensar que ha colgado—. Blanca, ¿sigues ahí?

—Bastian, si seguís actuando sin contar conmigo, no voy a poder ayudaros.

—¡Juro que ha sido sin querer! No sé ni cómo ha pasado.

—Bastian, lo único que tenías que hacer era cuidar a esa gata más que a tu vida. ¿Qué había más importante que eso, en este momento? ¿En qué estabas pensando?

En ese momento pierdo el control y golpeo la estructura de la marquesina del autobús. La cara de Johnny Depp recibe mi derechazo mientras parece mirarme con desconfianza en la foto publicitaria de un perfume que dice *sauvage.* Miro a mi alrededor para comprobar si alguien me ha visto. Una adolescente que estaba de pie apoyada en el poste se quita los cascos, me mira y dice:

—Yo también soy *team* Amber.

Vuelve a ponerse los auriculares mientras observa su teléfono muy concentrada.

—Tranquilízate, Bastian —me pide Blanca al teléfono.

—Voy a encontrarla, aunque sea lo último que haga.

68

DE VUELTA EN MADRID

Luciana

Finalmente, tras un desmayo, una noche muy larga y mucho papeleo, consigo salir del centro de retención del aeropuerto. Me devuelven mi maleta con las ruedas rotas y me preguntan si quiero hacer una reclamación.

—No, gracias. Solo quiero marcharme de aquí lo antes posible.

Cuando se abren las puertas automáticas que dan a la calle cierro los ojos respirando la libertad y saludando a mi querida ciudad, Madrid, la cual he temido no volver a ver nunca más durante las últimas horas.

Cruzamos dos pasos de cebra de camino al aparcamiento donde los abogados han dejado su coche.

—Vamos a ir pidiendo algo de comer. Imagino que tendrás hambre —me dice Marian mientras abre la aplicación de envíos de comida y Mauricio paga el *ticket* en la máquina.

—La verdad es que no, creo que después de toda esta situación tardaré en recuperar el apetito. ¿Karma ya está en vuestra oficina? —le pregunto preocupada.

—Tranquila, mujer. —Marian me pasa la mano por la espalda—. Ya te lo he dicho cuando estábamos con el papeleo, que la abogada de los Humanes de Arteaga nos ha confirmado que la gata está bien y que nos la van a llevar al bufete. Ellos saben que han cometido varios delitos, así que van a cuidar a esa gata más que a su vida.

69

ARQUITECTO DE UN DESTINO

Bastian

Tras caminar calle abajo durante más de dos horas llego a la Puerta de Alcalá. Cruzo de acera adentrándome en el majestuoso parque del Retiro. Nunca antes me había puesto a pensar en la magnitud del terreno, ni en la cantidad de personas que caben dentro. Voy hasta el estanque, donde las parejas disfrutan de un paseo en barca mientras se intercambian los remos por los selfis.

Me quedo parado observando el termómetro, que marca treinta grados a la sombra y me apiado del calor que debe estar pasando el pobre señor disfrazado de robot de *Transformers* que camina tratando de abrirse paso entre un sinfín de niños que le piden fotos. Miro a mi izquierda y varias personas me empujan desde una fila interminable para comprar helados. «Esto va a ser como buscar una aguja en un pajar», me digo. Regreso cuesta abajo hacia la salida cuando, por suerte, me cruzo con dos policías.

—Deberías acercarte a algún veterinario de la zona —me sugiere uno de ellos—. Si alguien lo ha encontrado, lo habitual es que lo lleven allí para chequear sus datos del chip y localizar a sus dueños o llevarlo a algún centro de recogida.

Les doy las gracias y rápidamente busco en internet veterinarios en la zona. En la entrada del parque alquilo un patinete eléctrico y empiezo a recorrer la calle de Alfonso XII rumbo a la estación de Atocha, donde me marca el centro veterinario más cercano.

Al llegar me recibe una chica con bata blanca y una gran sonrisa, que me ofrece su cooperación inmediatamente.

—¿Tienes el número de identificación del animal? —pregunta mientras escribe en el teclado.

—No —respondo con frustración.

—Vale. No te preocupes, dame todos los datos que tengas.

Después de darle el nombre, los datos de mi tía Inés y la dirección del Fresno, veo sus ojos asomarse por encima de la pantalla del ordenador.

—¡Equilicuá! —exclama sobresaltándose—. Según los datos de la REIAC, el animal ha sido encontrado y llevado a este centro de la carretera Barrio de la Fortuna, 33, código postal 28054.

Mientras me lo apunta en un folleto de publicidad, se coloca el teléfono en la oreja y llama al centro para asegurarse de que la información es correcta.

—¡Gracias! De verdad. ¿Cuánto te debo? —le pregunto eufórico mientras voy sacando la cartera con prisa.

—Nada. Eso sí, un día me la traes para conocerla —me dice mientras vuelve a sonreírme.

Salgo a la carrera y me subo en el primer taxi que encuentro, ya que la dirección me marca quince minutos en coche. Bajo la ventanilla y miro al cielo, donde no hay ni una nube. Siento el viento en la cara, me despeja, y noto que me recargo de energía positiva.

—Hemos llegado —me avisa el conductor—. Es ahí atrás.

—Quédese con el cambio —le pago, impaciente por recuperar a Karma.

Entro en el centro de animales, decorado totalmente en blanco y con olor a desinfectante de hospital. Me dirijo a recepción, está vacía. Tras unos instantes de espera, aparece un chico.

—Buenas tardes, vengo a recoger una gata. Acabamos de llamar para asegurarnos de que está aquí.

—¡Ah, sí! —responde él—. Yo mismo atendí la llamada. Ahora mismo te la traigo.

Suelto todo el aire retenido, aliviado como cuando te das una ducha fresca después de una hora de cardio. Llegó el fin de esta pesadilla. Me siento en uno de los bancos de la entrada.

Empiezo a revisar los *e-mails* tratando de recuperar la normalidad y ocupar la mente. Busco si han llegado los resultados del trabajo fin de máster. Me parece increíble que, con todo este caos, lleve días sin verificar si el esfuerzo de cuatro semestres intensos mereció la pena. «Quizás ya estás aprobado, Bastian», me digo ilusionado mientras busco la aplicación de la Universidad Nebrija en mi teléfono. Al entrar pongo el DNI y se despliegan todos los resultados en la pantalla, tomo aire y empiezo a mirarlos uno por uno. Según voy pasando por las asignaturas, aparece una marca de verificación en verde y una «A» de aprobado. Sigo bajando con miedo de encontrarme algún resultado en rojo. Al llegar al final dice: «Felicidades por su máster en diseño, desarrollo y gestión de proyectos de interiorismo, señor Ortega», escrito por mi tutor.

Hundo la cabeza en mis manos y rompo a llorar como un niño. Empiezo a sentir la fuerza de este cielo sin nubes, de la tranquilidad sin la tormenta. Tengo la sensación de que se va armando el rompecabezas, que vuelve el equilibrio y la calma.

Suspiro, me seco las lágrimas de un manotazo. Miro hacia los lados y me quedo observando una fuente estilo zen, rodeada de árboles cuyas hojas secas, al moverse, dan volumen al susurro del viento.

Todo va a cambiar a partir de hoy, no voy a volver a seguir órdenes de nadie. Solo me haré cargo de mis propias decisiones, si he sido capaz de estudiar una carrera durante nueve años para poder levantar edificios, ¿cómo no voy a poder construir mi propio destino?

Así que hoy esbozo mi primer proyecto, diseñar mi propia vida.

El chico aparece con un trasportín y me levanto como impulsado por un resorte para encontrarme con él en el mostrador de recepción.

—Necesito tu documento de identidad —me dice mientras teclea el ordenador. Le entrego mis datos y responde—: Pero este animal no está a tu nombre.

—No. Es de mi tía Inés, que falleció y todavía no hemos hecho el cambio.

—En ese caso me tienes que traer el certificado de defunción —explica él.

—Mira —le digo enseñándole con mi teléfono el obituario que publicó *El Mundo* el día de su fallecimiento—. De hecho, pon su nombre en Google, algunos otros medios lo publicaron también. Además, puedes ver que mi apellido coincide, Del Castillo.

Mientras busca en el ordenador, se oye un maullido lastimero dentro del trasportín:

—Por favor, ¿la puedes sacar? Es que me gustaría verla, debe de estar asustada.

—Claro que sí —me contesta abriendo la portezuela.

El animal salta a mis brazos y me pasa su áspera lengua por la cara. Su felicidad por verme me emociona. Trato de abrazarla, pero no me deja, no puede controlar su agitación. Como si me hubiese estado esperando. Al cabo de unos instantes en los que intento apaciguarla, consigo poner mis manos debajo de sus patas delanteras y la sostengo frente a mí.

Y es entonces cuando se me congela la sangre. No es Karma, es Índigo o, como diría mi madre, Gato Dos. Estas son las consecuencias de tener un microchip duplicado. Dicen que nadie se va de este mundo sin pagar la factura de sus pecados. Pues aquí estoy yo empezando a pagar la factura con intereses.

—La verdad es que no se puede dudar de que es tuyo —comenta el chico, satisfecho.

No puedo articular palabra mientras Índigo me lame las manos, agradecido de que haya venido a buscarlo. Sigo petrificado delante del chico de recepción.

Miro a Índigo, que apoya la cabeza sobre mis muñecas y me mira como si fuera consciente de mi decepción. «No me dejes», me dicen sus ojos color turquesa.

—Pues nos vamos a casa —resuelvo. No pienso dejar aquí abandonado al ser que me ha recibido con más afecto en toda mi vida.

—Perfecto, pues solucione lo del cambio de dueño cuanto antes, por su bien y el del animal —me explica devolviéndome el DNI y haciéndome firmar la recogida del gato.

70

LA MENTIRA

Luciana

—Tome asiento —me pide Mauricio desde la otra punta de una mesa de madera gigante rodeada de sillas en la sala de reuniones del bufete de los abogados de doña Inés.

Me siento, observada por el resto de sus socios. Los saludo a todos a la vez con la mano, intimidada.

—Buenos días —me acoge Marian, que es la única que me sonríe y se sienta cerca de mí.

Intenta ser amable y que me sienta cómoda, pero mi vestido largo asimétrico y mis sandalias de cuero no ayudan nada. Estoy totalmente fuera de lugar entre tanto traje. Demasiado protocolo, formalismo y rigidez. Estoy segura de que la Chispa con su gracia natural diría que parece que me he colado en un funeral de camino a un concierto de Manu Chao.

Mauricio se levanta y toma la palabra:

—Señorita Álvarez, he hecho venir a todos los socios del bufete para que sepa que no está sola. Doña Inés nos contrató para que pudiéramos defenderla. Y eso es lo que vamos a hacer. Todos nosotros.

—Muchas gracias —contesto abrumada, sin saber muy bien qué decir.

—¿Quieres un café? —pregunta un chico que acaba de entrar.

—Sí, por favor.

Mauricio continúa mientras suena de fondo el ruido de la cafetera:

—Señorita Álvarez, los animales no están considerados sujetos de derecho. Esa es la razón por la que doña Inés la designó a usted albacea y «heredera sujeta a condición», es decir, que usted administraría toda la fortuna siempre y cuando fuera en beneficio de los cuidados del animal y de las fundaciones benéficas.

—Doña Inés sabía que su familia no se iba a quedar de brazos cruzados y que intentarían impugnar el testamento para recuperar la herencia —explica un señor con gafas que está sentado frente a mí y que me es vagamente familiar—. Por eso el día del entierro le di mi tarjeta, para que se pusiera en contacto conmigo en caso de necesitarlo.

—Lo que nunca imaginamos es todo lo que ha venido después —confiesa Marian.

—¿El qué? Porque yo trato de atar cabos y... —digo mientras rodeo la taza con las manos tratando de quitarme el frío provocado por los nervios.

—Lo que ocurrió es que la familia de Inés se presentó con un gato que tenía la información del microchip de Karma y un documento supuestamente firmado por usted donde decía que entregaba a Karma y se iba a su país.

—¿Presentaron un gato haciéndolo pasar por Karma? —Suelto la taza y me llevo las manos a la cabeza—. ¡Madre mía!

—Además tuvimos la mala suerte de que usted cambió de número y no podíamos localizarla para preguntarle si era cierto —detalla Marian.

—Bueno, no había cambiado de número. —Hago una pausa para pensar bien lo que voy a decir.

—¿Qué pasó, Luciana? —pregunta Mauricio.

—Tienes que contárnoslo todo —me pide Marian.

Aprieto con fuerza mis manos retorciendo mis dedos y susurro:

—Es que he sido muy confiada.

—Luciana, nosotros somos abogados y tenemos experiencia en asuntos de herencias..., y déjame decirte que nunca, en todos nuestros años de profesión, hemos visto nada igual —añade Marian, y me aprieta el hombro para confortarme—. Así que no te sientas mal. Cuéntanos, por favor.

Levanto la vista y hago un esfuerzo por reponerme.

—Bastian, el sobrino de Inés, vino a mi casa y me estropeó el teléfono; me hizo creer que había sido un accidente. A los diez minutos apareció con un móvil nuevo y dos billetes para que me fuese a Colombia.

—¡Dios mío! —exclama Marian mientras se genera un murmullo en la sala.

—Si la pobre Inés levantase la cabeza, se moriría de nuevo —comenta Mauricio.

—Ella nunca hubiese sospechado la participación de su sobrino. —Marian se dirige a mí—: Una pregunta, y tienes que contestarme aunque sea incómodo: ¿ha intentado él mantener una relación íntima contigo?

71

EL BAILE DEL ESPEJO

Bastian

Al subirme al coche, la conductora se vuelve hacia mí y descubre que cargo un trasportín.

—¡Hola, bonito! Bienvenido a Uber. ¿Cómo se llama? —pregunta con voz melodiosa.

—Índigo.

—¡Los animales son increíbles! Mírale, pobrecito, parece asustado —dice mientras estira el brazo intentando acariciarlo—. El otro día leí en el periódico que en Galicia un perro recorrió 35 kilómetros para regresar a casa, lo habían abandonado ¡y gracias a su olfato supo volver! Qué increíble, ¿no?

De pronto siento como si se me prendiese una luz, y me incorporo sujetándome en el cabecero del asiento de delante.

—Disculpe, pero cambiaremos de destino. Necesitaría ir a la calle de la Infanta Mercedes, ¿sabe dónde queda?

La mujer me mira por el retrovisor y asiente.

—Sin problema, ya lo modifico yo en la aplicación —concede.

Me recoloco en el asiento mientras veo el cementerio de la Almudena acercarse por la derecha, y le ruego a mi tía Inés, que está enterrada ahí, que me ayude a encontrar a Karma.

Al llegar al portal de Luciana, me sorprende no ver a la portera en la entrada.

Subo los peldaños de dos en dos y me detengo en el cuarto piso, ahogado por la carrera con el trasportín a cuestas. Tomo aire y pido que mi pálpito sea correcto. Y que tal y como ocurrió hace unos meses, Karma haya sabido regresar a casa. Tras la pausa, subo el último tramo de escalera hasta el quinto piso y en mitad de la penumbra veo una silueta acostada en el felpudo de la puerta de Luciana. Subo dos peldaños más. «¿Es Karma?», me pregunto frotándome los ojos, sin poder creerlo todavía.

Me acerco otro paso más y compruebo que efectivamente es ella. Dejo el trasportín en el rellano; con las escasas fuerzas que me quedan, abro la rejilla para que Índigo pueda salir y, entonces, suspiro aliviado. En ese instante mi cuerpo se vuelve de gelatina, como si se me fueran a doblar las rodillas. Apoyando la espalda en la pared, dejo mi cuerpo resbalar hasta el suelo.

Índigo se acerca sigiloso a Karma y empieza a olerla mientras suelta unos maullidos lentos. Karma se gira con mirada desconfiada, las orejas planas hacia los lados y las patas flexionadas, preparada para el ataque. Parece que está defendiendo su espacio, su casa. Índigo, sin embargo, sabe que es un forastero en plena expedición, analizando el terreno, así que quiere ganarse su confianza y le muestra su docilidad con las orejas pegadas hacia atrás. Se agacha tratando de olfatear su cola. Entonces Karma se levanta y empiezan un baile que coordinan a la perfección: cuando uno de los dos da un paso a la derecha, el otro también. Son tan idénticos que parecen un espejo el uno del otro. Creo que hasta ellos mismos se han dado cuenta y están tratando de mirarse más de cerca.

De pronto mi teléfono resuena en el rellano; es Blanca, mi abogada.

—¡Ya tengo a Karma! —exclamo feliz.

—¡Por fin! Menos mal. Voy a avisar a los abogados de la chica, que no han parado de llamarme.

Corta la llamada y oigo unos pasos que vienen de la azotea. Y al asomar la cabeza veo que es la portera del edificio. Observa, sin hacer ruido, cómo interactúan los gatos. En cuanto me ve, frunce el ceño y me pregunta:

—¿Qué haces aquí?

72

«VUELA, LUCIANA, VUELA»

Luciana

Suenan dos golpes suaves en la puerta.

—Luciana, ¿estás bien? —me pregunta Marian desde fuera del baño.

—Sí. Dame unos minutos, por favor —contesto sentada en el suelo junto al lavabo.

—Luciana, imagino que esto es duro para ti. Pero estamos aquí para apoyarte. No estás sola, créeme.

Me limpio las lágrimas con una toalla de papel y me levanto. Me mojo la cara y miro mi reflejo. «Vuela, Luciana, vuela», oigo la voz de mi abuelo, que es mi refugio cuando estoy a punto de rendirme.

Tras secarme la cara, abro la puerta y le digo:

—Por favor, necesito saber dónde está Karma. No quiero que pase un minuto con ellos. Me da miedo que puedan hacerle algo.

Marian apoya una mano en mi espalda y me invita a avanzar por el pasillo.

—Tranquila, Karma está perfectamente. Me lo acaba de reconfirmar la abogada de Bastian. Confía en mí —me tranquiliza mientras volvemos a entrar en la sala.

Retiro la silla para sentarme. Pero antes de hacerlo espero unos segundos de pie, con los nudillos apoyados en la mesa. Cuando me siento preparada, levanto la cabeza y empiezo a hablar mirando hacia la ventana:

—Vine de Colombia hace cinco años, empecé como voluntaria en el centro de animales de doña Inés que está en el barrio del Pilar. Allí conocí a Karma y enseguida encontré en doña Inés un abrazo, alguien con quien hablar, una amiga, una maestra. Todo lo bueno que pueda decir de ella es poco. Pero también puedo asegurar, por lo que la llegué a conocer, que nunca fue feliz. Vi la tristeza en sus ojos. Vi también la soledad y el dolor de saber que sus propios familiares, sangre de su sangre, esperaban su muerte como buitres. Si son capaces de no respetar ni su última voluntad, ¿qué no serán capaces de hacerme a mí?

Un silencio sepulcral invade la sala.

—Entendemos su preocupación, señorita Álvarez —interviene Mauricio.

Bajo la mirada para elegir bien mis palabras antes de decir:

—De verdad, no creo que nada de esa riqueza me pertenezca, ni a mí ni a Karma. Yo puedo ser feliz con ella en cualquier lugar, en cualquier ciudad o país, las dos somos unas supervivientes que saldremos adelante. Ella será feliz en mi casa de madera con techo de zinc en Colombia, créanme que no necesita, no necesitamos, un palacio. Lo único que queremos es estar juntas. Ser millonaria..., en este caso, es un regalo envenenado. Yo solo quiero quedarme con Karma. Me comprometo a que no le va a faltar de nada. Y ellos que se queden con su fortuna. Les aseguro que yo ya encontré la mía.

Todos se miran sorprendidos. Algunos han tomado notas, otros murmuran entre ellos.

— ¿Y las fundaciones? Van a desaparecer sin usted —advierte Mauricio desde el otro lado de la mesa.

—Además, Luciana, este iba a ser el primer caso en España de un animal heredando una fortuna. Crearía un precedente. Piensa en los trece millones de animales censados en nuestro país que, cuando mueran sus dueños, pueden acabar abandonados o en refugios —rebate Marian.

—El sueño de doña Inés era generar conciencia y provocar con su caso un cambio legislativo, para que las personas puedan asegurar el bienestar y cuidado de sus mascotas, como ya ocurre en otros países.

—Esto es lo que ella hubiera querido —susurra Marian visiblemente emocionada, colocando los papeles de aceptación de la herencia frente a mí.

Me emociono yo también recordando el amor tan profundo y desinteresado de doña Inés por los animales. Niego con la cabeza y suspiro, porque sé que solo hay una manera correcta de obrar.

—No puedo negarle eso a doña Inés.

Espero unos minutos observando el documento.

Finalmente firmo.

73

EL RECHAZO

Bastian

La portería de la señora Pilar me recuerda a una casa rural del norte de España, atesora platos artesanales con los nombres de los pueblos que ha visitado y un cuadro con la Compostela, como reconocimiento a haber hecho la peregrinación del Camino de Santiago. En una mesita, apoyada en la pared, tiene más de diez estampas de vírgenes iluminadas con una vela blanca y las fotos de unos niños que, por su parecido con ella, deben de ser sus nietos.

Pilar saluda a los vecinos que van entrando en el portal y los gatos siguen olfateándose. Karma, tumbada, aún mira a Índigo con cara de pocos amigos, pero ya no le bufa, solamente se muestra fría y mueve la cola con golpes secos hacia los lados para disuadirlo de que se acerque. Índigo parece no entender las señales y persigue la cola de su nueva amiga, como si de un juego se tratara, intentando cazarla.

Entonces oigo de lejos a Pilar:

—¡Chispa! Pero ¿qué ha pasado?

La Chispa se funde en un abrazo con la portera. Luego corre hacia mí en busca de Karma. Me levanto para saludarla, pero me ignora. Parece haberme soltado un bufido al pasar.

Se agacha, Karma planta sus patas delanteras sobre las piernas flexionadas de la Chispa y ambas intercambian caricias y besos. Índigo las observa con cierta envidia, como esperando a que le toque su turno para los arrumacos, yo le hago un gesto para que venga hasta mí. El gato me obedece y se acerca a mis pies.

—Chispa, ¿podemos hablar?

—¿De qué vamos a hablar? ¿De lo embustero que eres? Te calé desde el primer momento...

—Chispa, no soy lo que pensáis.

—¿Qué es lo que no eres tú, mi *arma*? Anda ya. Dásela a otra, que a mí no me la das —dice dándome la espalda de forma brusca.

Yo me levanto con la intención de marcharme.

—Y mira lo que te voy a decir —me suelta dándose la vuelta con las uñas señalándome la cara—. Te me alejas de Luciana, ¿está claro? Como vuelva a ver que la roneas o que andas molestándola, te meto un pescuezón que apareces en casa de tu madre. Tú no me has visto a mí ponerme flamenca.

Doña Pilar, que ha estado escuchando la conversación desde fuera, entra y dice:

—Creo que lo más sensato es que te marches, ¿no crees?

74

TANGO Y TRAICIÓN

Luciana

Ya va cayendo el sol en la plaza de Tetuán. Las terrazas están repletas de gente y los niños se cruzan corriendo de un lado a otro frente a la atenta mirada de sus padres. En la esquina un acordeonista argentino versiona a Gardel despertando los aplausos de los vecinos. Mientras, dos calles más abajo, en la cafetería Yolimar, se oyen los vítores surgidos del clamor que despierta el fútbol. Esta es Madrid, mi ciudad favorita. El lugar donde todos viven y sueñan a su manera.

Al llegar a mi portal observo de lejos que me están esperando la Chispa con Karma en brazos y la señora Pilar. Me sonríen desde la distancia en una bella estampa que titularía «Hogar». Yo les devuelvo la sonrisa. A pesar de todo el dolor que siento y la decepción, tengo que seguir dando gracias por el maravilloso regalo de tenerlas en mi vida.

—¡Luciana, cariño! —La señora Pilar da un paso al frente para ser la primera en abrazarme.

Tras unos segundos en los que siento la fuerza de sus pequeños dedos en mi espalda, Karma salta hacia mí, incontrolable. Me llena de caricias por todo el cuello. Le dejo mi brazo izquierdo como apoyo de sus patitas mientras extiendo la mano derecha para abrazar a la Chispa.

—¡Niña! ¡No he parado de llamarte! No me dejaron volver a entrar en la comisaría del aeropuerto y hoy los abogados me decían que estaban reunidos contigo. He llegado a pensar que te habían secuestrado.

La señora Pilar me agarra del brazo empujándome hacia el portal.

—¡Ya estás en casa, querida! Así que tranquila, que ya la Chispa me ha contado todo —dice mientras me aprieta las mejillas—. Id subiendo, que yo cierro la portería enseguida y preparamos la cena juntas.

En el ascensor miro el reflejo de Karma en el espejo. Y ella me mira a mí, cómplice:

—Ya estamos juntas, mi Karmita.

En mi piso me encuentro con un nuevo choque de realidad al que no quería enfrentarme. Y es que la última noche que pasé aquí fue con Bastian.

—¿Dónde está tu maleta? —pregunta la Chispa.

—La tiene la abogada. Tenía rotas las ruedas y yo quería venir caminando desde la oficina para despejarme, así que mañana la traigo.

—Entonces yo vendré por la tarde y así te ayudo a colocar las cosas —propone mientras vamos a la cocina—. Voy a prepararte un cafecito, ¿quieres?

La Chispa busca el café soluble y fijo mi vista en los vasos fregados que dejé sobre un paño seco la víspera de marcharme a Colombia. Eran los vasos culpables de mi sentimiento incontrolable hacia Bastian, los vasos del azúcar, del canelazo. Ahora, los vasos del error. La Chispa percibe mi tristeza.

—¡Niña, anímate! Que este no será el primer ni el último hombre de tu vida —me dice mientras calienta agua en el microondas y yo me siento en una de las dos sillas—. Además, no era tan guapo. Tenía un diente de abajo torcido y caminaba con las piernas separadas, muy poco sexi. Realmente no sé qué viste en él, con lo bonita que eres tú.

Pone un par de cucharadas de azúcar y se sienta frente a mí dejando las tazas en la mesita.

—Qué vida más aburrida te esperaba con un hombre que parece un niño, mi *arma, tol* día *pegao* a la madre. Mira, niña, que ya vengan criaditos de casa, que *pa* criar ya tendrás tus hijos —me consuela aunque sigo sin poder contestar—. ¿Tú sabes a quién he visto hoy en el Facebook? —Niego con la cabeza mientras paso el dedo índice por el borde de la taza, con la mirada perdida—. Al buenorro de la tienda de *congelaos.*

—¿Quién? —pregunto levantando la vista.

—Sí, mujer... Ese muchacho que cuando vamos al Rastro lo vemos por el cristal de la tienda y siempre sale a mirarte con la excusa de fumar. ¿Te acuerdas?

—Y ¿cómo le has encontrado en Facebook?

—Pues porque le he buscado por la página del negocio. La cosa es que me ha preguntado por ti. Vamos, ese está *pa* ti, y es un buen muchacho, trabajador y con un cuerpazo que quita el *sentío.*

Vuelvo a mirar el vaso tratando de recordar esa noche y el cuerpo perfecto de Bastian. La Chispa me levanta la barbilla.

—Oye, Luchi, mírame —se impone—. Que no vaya un payo Cayetano a quitarte la sonrisa.

Agarro su mano y me inclino hacia delante.

—Chispa, te quiero mucho y agradezco tu apoyo. Pero... esto no es como lo de Álex, ni es como lo de ningún ex que haya tenido antes. Voy a necesitar tiempo. Mis sentimientos están demasiado a flor de piel todavía. Mi cabeza sabe que lo mejor es pasar página, pero el estómago sigue haciéndome cosquillas cuando pienso en él. Eso no se va a ir tan rápido.

—Está bien, amiga. ¿Y cómo te ayudo? —quiere saber devolviéndome el apretón de manos.

—No hablando de él. Solo sé olvidar, no sé curar, ni dejar de amar. El olvido es lo único que conozco para aliviar el sufrimiento. Así he logrado salir adelante durante toda mi vida. Ocupando el mayor espacio de tiempo pensando en otra cosa, hasta que un día no me acuerde más de él, hasta que mi mente vuelva borrosa su cara.

—Pero, Luchi, los psicólogos dicen que hay que enfrentar.

—Claro, porque enfrentar es ir a la consulta y pagar cincuenta euros. Del olvido ellos no cobran nada, Chispa.

—Bueno..., a mí me ayudó mucho Luisa, mi psicóloga, cuando me separé. Y no me costó nada, me lo cubrió la Seguridad Social.

—Tú venías de una denuncia por malos tratos y un proceso de separación realmente difícil, amiga. Pero lo mío es un desamor y una traición de las que pasan todos los días.

—Es verdad, Luchi. Si le pasa a Shakira, que canta, baila, mueve la cadera y habla cinco idiomas, ¿qué no nos va a pasar a nosotras?

—Pues sí.

—Aunque para mi tú eres mejor que ella.

—Nadie es mejor que nadie, querida Chispa. Todos somos humanos y estamos expuestos a los mismos problemas: tú, yo, Shakira y hasta Pilar, la portera.

—La mayor traición para Pilar es que le pisen lo *fregao*. Tú le pisas el suelo recién *fregao* a Pilar y es capaz de lanzarse a tu yugular —dice la Chispa y consigue sacarme una carcajada.

Nos quedamos calladas un instante y las dos nos miramos. Mi sonrisa sigue ahí, y se la debo a ella que, desde que la conocí, siempre me sujeta cuando lo necesito.

—Chispa —arranco, y le pido—: me iría bien tu ayuda con todo este proceso de la herencia, los abogados... Siento que me queda grande.

—Luchi, mírame —me pide ella a su vez, agarrando mi barbilla y alzándola para que deje de mirar al suelo—: a ti nada te queda grande, ¿me has oído? Tú estás más que preparada para esto y *pa to* lo que te echen. Has pasado veinte mil cosas en tu vida: has luchado como nadie para salir de la pobreza, has estudiado y ayudado a tu familia, y eso siendo apenas una niña... Te has enfrentado al mundo sola, como inmigrante que eres, y siempre has salido adelante. Así que esto para ti no es nada. ¿Sabes lo que yo veo en esto?

—No.

—Una recompensa, Luchi. Lo tienes que ver así. —La miro tratando de esbozar otra sonrisa mientras apoyo la cabeza en su mano—. Además, ¿te acuerdas de lo que te dijo Juana la Cubana? Juana te dijo: «Tu línea de la mano muestra una primera mitad de la vida muy dura y una segunda maravillosa». Pues bienvenida a la segunda parte de tu vida.

75

ESTAFA AMOROSA

Bastian

Sentado en el Starbucks reviso los mensajes con mi abogada, con la que me he citado aquí.

—¡Bastian! —grita la camarera con mi *caramel macchiato* en la mano.

Mientras regreso a la mesa, Blanca entra en la cafetería.

—¿Quieres algo? —le pregunto mirando hacia la vitrina de los dulces.

—No, gracias. No hay tiempo. En diez minutos nos esperan los abogados de la chica.

—¿Estará ella?

—Seguramente sí. —Su respuesta me hace recolocarme en la silla—. Bastian, tranquilo. Te aseguro que vamos a poder solucionar esto.

—Blanca, te pido por favor que no seamos injustos. Estoy cansado de tretas y mentiras. Prefiero pedir perdón y resolverlo de la manera menos traumática para todos.

—Bastian, necesito que te sitúes. Estoy convencida de que sus abogados le aconsejarán que os denuncie. O defendemos otra versión de la historia o podríais acabar en prisión. Tu madre falsificó la firma de Luciana para quedarse con la herencia. Eso es gravísimo, Bastian —susurra, preocupada—. ¿Y tú? ¿Cómo vas a explicar tu relación romántica con ella? Estoy segura de que tiene cómo demostrarlo.

La miro a los ojos y le digo con firmeza:

—Es que eso ha sido real. Eso no es parte de ningún plan.

—Bastian, el juez no va a creer que tuvieras verdaderos sentimientos por ella..., ¡la mandaste de vuelta a su país para quitarla de en medio! —exclama.

Descubro en su gesto que ella tampoco me cree.

—Pero fui a buscarla... —murmuro.

—¡Después de que os detuvieran, Bastian! Créeme, no trates de hacerles creer que tus sentimientos son reales porque eso solo nos complica más la vida. El Código Penal reconoce la estafa amorosa como delito, y en este caso podrían armar un ataque muy grave alrededor de eso, alegando un móvil económico. La verdad, en la Justicia, es lo que se pueda defender. Lo que sea creíble a los ojos de un juez. Lo que tú sientas por ella aquí no tiene importancia —insiste, y añade muy bajito—: Además, Bastian, te acercaste a ella para estafarla, las cosas como son. Después, quizás sí, te gustó, nadie dice que no pueda pasar, pero no es el amor lo que te llevó a ella.

Una notificación de WhatsApp en el teléfono de Blanca nos saca de la conversación.

—Vamos. Tu madre ya está esperándonos.

—¿Mi madre viene?

—Debe —contesta.

Me llevo las manos a la cabeza.

—No te preocupes. Ayer estuve una hora al teléfono con ella. Se mantendrá calladita.

Salimos de la cafetería hacia el bufete de abogados y me da vértigo, como si me fuesen a poner enfrente de una manada de leones. La ansiedad me recorre todo el cuerpo.

Mientras esperamos a que el semáforo cambie de color, respiro profundo y me viene a la mente la terraza curita en la cabaña del Chocó.

Ojalá pudiera estar allí ahora.

76

CAPULETOS VS. MONTESCOS

Luciana

—Ya están aquí. ¿Preparada? —me pregunta.

—Sí —contesto intentando aparentar seguridad—. Bueno..., no.

—Tranquila, Luciana, lo importante es que te mantengas firme, que no te vean llorar. Tendré el teléfono en la mano, y si ves que te encuentras mal, me escribes y hacemos un receso. ¿De acuerdo?

—Vale. —Vuelvo a respirar profundo.

—Muéstrate segura de ti misma y deja que te abriguemos.

Al abrir la puerta de la sala de reuniones, intuyo que Bastian está sentado a la derecha de su abogada, la cual ha elegido colocarse en un extremo. No soy capaz de mirarlo, pero puedo sentir sus ojos en mí. A la izquierda está sentada Hortensia. También puedo percibir la energía de su mirada fulminante. Me dirijo hacia la otra punta de la mesa, donde mis abogados se atrincheran para defenderme. Parecemos los Capuleto y los Montesco. Pero en este caso Julieta no es de tez blanca, ni viene acompañada de su familia, solo tiene un ejército legal. Y Romeo está queriendo subir al balcón, pero para robarle el palacio a la pobre Julieta.

Me resigno con sarcasmo pensando en esta versión modernizada, y en qué pensaría Shakespeare de cómo ha cambiado el mundo y del nuevo romanticismo del siglo XXI. Llego a la única silla libre al lado de Mauricio, que se levanta para saludarme.

—En primer lugar, gracias por recibirnos en su despacho. —Toma la palabra la abogada de Bastian—. Mi nombre es Blanca de la Vega y represento a la familia Humanes de Arteaga.

Bastian baja la mirada y yo no puedo evitar mirarlo. Lleva la camisa de lino con la que llegó al Chocó, cuando mi hermano le ofreció todo lo nuestro como suyo. Es increíble que hoy esté sentado frente a mí, con una abogada como escudo para pelear que todo lo suyo es suyo.

Bajo la mirada yo también, buscando recomponerme de tanta decepción. La abogada continúa:

—Como ustedes bien saben, la señora Hortensia es hermana de la difunta Inés. Por ello, según los códigos de herencia dictados por la ley española, a mis clientes les corresponde un tercio de la legítima estricta, más el tercio de mejora como herederos consanguíneos que son. Es decir, las dos terceras partes de la herencia.

Marian toma nota de algo y me dedica un parpadeo lento, transmitiéndome tranquilidad y control de la situación.

Mauricio toma la palabra:

—Asumo que le falta parte de la información, letrada De la Vega. Fue voluntad de la finada desheredar a sus hermanos. Y así lo refleja en su acta de últimas voluntades.

—Las leyes en España no permiten desheredar a la familia, incluso aunque el difunto lo desee. Además, en este caso hay bienes troncales, es decir, pertenecientes a la familia a través de varias generaciones y que están protegidos por la ley de herencias para que continúen siendo patrimonio consanguíneo —rebate la abogada de la parte contraria.

Marian continúa concentrada revisando unos documentos sobre la mesa. Mauricio retoma su argumentación:

—La difunta no consideró que su familia debiera recibir ningún tercio de la herencia. Si sus clientes creen que sí tienen ese derecho, lo adecuado es que dispongan la reclamación judicial pertinente, como ya han hecho.

—Creo que ambas partes podríamos ahorrarnos que el proceso judicial continúe y llegar a un acuerdo razonable para nuestros clientes —propone la abogada de Bastian mientras gira levemente su cabeza hacia ellos.

—Disculpe, abogada De la Vega, pero el deseo expreso de la difunta no era ese: especificó por vía notarial que, en caso de reclamaciones familiares, estas se aceptasen estrictamente por vía judicial.

La abogada de Bastian mira a Hortensia, la cual no ha dejado de mirarme con odio tratando de intimidarme.

—En ese caso, exijo una copia del testamento para mis clientes —requiere Blanca.

Marian abre una carpeta y busca los papeles. Bastian no ha levantado la vista de las patas de la mesa.

—Aquí lo tiene. —Se los entrega.

Blanca estira el brazo y rápidamente procede a su lectura.

—¿Esto es todo lo que dejó? —pregunta con cierto desaire, como si el documento le pareciera de poco valor—. No veo aquí ninguna razón, apoyada por la ley, para desheredar a su familia. En este documento solo refleja que no tenían buena relación y eso, como ustedes deberían saber, no está contemplado en el código civil como una causa de desheredación.

—Pero el maltrato sí —responde firme Marian.

Por su gesto puedo intuir que llevaba veinte minutos mordiéndose la lengua y por fin ha podido hablar.

—¿Y qué maltrato ha podido demostrar la difunta para agarrarse a esa ley de desheredación? Porque ha de ser demostrable, no vale solo con su palabra. Como ustedes saben, hay que aportar documentación.

—Disponemos de documentación para demostrarlo —confirma Marian.

—¿Y dónde está?

—Pertenece al ámbito privado de mi cliente y solo se expondrá en el proceso judicial —explica Mauricio.

—Con todo respeto, pero me parece que no tienen nada —contesta Blanca con mucha prepotencia.

—Está usted en su derecho de que le parezca lo que quiera, letrada De la Vega. Pero el parecer que vale es el de un juez.

Blanca mira a Bastian y a Hortensia, les hace un gesto con la cabeza para marcharse y recoge su carpeta con la copia del testamento que le han proporcionado. Mientras se levanta dice amenazante:

—Como saben, la impugnación de la herencia ya está presentada, esta reunión fue únicamente solicitada a petición de mis clientes como muestra de buena voluntad.

77

GENERACIÓN DE CRISTAL

Bastian

—¿Blanca, tienes unos minutos? —le pregunto a mi abogada una vez salimos a la calle.

—Sí, por supuesto. Vayamos a algún restaurante de la zona para conversar. Hortensia, ¿vienes con nosotros?

Mi madre nos sigue unos pasos por detrás, cavilosa. Da una primera calada a su cigarro y, con ojos encolerizados, le advierte:

—Si es para que me digas cómo acabar con esta pantomima, voy. Pero si lo que me vas a decir es que tenemos que intentar volver a negociar nuestra herencia con un gato, me voy a mi casa, que no estoy para ridiculeces.

—Hortensia, pelearemos lo que podamos, pero tienes que estar abierta a cualquier vía de negociación.

—No he entendido por qué en toda esa palabrería que les has soltado no les has dicho lo inaceptable que es tratar de que herede el palacio de mi familia un mísero gato —le recrimina mi madre negando con la cabeza mientras da otra profunda calada al cigarro—. Es todo tan inverosímil que tendrías que haber empezado por ahí.

—Hortensia, no les iba a descubrir la argumentación que tengo preparada para el juicio. Ahora solo se trataba de un tanteo, exponerles vuestros derechos y ver cuál era su respuesta.

—Esa negrita con su cara de no haber roto un plato, ¡menuda mosquita muerta! —suelta con rabia mientras seguimos caminando. Busca otro cigarrillo en el bolso.

—¡Para ya con eso! Culpa a la tía Inés, que es la que te ha omitido en la herencia, no a ella —la corrijo mientras entramos en un bar y Blanca solicita una mesa para tres.

—¡Mira que eres bobo! Si solo tienes que ver cómo la mirabas, con ojitos de tonto enamorado... —se burla.

—Ay, mamá, por favor —la interrumpo mientras la gente alrededor empieza a mirarnos y ella sigue moviendo las manos, mofándose de mí.

—Dice el refrán: «Por la pena entró la peste», Bastian. ¿Por qué le tienes pena a esa chica?

—¡Ya está la mesa! —nos informa Blanca.

—Prefiero irme a mi casa. No me apetece nada todo esto... —me disculpo refiriéndome claramente a mi madre—. Lo siento.

—Generación de cristal, menudos blanditos —se entromete mi madre de nuevo—. Por eso está el mundo como está.

—Los grandes líderes que están acabando con el mundo son de tu generación, no de la mía.

—Joder, tío, qué buena respuesta —suelta un repartidor de moto que está en la barra, cerca de nosotros, esperando un pedido.

Me marcho.

78

LAS COSAS DE PALACIO VAN... DEPRISA

Luciana

Nos bajamos del coche al llegar al palacio del Fresno. La Chispa y Juana se toman unas fotos apoyadas en el majestuoso enrejado de la entrada. Marian y yo saludamos a Luis, el de seguridad de la garita.

—Bienvenidas —contesta él mientras nos entrega la correspondencia que le ha llegado a la señora Inés en los últimos días.

Me muestro dubitativa, sin saber si las debo recoger o se las debo entregar a la abogada.

—Son tuyas, no me las des a mí. Te tocará abrir cada una de las cartas e ir tomando las riendas. Si hay algo que no entiendes, me llamas —explica Marian.

Empiezo a revisarlas: hay cartas de bancos, de seguros, publicidad para servicios de restauración, jardinería y algunos sobres escritos a mano. De repente me viene a la mente doña Inés:

«Léeme un poquito de las cartas que ha enviado la gente», me pedía algunas tardes.

Siempre sentí que era su momento de reconciliación con la humanidad. La mayoría de ellas eran de personas que adoptaban animales en alguno de sus centros y decidían escribirle para darle gracias. Recuerdo concretamente la de una niña de nueve años que le había escrito un texto hermoso en un folio lleno de dibujos de superhéroes. Le explicaba que quería ser veterinaria para salvar animales, como hacía doña Inés. Esta quiso responderle.

«Si quieres ser veterinaria, tendrás que empezar por mejorar tus faltas de ortografía», me dictó, aunque después añadí algunas cuantas cosas de mi cosecha para que la niña no se sintiera mal por ese inicio.

«¿Es que no le enseñan nada en la escuela?», me preguntó molesta.

Para mí era más importante el contenido que la forma. Pero evidentemente ambas recibimos educaciones muy distintas. Para doña Inés las formas lo eran todo.

Vuelvo a la realidad cuando Luis nos da las últimas cartas y toma nota de la matrícula del coche.

—Estas son algunas de las medidas de seguridad que hemos tenido que implementar después de que Hortensia entrara en la casa, tras la muerte de Inés —me explica Marian cuando subimos al vehículo.

La verja se abre con la lentitud de la solemnidad, dejando asomar el maravilloso sendero de robles. El coche de Marian avanza hasta la esplendorosa fachada del palacio adornada con miles de plantas trepadoras que la abrazan protegiéndola del viento, la lluvia y, sobre todo, del paso del tiempo. Miro a la Chispa y a Juana por el espejo retrovisor y me doy cuenta de que no han parpadeado desde la verja.

Marian aparca y me dice acariciando a Karma:

—Bienvenidas, ya estáis de nuevo en casa.

Karma echa a correr para subirse en el bordillo de la fuente.

—Aquí tengo todas las instrucciones detalladas que dejó

Inés para el cuidado de la propiedad. Ordenó que continuáramos contratando los servicios que utilizaba para su mantenimiento —dice Marian mientras todas nos acercamos a la entrada.

Al subir la escalinata de piedra me quedo parada unos segundos mirando hacia atrás. Observo la fuente ocupando el centro del espacio, con su explosión de agua, dándole movimiento a la belleza estática de las plantas, nunca antes la había observado con tanto detalle. Supongo que es porque antes era mi lugar de trabajo y ahora estoy empezando a asimilar que será mi nuevo hogar. Karma se adentra en la casa con prisa. Siento que, al igual que la otra vez, está buscando a doña Inés.

—Aquí se siente mucha calma —comenta Marian e inhala aire por la nariz.

—La naturaleza es lo contrario a las leyes —sostengo.

—¿Tú crees? Las leyes tienen su belleza, aunque ahora mismo sean tu dolor de cabeza —sonríe Marian.

—Las leyes fueron creadas para poner límites; en cambio, la naturaleza, para demostrar que no los hay —reflexiono mientras observo el jardín.

Ya en el salón principal que sirve de recibidor, la Chispa exclama con la mandíbula todavía pegada al suelo:

—¡Maaadre mía!

—¡Virgen de la Caridad del Cobre! —se santigua Juana mientras gira sobre sí misma.

Nos dirigimos a la escalera interior y mi mente se llena de recuerdos, de paseos y consejos de doña Inés. Ahora entiendo que me estaba preparando para entregarme su vida. Yo nunca me sentí cómoda de saber el valor de las obras o las claves de la caja fuerte. Ella me decía: «Apúntalo, que después se te olvida». Qué ingenua fui el día que la señora Hortensia me recibió en esta escalera. Yo estaba dispuesta a darle todos esos datos que había atesorado durante tanto tiempo, pensando que debía entregárselos a la familia, cuando doña Inés no estuviese aquí.

—Madre mía, Luchi, parece la casa de la Preysler —comenta la Chispa pasando su mano por una de las esculturas de arte bizantino.

—Sonríe, mujer —me anima Marian mientras avanzamos por el pasillo.

Observo los tapizados de las paredes en una mezcla entre dolor y melancolía. Una vez pasado el baño principal, llegamos al comedor con una mesa para treinta comensales. Marian aparta una silla y se sienta. Me invita a sentarme a su lado mientras saca unos papeles y varios manojos de llaves.

—Luciana, fírmame que has recibido las tres copias. Tuvimos que cambiar todas las cerraduras cuando entró Hortensia.

La Chispa y Juana, que se habían quedado mirando los cuadros del pasillo, aparecen en el comedor y me hacen un gesto para indicarme que se van a la terraza con el fin de dejarnos solas.

Marian saca otro montón de papeles de su cartera.

—Luciana, esta es la denuncia que vamos a poner mañana contra Hortensia. Hemos decidido no incluir a Bastian.

—¿Por qué? —pregunto sorprendida.

—Pues porque la impugnación de la herencia viene a nombre de Hortensia. Es ella la que solicita heredar por ser el lazo sanguíneo directo. Además, pensamos que, si lo incluimos a él, presentarán vuestra relación como algo a su favor. También pueden defender que estabas de acuerdo con sus decisiones, alegando lazos afectivos.

—No sé cómo no me di cuenta.

—Pero bueno, hacemos lo que tú nos digas. Si lo quieres incluir en la denuncia, lo peleamos juntos. Es una decisión que necesitas reposar porque él podría ir a la cárcel. Piénsalo, pero mañana necesito una respuesta.

79

CITA CON MI EX

Bastian

Subo la rampa del parking en la plaza de la Luna. Me recoloco la camisa un poco nervioso. Atravieso la Gran Vía en plena efervescencia y paro en el edificio de Telefónica para mirarme en el reflejo del escaparate y comprobar si mi chaqueta está demasiado arrugada. Hace casi dos años que no veo a Carlota. Continúo atravesando el pelotón de gente que sale de Fuencarral mientras avanzo en dirección a la calle Pérez Galdós.

Al llegar al restaurante me detengo en la fachada pensando que me he equivocado de número, retrocedo dos pasos y me doy cuenta de que nuestro lugar preferido de carne ahora es un restaurante de *sushi.* Mientras observo las letras japonesas de las paredes que han sustituido al maravilloso cuadro que había de la ciudad de Buenos Aires, unas manos me tapan los ojos. El olor a perfume floral me lleva directamente hasta Carlota. Me giro mientras ella baja sus manos y, al tenerla enfrente de mí, la encuentro muy cambiada.

—¡Carlota!

Los dos nos mostramos muy torpes al darnos dos besos.

—¡Bastian! —imita mi tono de voz.

—¿Cómo estás? Cuánto tiempo sin verte.

—Sí. —Mira a ambos lados de la calle sin saber muy bien qué decir.

Decido romper el hielo:

—Han cerrado nuestro restaurante favorito de carne. —Señalo la fachada—. ¿Quieres ir a otro sitio?

—No, aquí está bien. De hecho, ya no como carne, o sea que por mí mejor.

—Ah, bueno, pues perfecto. ¿Eres vegetariana? —le pregunto y rápidamente me viene Luciana a la cabeza. El estómago me da la vuelta y trato de apartarla de mi mente.

—Desde hace ocho meses —me dice y se dispone a entrar con el aura de seguridad que desprende desde siempre, sin sacar las manos de los bolsillos de su chaqueta.

—¿Nos da una mesa para dos? —le pido al camarero, quien tras coger un par de cartas nos acompaña a una mesa.

—¿Te has cambiado el color del pelo?

—Sí, también —contesta sonriendo mientras nos sentamos.

—¿De qué te ríes?

—De que antes no te dabas cuenta de esas cosas.

—Es que yo también estoy cambiando.

—Pues yo te veo exactamente igual. ¿En qué estás trabajando ahora?

—Acabo de terminar el máster en Arquitectura. Y en septiembre empiezo en el estudio de Alfredo Lamela.

—¿En serio? ¿El hijo de Santiago Lamela?

—El mismo.

—¡Qué dices! ¡Felicidades!

Sonrío ante el arrebato de complicidad que vuelve a surgir entre nosotros. Carlota es restauradora y nos unía nuestra gran afición por visitar grandes reliquias arquitectónicas. Como dos fanáticos obsesionados, visitábamos pueblos perdidos y tomábamos miles de fotos de diferentes fachadas, mientras conversábamos sobre arte e historia.

Cierro la carta porque ya sé lo que voy a pedir y me quedo observando a Carlota, que se muerde los labios tratando de decidirse. Me viene a la memoria el triste recuerdo de aquella Navidad, hace dos años, cuando le dije: «Carlota, no estoy seguro». Nos acabábamos de comprometer y teníamos elegida la fecha para casarnos, siempre me pareció que era demasiado pronto, pero ella no paraba de decirme que a su padre le hacía mucha ilusión. Después de ver cómo mis palabras la rompían en mil pedazos, la abracé jurándole que no eran ciertas, porque no soportaba verla sufrir, pero ya no había vuelta atrás. Ella me conocía demasiado.

Ahora empieza a comentarme algo sobre sus alergias. La observo cómo mueve sus manos elegantes que parecen balancearse al ritmo de su voz. Y pasa a contarme que ha montado una empresa de restauración con su padre. «¿Cómo he podido dejar escapar a una mujer así?», me digo mientras trato de seguir su conversación.

Tras un largo rato repasando anécdotas, viajes, y de reírnos de nuestras manías, le confieso:

—Te he echado de menos.

—Yo también. Siempre supe que volverías a llamarme. Solo deseaba que no fuese demasiado tarde.

—¿Y lo es?

En ese momento llega el postre, y Carlota se extraña de mi elección:

—¿Arroz dulce con mango? ¿Desde cuándo te gusta el mango?

Como si un efecto óptico nublara todo delante de mis ojos, regresa Luciana a mi cabeza, y con ella el cosquilleo en mi estómago que siempre me produce pensar en ella.

—Pues desde que he estado en Colombia. Allí lo comen con sal, con leche condensada, con picante...

—¿Y qué hacías en Colombia? —pregunta con un semblante más serio.

—Digamos que es una historia muy larga.

—¿Fue una visita de trabajo o vacaciones?

—Pues más bien vacaciones.

—¿Y fuiste solo? —pregunta, y se mete un trozo de mochi de té verde en la boca. Yo pliego mis labios hacia dentro—. Puedes decirme la verdad, Bastian. Conozco ese gesto tuyo antes de decir una mentira para no herirme.

—Fui a buscar a una chica —le digo reafirmándome en la idea de no ser el mismo.

—Ah... Así que... ¿tienes pareja? —Se limpia las comisuras de los labios con la servilleta.

—No, no tengo pareja.

80

BRUJERÍA EN EL PALACIO

Luciana

Me siento con Karma en el alféizar de la ventana de la biblioteca. Mientras le cepillo el pelo, cae el último rayo dorado del atardecer en sus ojos. Le acaricio la nariz y ella ronronea y reposa su cabeza en mi antebrazo, con la calma que da saber que ha vuelto a casa.

Suena el pitido intermitente del interfono que está en el pasillo, es el vigilante de la puerta avisándonos de que ya ha llegado el repartidor de Glovo con nuestra cena. Karma sale corriendo despavorida para esconderse en el armario de la entrada. Hace años que ese ruido forma parte de su vida cotidiana; aun así, siempre la asusta como si nunca antes lo hubiese oído.

El repartidor se acerca a la entrada principal y se quita el casco.

—¡Joder, menudo casoplón! —exclama—. ¿Vives aquí?

En ese momento aparece la Chispa y le increpa:

—¿Y a ti qué te importa?, vamos a ver.

—Tranquila, chica, que solo era curiosidad —le contesta entregándome la bolsa con la comida y el recibo.

La Chispa lo mira como si le perdonara la vida y él se pone el casco y se sube la visera transparente para pedirme:

—Ponme cinco estrellas, guapa. —Él arranca y se marcha.

—Niña, ya tienes que ir cambiando el semblante. Tienes que practicar una pose que denote más seguridad. No puedes vivir en un lugar así con esa actitud lánguida ante el que te falta al respeto —me reprende la Chispa, y me recoloca la postura de los hombros y me levanta la barbilla.

—No creo que tenga que cambiar nada, Chispa; además, esta casa es de Karma. Yo solo soy la administradora, pero no es mi casa —la corrijo mientras atravesamos el vestíbulo.

—Pero tienes que tener una presencia autoritaria. A la altura de la situación. Mira la Cenicienta, que se tuvo que plantar unos tacones de cristal para ir a la fiesta, porque no se iba a presentar en el palacio con las alpargatas —argumenta.

—Chispa, no me voy a poner a usar tacones a estas alturas de mi vida, yo soy como soy. Viviré en un palacio pero seguiré con mis Converse.

—¡Que no, niña, que no! Que no tiene que ver con la ropa sino con el semblante. Ahora mandas, no dejes que esos payos te miren por encima del hombro. Hazlo por Karma y por la voluntad de doña Inés.

En la cocina encontramos a Juana sentada en el suelo sobre una tela. Ha encendido unas velas, tiene en las manos unos caracoles y un coco partido en cuatro pedazos.

—A ver, ¿qué quieres preguntar? —indaga mientras se pone un perfume en las manos y empieza a rezar entre dientes.

—Pues me gustaría saber qué piensa doña Inés de lo que está pasando —le pregunto mientras ella lanza los cocos al suelo.

—Está bien. —Juana se ajusta el pañuelo de la cabeza y

empieza a lanzar los caracoles. Va contándolos y apuntando en una libreta.

Después de unos minutos dice llevándose las manos a la cabeza:

—*Ogunda melli!*

—¡Ay, mi madre! ¿Y eso qué quiere decir? —pregunta la Chispa.

—A ver, mijita, vamos a analizar qué tiene que ver esto con tu vida. Esto es un pataki, o parábola, que habla de un guerrero llamado Changó que invocó a los dioses pidiendo un ejército para derrotar a sus enemigos.

—Mira, eso tiene que ver contigo —me confirma la Chispa.

—Pero en lugar de darle un ejército, lo convirtieron en un ciempiés. —La Chispa y yo nos miramos. Juana se pone una mano en la barbilla tratando de entender el significado de la historia aplicada a mi vida, y continúa—: Changó se puso muy feliz pensando que llenaría cada una de sus nuevas patas con armas y así sería invencible.

—¡Ya sé! Las patas son los abogados de doña Inés, que cada vez son más, parece que se reproducen —sentencia la Chispa.

—Espérate, mija, que todavía no he terminado. —Juana vuelve a poner un tono de voz misterioso—. Entonces, después de convertirlo en ciempiés, los dioses le mandaron un tronco gigante que le cayó frente a los ojos, era un árbol de iroko bamba, tan ancho que no se lograba abrazar ni con cincuenta hombres.

—Madre mía con los dioses, Juana, menos mal que era un regalo.

—Chsss. ¡Chispa, que me desconcentras, mija! —Juana continúa—: Además, al primer paso que dio para atravesarlo, se desplomó. Y ahí se dio cuenta de que tenía que aprender de nuevo a caminar para coordinar todas sus patas.

—Pobre hombre.

—Pues sí —secundo yo.

—Changó vio pasar siete inviernos hasta que por fin logró atravesar el árbol. Y al llegar a su pueblo..., ¿qué creéis que pensó?

—Pues que tenía hambre, después de siete inviernos, imagínate —comenta la Chispa.

—¿Que su pueblo había crecido? —añado.

—Todos sus enemigos se habían muerto por una pandemia —sentencia Juana.

—¡Ay, Juana, que vuelve la covid! —grita la Chispa.

—Que no, mujer, que esto pasó hace miles de años —explica Juana.

—Entonces, ¿eso es que alguien se va a morir? —pregunta la Chispa llevándose las manos a la cabeza.

—Chispa, acuérdate de que estas historias no son literales, mujer, hay que buscar en la moraleja.

—¿Y cuál es la moraleja? —pregunto confundida.

—La paciencia, mija.

—¿La paciencia? —preguntamos la Chispa y yo a la vez.

—Sí, además esta historia habla de aprender a caminar de nuevo en un ciclo de siete años o siete algo...

En ese momento Karma salta por encima de los cocos y se coloca en posición chulesca a mi lado mientras mueve la cola hacia los lados.

—¡El gato! —grita Juana.

—¿Karma? —me sorprendo.

—Sí, en la numerología el gato es el 7, porque tiene siete vidas, así que tiene que ver con algo del gato. —Karma nos mira, como si entendiera que estamos hablando de ella—. La segunda cosa importante que se debe tener en cuenta cuando a alguien le sale esta parábola es mantenerse al margen. Las cosas se resolverán solas sin que tú tengas que hacer nada, solo no precipitarte y dejar que los demás actúen.

—Entonces, ¿debo hacer caso a mis abogados?

—Sí, sin duda —confirma Juana.

—Recuerda que ellos siguen las órdenes de doña Inés —dice la Chispa mientras Karma se levanta a olfatear los cocos tirados en el suelo.

—Doña Inés, desde donde esté, debe de estar alucinando con lo que está pasando —analizo.

—¿Desde donde esté? —Se sobresalta Juana subiendo las cejas.

—Sí, me refiero desde ahí arriba. —Señalo el techo.

—Ah, no, mija, doña Inés no se está perdiendo este circo, ¡olvídate de eso! Ella está aquí vivita y coleando, nunca mejor dicho —contesta Juana mientras señala con los ojos muy abiertos a Karma.

—¿Que Karma es doña In...? —La Chispa se tapa la boca con las manos sin terminar la frase.

—Chsss... —nos ordena Juana—. Los gatos son místicos porque tienen una misión espiritual. Ellos absorben energías.

Las tres nos giramos a mirar a Karma, que se pasea con la cabeza en alto, disimulando como si no supiera que la estamos mirando, y observando su reflejo en el metal del cubo de la basura.

—Ma-dre mí-a. ¡Me quedo muerta! —clama la Chispa sin poderse quitar las manos de la cara.

—Cuando tengas dudas de las intenciones de los demás o del deseo de doña Inés, simplemente observa a Karma —murmura Juana.

81

LUNA DE CIUDAD

Bastian

Índigo me recibe entusiasmado, revoloteando entre mis piernas sin apenas dejarme llegar al sofá. Lo acaricio y le agradezco lo feliz que me siento de llegar a casa desde que él está en mi vida. Una notificación del teléfono vibra dentro de mi bolsillo e Índigo da un brinco hasta el otro apoyabrazos del sofá. Es un wasap de Carlota.

Carlota

Me encantó verte.

Bastian

A mí también.

Carlota

¿Puedo hacerte una pregunta?

Bastian

Sí.

Carlota

¿Por qué querías verme?

Guardo el móvil, creo que no estoy preparado para contestar algo que ni yo mismo sé. Índigo me mira y juega con sus patas a golpearme con suavidad los dedos de la mano. Ella está todavía en línea.

Bastian

Supongo que fue el impulso de querer regresar a un momento donde dejé pasar la felicidad.

Carlota

Yo también fui muy feliz contigo, Bastian.

Ahora sí meto el teléfono en mi bolsillo, como si quemara en mis manos. Deseando que la conversación no avance más. No quiero despertar en ella ninguna expectativa. Me doy cuenta de que todavía tengo demasiado presente a Luciana. Y que esta no es la manera de olvidarla. Otro pitido.

Carlota

Bastian, no has cambiado nada...

Bastian

¿Por qué?

Carlota

Me llamaste para asegurarte de que sigo aquí.

Un largo silencio inunda la pantalla.

Carlota

Y ¿sabes qué? Que sigo aquí porque eres lo mejor que me ha pasado en la vida.

En ese momento Índigo salta hacia la puerta del balcón entreabierta y sale; yo decido acompañarlo y dejar el teléfono en la mesa. Mi cabeza está sobrecargada y no puedo pensar con claridad. Así que es mejor dejar la conversación como está. Me asomo apoyando los brazos en la barandilla mientras observo a la gente entrando y saliendo de los bares en esta calurosa tarde en la que no corre ni una gota de aire. Miro la luna, ahora la siento pequeña y lejana, en comparación a su gran dimensión sobre el río Atrato. Supongo que ella también está tratando de huir del ruido, por eso su lejanía. Qué bonita me parecía antes de conocerla en su inmensidad, y qué impresionante me parece ahora después de mirarla de cerca, en el marco de la selva y la armonía de los pájaros alrededor. Supongo que es como Carlota, con la que me iba a casar antes de conocer el vértigo de las cosquillas en el estómago que me hizo descubrir Luciana. O antes de saber que un beso te puede cortar la respiración.

82

CAOS EN EL PALACIO

Luciana

Me despierto cuando suena el interfono.

—Señorita Luciana, son las ocho de la mañana. Ya está aquí el personal de servicio —me avisa Luis desde la garita de seguridad.

Vuelvo a mi habitación tratando de vestirme rápido y lavarme los dientes.

Veo que en el vestíbulo empiezan a entrar cajas de comida y flores. Me quedo estática en mitad del trasiego de personas, como una bicicleta en la mediana de la autopista, resguardada para que no me pasen por encima. Tras unos minutos salgo fuera y veo a Juanjo, el de mantenimiento, agachado en la fuente tratando de conectar un cable.

—¡Buenos días, Luciana! Ahora voy a contarte lo del panel de electricidad que se ha fundido.

—Vale, Juanjo —le contesto todavía medio dormida.

—¡Mire, señora, las cartas! —me dice Luis, el de seguridad, que ha venido desde la garita a entregármelas.

—Gracias...

—Señora Luciana, ¿me firma aquí? —interrumpe un señor desde atrás—. Es el recibo de los alimentos. Si hay algo más que necesite, aquí le dejo la información de nuestra empresa. —Me entrega unos folletos con fotos.

—¡Señorita! —grita el jardinero haciéndome bajar la escalinata—. El cortacésped se ha trabado. Ya yo le había dicho a la señora Inés que debíamos considerar la compra de uno nuevo. Lo reparé, pero ahora no arranca. ¿Qué hacemos? —Me mira esperando una respuesta.

—P-pues sí, claro, compre uno nuevo, por favor.

—Perfecto.

—¡Señorita! —grita una mujer desde una ventana de la planta de arriba—. ¿Puede subir?

Una vez arriba, unos hombres con unas aspiradoras industriales están limpiando la alfombra del pasillo.

—Voy a tener que traer unos productos para quitar esas manchas, ¡mire! —Señala la mujer hacia una esquina de la moqueta con humedades —. La señora de la casa no me dejaba usar productos químicos por si eran tóxicos para su mascota. Pero nos acaba de llegar este líquido que es cien por cien autorizado para animales y niños. ¿Me deja hacerle esa limpieza profunda?

—P-pues sí, claro. Mientras no sea tóxico para la gata...

—Mire, aquí tiene la información. —Y me da un librito con todos los productos de limpieza de su empresa.

Bajo la escalera y me encierro en el baño del vestíbulo. Me miro en el espejo, abrazada a los doscientos folletos de publicidad y las cartas. Y le pregunto a la chica del reflejo si va a poder con tanta responsabilidad. Me echo agua fría en la cara.

«El Chocó no es para ti», vuelve la voz de mi abuelo, que es el mantra de mi vida.

«Creo que un palacio tampoco, mi querido nono», le contesto en mis pensamientos.

Salgo de mi encierro y me dirijo a la cocina para prepararme café. Al pasar por el salón de lectura encuentro el gramófono de doña Inés, y decido poner el disco de Enrique Morente. Caliento la leche en el fogón mientras se oyen los primeros acordes de la canción *Omega* que da título al disco y que suena a un amanecer espléndido. Me siento en el butacón de terciopelo granate para homenajear a doña Inés y dedicarle mi primer alimento de la mañana.

Marian me escribe un mensaje que vibra en mi bolsillo.

Marian

Luciana, ¿has tomado una decisión?

Luciana

¿Sobre qué?

Marian

Sobre si incluir o no a Bastian en la denuncia.

Reflexiono unos segundos recordando nuestros desayunos. Lo que Bastian ha hecho es imperdonable pero aún me rondan en la cabeza las veces que me pidió hablar cuando estábamos en Colombia. Quizás quería contármelo y sincerarse. Quizás fui yo la que una vez más quise huirle al dolor. En el fondo intuía que lo que quería contarme estropearía lo nuestro. Además, me cuesta mucho pensar en cómo me besaba y creer que fue mentira.

Luciana

Marian, no quiero incluirle en la denuncia.

83

SEPTIEMBRE

Bastian

El microondas de la oficina es el sitio favorito de reunión para todos los que trabajamos aquí. Hace dos semanas que empecé y ya me siento uno más del equipo. Mi jefe es un emprendedor increíble que no llega a los cincuenta años y ya es pionero en las casas autosuficientes en España. Cada vez que me llama a la oficina para contarme un nuevo proyecto siento como si Messi hubiese parado su coche en un parque de barrio y se hubiese puesto a pasarse la pelota con unos niños que lo miran extasiados sin saber si lo que están viviendo es real. Leía los artículos de Alfredo Lamela en la revista Arquitectura Viva y soñaba conocerlo. Ahora, como algo cotidiano, me hace un gesto para que entre en su despacho a enseñarme un nuevo boceto y me siento el arquitecto más afortunado del planeta.

—¿Sabéis por qué he conseguido todo lo que tengo? —nos preguntó el día que reunió a todos en la oficina para contarnos su futura expansión en Latinoamérica—. Por dos factores fundamentales: la perseverancia y la familia. —Alfredo es un hombre de grandes valores. Su padre fue uno de los arquitectos principales de la Torre Mapfre y el Hotel Arts de Barcelona en los años noventa. Y su marido, Jean-Pierre Benoit, es uno de los diseñadores de interiores más prestigiosos del mundo. Juntos forman un tándem perfecto. Es impresionante verlos crear maquetas gigantes de edificios que están en la cúspide de la vanguardia en tecnología y diseño.

—Me encanta tu proyecto de la selva colombiana —comenta Astrid, una de las nuevas arquitectas que ha entrado a trabajar a principios de septiembre, igual que yo.

—Muchas gracias —le contesto mientras termina de calentarse mi táper en el microondas.

Saco un par de tenedores del cajón y nos sentamos juntos en la mesa del comedor. En ese momento reviso mis mensajes y me encuentro varios audios de Carlota. Me sorprende que me haya mandado tantos seguidos. Rápidamente intuyo que le ha pasado algo.

—¿Estás bien? —pregunta Astrid mientras me ve ponerme pálido y soltar el tenedor sobre el táper.

«Bastian, mi padre ha muerto», me cuenta Carlota ahogada en llanto en el primer audio.

Suelto el teléfono y me acerco a Alfredo, mi jefe, que está pelando una manzana a unos metros de mí.

—Alfredo, ¿me puedo marchar?

—¿Qué te ha pasado?

—Se ha muerto el padre de mi novia —me sorprendo llamándola así, aunque no sabría explicarle de otra manera el valor que tiene la familia de Carlota para mí.

—Claro, claro, pues márchate —me dice con una mano en mi hombro.

—Gracias, Alfredo. Esta semana me quedo todas las horas necesarias para compensar.

—No te preocupes, Bastian. Esta empresa no va de horas trabajadas, sino de objetivos. Vete tranquilo.

Arranco el coche mientras coloco en el GPS la dirección del tanatorio de la M-30.

Al llegar lo primero que me encuentro es a la madre de Carlota.

—Gracias, Bastian, por venir. Ya sabes que mi marido te quería como a un hijo.

La abrazo contra mi pecho y veo a Carlota a lo lejos, apoyada en el hombro de su hermana llorando desconsolada.

—Ahí tienes a Carlota, tú sabes que ella era el ojito derecho de su padre. No sé cómo va a superar esto —comenta afligida, tapándose la cara con las manos y rompiéndose en llanto.

Una señora se la lleva y yo me quedo bloqueado mirando a Carlota, sin saber qué hacer. Me acerco a ella, y cuando estoy a dos pasos de su espalda se gira y se lanza a abrazarme. Sus hermanas me saludan con la cabeza y nos dejan solos. Me agarra del cuello temblorosa, puedo sentir su miedo y su desconcierto ante el salto al vacío de haber perdido a su máximo referente. Después de unos minutos se separa de mí y con los ojos hinchados me dice:

—Un infarto, Bastian, ¿hay algo más injusto que eso?

Me quedo en silencio para dejarla que se desahogue.

—Un hombre que hacía ejercicio todas las mañanas, que no bebía ni fumaba... —Se rompe otra vez y vuelve a abrazarme.

Le paso la mano por el pelo.

—Tú eres una mujer fuerte, Carlota —le digo tratando de mitigar el dolor.

Se separa de mí para secarse las lágrimas. Y me clava sus ojos azules casi transparentes, inmersos en un mar de lágrimas.

—No me dejes sola, Bastian.

Le acaricio la cara para asegurarle que siempre estaré aquí para ella. Y la vuelvo a traer hacia mi pecho. Reaparece la madre de Carlota y me dice:

—Bastian, tu madre está en la sala. Ha sido una de las primeras en llegar.

—Gracias por avisarme —le contesto.

No he vuelto a hablar con mi madre desde hace tres meses, cuando salimos de la oficina de los abogados de Luciana y me prometí que no volvería a ser un kamikaze dejando que me ofenda cada vez que hablamos. Aunque reconozco que no hay un día que no me duela esta situación.

Voy a la sala y la veo vestida de riguroso negro, compungida mientras habla con las tías de Carlota. Me acerco a ella y le digo:

—Hola.

—Hola, Bastian —me dice levantándose para darme dos besos y susurrarme al oído—: Si te preguntan por el palacio del Fresno o algo relacionado con la herencia, diles que estamos ajustando los papeles. —Y hace como si me colocara el cuello de la camisa de forma cariñosa.

—Mamá, ¿lo único que te importa es lo que va a pensar toda esta gente de ti? —le pregunto quitándole las manos de mi camisa. Ella mira alrededor para asegurarse de que nadie ha visto mi gesto—. Estoy bien, por si te interesa saberlo.

—No sabes lo que me ha costado mantenerte en este estatus —sisea mi madre con una sonrisa para que nadie se percate de nuestra mala relación y gira sobre sus talones para retomar la conversación con el grupo de mujeres.

De pronto suena mi móvil desde un número que desconozco.

—¿Sí?

—Bastian, soy Blanca desde el teléfono de la oficina. Ya tenemos fecha para el juicio. —De repente todo da un vuelco. Como si una nube negra se hubiese posado sobre mí. Salgo de la sala a sentarme en un banco del pasillo—. ¿Me oyes?

—Sí.

—Tenemos que quedar para prepararlo. Ellos han puesto una denuncia por faltas muy graves que van a utilizar en contra de nuestra demanda de impugnación de la herencia.

—¿Cuáles son las faltas que me atribuyen a mí? —pregunto angustiado por mi nuevo trabajo, sé que esto va a destruirlo todo.

—A ti ninguna. Me sorprende, pero no te han incluido en la denuncia.

Trago saliva y respiro profundo mientras me recorre una sensación de sosiego. Como de una angustia que termina y un capítulo que queda cerrado en mi conciencia. Apoyo la espalda en la pared y miro al techo.

—Te llamo más tarde, que me llaman por la otra línea —resuelve Blanca.

Al colgar busco de manera impulsiva el chat con Luciana. Lo abro y miro su estado del WhatsApp; me recorre un hormigueo al observar que tiene puesta la foto que yo le tomé en la playa de Nuquí mientras estaba sentada mirando al mar con el pelo alborotado. Ese día donde el olor a aceite de coco llenaba mis sábanas y sus uñas marcaban mi espalda.

«Hola, Luciana —empiezo mi mensaje—, perdona que te moleste, solo quería agradecerte que no me hayas incluido en la denuncia y decirte que no he dejado de pensar en ti ni un solo día».

Lo borro rápidamente. Y empiezo uno nuevo:

«Hola, Luciana, espero que tú y Karma estéis bien. Ojalá podamos vernos un día. Gracias por no incluirme...».

Vuelvo a borrarlo de manera fulminante. Y por fin me decido a enviar este:

Bastian

Gracias, Luciana. Espero que estés bien.

En ese momento una mujer grita:

—Ay, Dios mío, ¡se ha desmayado la viuda!

Salgo corriendo a la sala, donde se arremolina la gente, mientras oigo:

—Está bien, tranquilos. Échense para atrás, que necesita aire. Es solo un bajón de azúcar.

Carlota mira hacia atrás y se acerca a abrazarme. Mientras le paso la mano por la espalda, siento en mi bolsillo una vibración y mi corazón late rápido pensando que Luciana me ha contestado. Carlota está apoyada en mi pecho, me rodea la cintura con los brazos y me abraza con todas sus fuerzas.

—Gracias, Bastian, por estar aquí —solloza colocando su cara a unos centímetros de mí.

Yo arrastro sus lágrimas con los dedos.

—¿Te puedes quedar a dormir conmigo? No estoy preparada para la primera noche sin mi padre en este mundo.

—Tranquila, no me iré de tu lado.

84

UNA CANCIÓN, UN MENSAJE, UNA ILUSIÓN

Luciana

La habitación de Karma es digna de una foto para una revista de decoración. Empezando por la pared en color pistacho, que tiene el diseño de un árbol gigante donde en cada rama hay un rascador, formando un laberinto de puentes y cuerdas, por el que le encanta subir y bajar. En el suelo, un iglú blanco de pelo es su cama; a veces la observo dormir y me parece que ella cree estar flotando en una nube. En una esquina un macramé gigante, que le tejí con mis propias manos, está colgado a dos metros de altura, donde le encanta subirse, es su lugar favorito para tumbarse durante el día. A la izquierda, una mesa cambiadora de bebés que doña Inés bautizó como «el *spa* de Karma» y que utilizo para el tratamiento de sus uñas, el cepillado de los dientes, el colirio de los ojos y el masajeador para la cabeza.

A mí me encanta tumbarme en el suelo y observar la habitación desde abajo mientras pongo música.

—¡Ven, Karma! —le digo preparada con la loción para su pelaje.

Ella se recuesta en mis piernas cruzadas y yo le doy *play* a la música en mi Spotify, dejando que la aplicación me sorprenda y seleccione al azar una canción de mi lista. Se me estremece el cuerpo al oír la voz del cantante de Coldplay trayendo la canción de Bastian en mitad del silencio. Hace casi cuatro meses desde nuestro encuentro en la cascada, los besos numerados, las conversaciones de madrugada con la luna en mitad de la selva como testigo y sus ojos verdes. Las frases de la canción *Fix you* hoy toman un significado muy triste, que entonces no entendí. Cuando sientes que tienes todo lo que quieres, pero no lo que necesitas: siento estas palabras atravesándome como una estaca en una línea recta desde el estómago hasta el vientre. Y comprendo que cambiaría todo lo que tengo porque nuestra historia hubiese sido real. Volvería a la incertidumbre de no saber dónde vivir, ni qué voy a comer mañana, solo por tenerlo besándome en la encimera de mi cocina aquella primera noche juntos. He recorrido tantos kilómetros, he creído enamorarme un par de veces, pero nunca nadie había provocado este impacto en mis sentidos. Es como una luz incandescente que lo derrite todo, hasta las dudas. De repente suena una notificación de mensaje. Me limpio las lágrimas.

Al mirar la pantalla, no lo puedo creer, es él:

Bastian

Gracias, Luciana. Espero que estés bien.

Abro corriendo la conversación para escribirle:

«Te extraño, ojalá todo hubiese sido real. Estoy escuchando tu canción».

Pero decido borrarlo.

Ni siquiera me ha puesto un emoji o algo que muestre alguna cercanía especial. Es un mensaje frío, genérico. Le escribo:

«¿Gracias por qué?».

Pero también lo borro antes de enviar.

Así que me detengo, miro al frente, escucho la música y tecleo unas palabras que me recuerdan a nuestra canción:

Luciana

Las luces te guiarán a casa y encenderán tus huesos. Y yo trataré de repararte... Gracias a ti por regalarme esta canción. Yo también espero que estés bien.

Enviado.

85

EN LOS BRAZOS DE CARLOTA

Bastian

Salgo del tanatorio y voy al parking a buscar mi coche para recoger a Carlota en la puerta y que no tenga que caminar. Tras encender el motor, pongo el aire acondicionado al máximo, apoyo mi espalda en el asiento, cojo aire y saco mi teléfono del bolsillo. Dudo si mirar la pantalla.

—Quizás no es Luciana y al menos me gustaría estar un rato más con el gusanillo en el estómago imaginando que me ha contestado —titubeo mientras froto el móvil contra mi chaqueta, como si quisiese limpiar la pantalla. Decido volver a guardármelo en el bolsillo sin salir de dudas.

Frente a la entrada principal, me bajo para abrirle la puerta del copiloto a Carlota y la ayudo a entrar con cuidado. Siento que se va a desplomar.

—Carlota, yo no soy muy bueno en estas cosas. Realmente me encantaría decirte algo que te alivie, pero no encuentro palabras. Sé lo que tu padre significaba para ti. —Le digo mientras arranco en dirección a su casa.

—Con que estés aquí conmigo es suficiente —contesta mientras reposa su mano en la mía.

Le devuelvo el gesto dándole la vuelta a mi mano y sosteniendo la suya.

—Vas a tu casa, ¿verdad? —me aseguro de que no ha habido cambios desde que hablamos hace unos minutos.

—Sí. ¿Te vas a quedar conmigo? —me pregunta mientras miro al frente concentrado en la autopista, pero sintiendo sus ojos en mí.

—Claro —le confirmo mirándola un segundo.

—Mi padre siempre me dijo: «¿Cómo dejaste escapar a ese chico?».

—Tu padre me quería mucho, y yo a él.

—Yo siempre le decía: «Nadie deja escapar a nadie, papá, la gente se va o se queda según sus propios deseos». Escapar ya es una palabra que denota encierro. Espero que nunca te hayas sentido así conmigo.

—Tú siempre fuiste un abrazo al que quise regresar. Has sido mi mejor amiga, mi familia, mi compañera... Eres una mujer increíble. —Voy midiendo mis palabras mientras salimos a la calle Goya y paramos en un semáforo.

—Supongo que me faltó ser algo más. —Los dos nos quedamos en silencio mirando al frente con el ruido del intermitente generando tensión—. Pero no quiero hablar de eso hoy. Solo quiero que te quedes y me abraces. Hoy se fue el hombre que me juró que siempre me protegería. Mi seguridad y mi calma —solloza mientras observa sus manos sosteniendo un pañuelo y tratando de aguantarse las lágrimas.

—Claro, Carlota. Yo siempre estaré aquí para ti —le aseguro cubriendo su mano con la mía.

Al llegar a su portal agarro todas sus cosas. Y le pido la llave para abrirle la puerta. Entramos en su casa; un jarrón con caramelos en forma de violetas nos recibe en el mueble del vestíbulo. Si tuviese que definir a Carlota sin palabras, simplemente compraría una bolsa de esos caramelos. Me quedo quieto después de cerrar esperando a que ella me diga dónde ubicarme.

—Pasa, Bastian —me pide desde el salón.

—¿Quieres que te prepare algo de comer? —le pregunto mientras avanzo unos pasos.

—No tengo hambre. Además, me han dado una pastilla relajante y me siento un poco mareada —me cuenta mientras se sienta en el sofá y se recuesta cubriéndose las piernas con una manta que estaba en el reposabrazos.

Sigo de pie con las llaves de mi coche en la mano.

—Siéntate, por favor. No me ayuda nada sentirte como un extraño.

Me quito los zapatos y dejo las llaves del coche en el mueble de la televisión. Me siento en el sofá cubriéndome con su manta y trayendo su cuerpo hacia mi pecho para que se apoye en mí. Le acaricio el pelo y siento su mano abrazando mi cintura. Los dos nos quedamos en silencio muchos minutos, hasta que siento su respiración lenta. Está dormida.

Saco mi teléfono del bolsillo y miro el mensaje. Es de Luciana. Mi corazón empieza a latir muy rápido. Desbloqueo la pantalla para leer el mensaje completo, es la letra de mi canción favorita iluminando mi vida.

«¡No me odia!», me digo llevándome las manos a la cabeza y sintiendo que no hay nadie más feliz que yo en este momento.

Al girarme para dejar el teléfono en la mesita, me veo reflejado en la vitrina del mueble, abrazado a mi ex. Cierro los ojos deseando soñar un futuro con Luciana, pero en los brazos de Carlota.

86

EL REFUGIO

Luciana

Mientras recorro los pasillos de la protectora de animales El Refugio, puedo sentir a cada paso el cariño con el que doña Inés mandó preparar los habitáculos para los animales. Se preocupó por la temperatura, la luz, la purificación del agua... Ella siempre decía:

«No quiero ver animales con caras tristes esperando ser adoptados. Quiero verlos felices, y que solo salgan de aquí si una familia decide cuidarlos mínimamente como nosotros».

Doña Inés pedía que estuviesen al aire libre el mayor tiempo posible.

«¡No quiero animales encerrados!».

Así que compró un terreno inmenso que había detrás y lo llenó de árboles gigantes que dan una sombra increíble. Además de las instalaciones, todas las personas que trabajan en El Refugio tienen un carisma especial. Doña Inés desarrolló un sistema muy peculiar para contratar personal en sus centros, pidiéndoles rellenar un test infalible que ella misma creó. Pasaba horas leyendo esos cuestionarios y analizando muy bien las respuestas. Un día le dijo a Catalina, la encargada:

«Él cuidado de los animales no puede ser un trabajo. Yo pago el tiempo de los trabajadores, pero ellos tienen que sentir que es un lugar donde quieren estar porque vivir rodeados de animales sea su verdadera vocación».

Habilitó una biblioteca, ya que hay muchos estudiantes en el turno de tarde. Y detrás de la cocina hizo un huerto, y cada día todos se alimentan de comida orgánica.

En este centro yo empecé al llegar a España.

Junto a Catalina, la encargada, se nos ocurrió crear el panel de «Cuenta tu historia», donde cada semana uno de nosotros era el elegido del mes. Colocábamos la foto y la historia de cada uno de nosotros entre chinchetas y *stickers* de la Patrulla Canina, ya que teníamos un chat de grupo con nuestras caras colocadas sobre los cuerpos de los perritos de la serie de dibujos, en un montaje que resultaba muy divertido. Me tocó ser la primera en contar la mía durante la semana de estreno, así que puse una foto con Karma para explicar por qué decidí adoptarla. Todavía recuerdo cuando Catalina me dijo que doña Inés quería conocerme. Y después, todo lo demás ya es historia. En una semana Karma y yo estábamos entrando en el palacio del Fresno.

—¡Cata! ¡Qué felicidad verte! —le grito cuando la veo aparecer al final del pasillo.

—¡Luciana, cariño! He pensado mucho en ti estos meses —me dice mientras nos fundimos en un abrazo lleno de sinceridad.

Catalina es una mujer de unos sesenta y cinco años, y era una de las mejores amigas de doña Inés desde la infancia. Cuando yo llegué, Catalina llevaba treinta y cinco años levantando centros de animales, así que su conocimiento es inmenso. Ella era una de las pocas personas a las que doña Inés escuchaba e invitaba al palacio para compartir largos paseos por el bosque mientras reconocían los diferentes tipos de conejos, águilas, ciervos y linces. Entre las dos crearon el Centro de Acogida para la Fauna Ibérica más grande de Aragón. Doña Inés siempre hablaba con cariño de los meses que pasaron juntas en Carnota, en la costa gallega, con sus trajes blancos teñidos de negro por el petróleo vertido en la desgracia del Prestige. Durmieron en tiendas de campaña y sacaron toneladas de chapapote. Trataron de salvar cualquier especie: aves marinas o tortugas. Doña Inés donó dos millones de euros a la limpieza, pero se fue a ayudar como una más; conociéndola, seguramente nadie sabía que ella entregó esa cantidad y para los compañeros solo era una voluntaria de Madrid que se sumó para aportar sus manos y sus pies.

—¡Pasa, Luciana! Hablemos un rato en mi oficina —me pide Catalina con su dulzura habitual.

Cuando se sienta y apoya las manos en la mesa, detecto un temblor que nunca había percibido antes. Mientras ella me cuenta las dificultades para sacar el centro adelante durante los últimos meses, yo sigo observando el movimiento involuntario de sus dedos sin poder concentrarme al cien por cien en sus palabras. Hasta que deja de hablar porque se da cuenta.

—Párkinson en estado avanzado. Doña Inés lo sabía, aunque nunca imaginó lo rápido que sería —confiesa dándose un masaje en las manos.

—Vaya. Lo siento.

—Cada uno tiene sus dolores, el de doña Inés era del alma. ¡Qué buena mujer se nos fue! ¡Y qué falta nos hace ahora! —comenta enseñándome una foto juntas el día de la inauguración de El Refugio.

—Sí, es una mujer que sufrió demasiado.

—¿Sabes qué? Te sorprendería saber que antes no era así. Era una mujer pizpireta, de ojos vivos, y siempre tenía un chascarrillo para hacer reír a cualquiera. No parecía hija de la Dama de Hierro española, doña Carmen Humanes de Arteaga... Pero cuando le quitaron a su hijo cambió para siempre.

—¿Qué hijo? —pregunto sorprendida.

—Pues... —contesta nerviosa— me refería al hecho de que no haya tenido hijos... —Empieza a mover los papeles que están encima de la mesa con nerviosismo, de un lado al otro sin mucho sentido—. Bueno, ¿y tú? Cuéntame. ¿Cómo te puedo ayudar? Imagino que gestionar todo esto no es fácil.

—Pues sí, la verdad es que todo es muy caótico, y encima la hermana de Inés está peleando por la herencia y puso una demanda de revocación, así que me toca lidiar con eso también. Estoy preparando el juicio.

—¿Hortensia está pidiendo quedarse con la herencia de Inés? —pregunta indignada. Yo asiento—. ¡Qué barbaridad, Dios santo! Esa mujer no tiene dignidad ni vergüenza. ¿Cuándo va a dejar de hacerle la vida imposible a Inés? —reclama con el ceño fruncido—. ¿Cuándo es el juicio?

—El martes que viene, 3 de octubre.

—Disculpa mi enfado. Es que son muchos años viendo a Inés sufrir por culpa de su hermana —respira profundo tratando de serenarse.

—Tranquila, Catalina, que los abogados de Inés no van a dejar que la herencia caiga en manos de Hortensia.

—Ojalá que así sea, sería una de las mayores injusticias de este mundo. —Catalina empieza a recoger los papeles de la mesa—. Bueno, bonita, pues yo estoy aquí para lo que necesites. Sería bueno que empezaras a venir todas las semanas, me gustaría enseñarte muchas cosas que son necesarias. Yo me tendría que haber jubilado ya. Pero nunca se es demasiado mayor para cuidar animales —me dice con una sonrisa cómplice—. Pero es que creo que esta enfermedad no me va a dar tregua.

—Está bien, Cata.

—¡Jefa! Te está buscando el proveedor de Lenda, la nueva marca que estamos usando para el pienso —le avisa uno de los trabajadores.

—¡Perfecto, dile que ya voy! —contesta. Luego se acerca a mí y me toma las manos—. Luciana, administrar el legado de Inés es una responsabilidad tremenda. Tienes que estar fuerte y despierta. Solamente en este centro hay casi veinte personas que van a depender de ti.

—Sí, Cata, por eso necesito que me ayudes. El palacio es también una responsabilidad enorme. Y todavía me queda controlar la sede de las fundaciones y los otros dos centros —le confieso con angustia.

—A mí me daba rabia cuando la gente veía a Inés como una mujer rica con una vida regalada. Yo nunca he visto a una mujer que trabajase más.

—Es cierto. Ahora me doy más cuenta que nunca.

—Ella te dejó al cargo porque tienes pasión y juventud —me dice apretándome las manos.

—Trataré de hacerlo lo mejor posible.

Me abraza antes de salir.

—Bueno, querida, saluda a Karma de mi parte.

87

MEMORIAS DEL MAR MENOR

Bastian

Suena el despertador a las siete de la mañana. Abro los ojos como puedo mientras trato de averiguar dónde estoy y de dónde sale ese ruido tan molesto. Intento levantarme en medio de la penumbra, pero siento el peso de un cuerpo que no me deja liberar mis piernas. Lo aparto, todavía confundido. Y al pulsar el interruptor de la pared, me doy cuenta de que estoy en casa de Carlota. Me muevo rápidamente buscando el lugar desde el que sale ese pitido tan agudo para que ella no se despierte.

Recorro las habitaciones sin éxito hasta llegar a la suya, situada al final del pasillo. Apago su despertador de un manotazo después de encender la luz, y entonces veo nuestra foto en la mesilla de noche. La sostengo en mis manos para buscar en mi memoria ese momento en un barco en mitad del mar Menor, su lugar favorito de la infancia. La vuelvo a apoyar en la mesilla. Me produce especial dolor una de las fotos, en la que aparece Carlota siendo niña con su padre sonriente mientras sostiene un pez gigante; observo su cara de felicidad mientras lo abraza orgullosa por la hazaña de su héroe favorito, y me reafirmo en la idea de que la muerte de su padre no será fácil para ella. Trato de guardar la foto en uno de los cajones para evitarle el sufrimiento y escondo como puedo la nuestra, poniendo por delante las que tiene con sus hermanas y sus amigas.

Me voy a la cocina para prepararme un café tratando de no hacer ruido al meter la cápsula y cerrar la máquina. Miro mi teléfono para releer el mensaje de Luciana que está sobrevolando mi cabeza.

Termino de desayunar, voy al baño y me estoy lavando la cara cuando veo a Carlota aparecer en el espejo del lavabo. Me abraza fuerte por detrás y esconde su cara para llorar sobre mi espalda.

Me quedo estático esperando a que se calme mientras le agarro los brazos. Tras un largo rato en silencio me doy la vuelta y la envuelvo entre mis brazos.

—Carlota, me tengo que ir. Ayer me marché de la oficina cuando vi tus mensajes y hoy no puedo llegar tarde.

—Sí, sí, claro —contesta limpiándose las lágrimas y dando un paso atrás.

La beso suavemente en la cabeza, pero la levanta y de forma imprevista apoya sus labios en los míos. Me quedo paralizado, sin querer hacer ningún gesto.

—Perdona, no he podido evitarlo —se excusa bajando la mirada.

Disimulo mirando mi reloj y salgo del baño apartándola suavemente por los hombros.

—Me tengo que ir.

88

LA PRESENCIA DE INÉS

Luciana

Apago la televisión del salón. Las noticias de los informativos me generan desasosiego. Mientras apoyo el mando en la mesita le digo a Karma:

—Cada vez me gusta menos saber lo que pasa en el mundo. Prefiero la música y los libros. Doña Inés decía que el arte nos da la oportunidad de dejar volar la imaginación, y que no había viaje más placentero que el despegue del alma.

Recuerdo un día que me dijo con su sarcasmo habitual:

«Las noticias son un aterrizaje forzoso en un destino que ni siquiera elegiste. Acuérdate de que la guerra es más negocio que la paz. A más sensación de caos, más venta de armamento. ¿Cuál es el negocio de la paz, Luciana?».

«No sé», le contesté yo.

«No lo sabes, Luciana, porque en el nombre de la paz no se vende nada. Estar en paz es estar cada uno en su mundo. Y en tu mundo no necesitas consumir todas esas tonterías que ellos te quieren vender. Tú mantén tu mente lejos de todo eso, y utiliza el arte para evadirte a tu propio universo. Allí tú eliges tus leyes y sobre todo eliges quién entra y quién sale. La felicidad no es más que el control que tengas sobre lo que te rodea. Si te sientes bien y nadie puede amargarte el momento, entonces, Luciana, ya puedes considerar que tuviste un buen día. Porque los días son maravillosos, hasta que viene un ganapán a destruirlos», me instruía mientras yo le contestaba con una risa divertida.

«Ríete, ríete de esta vieja chiflada, que un día te acordarás de mis consejos».

Ahora me doy cuenta de que parece como si hubiese podido viajar al futuro y verme aquí sentada en su butacón hoy, repitiendo sus frases y echándola de menos.

Me asomo a través del ventanal y veo al jardinero estrenando su máquina cortacésped. Karma escarba en el arenero, y el olor a puré de verduras atraviesa el pasillo desde la cocina. Vivir aquí es como permanecer en un mundo paralelo. Más que una casa es una guarida, pero en vez de tener oscuridad, está llena de luz y de plantas. Me doy cuenta de que poco a poco me voy encariñando con esta nueva rutina, y ya empiezo a plantearme traer todas mis cosas de mi piso. Creo que no lo he hecho porque no sé cómo decirle a la señora Pilar, mi adorable portera, que ya no viviré más en su edificio. Pero es una decisión que en algún momento tendré que tomar. Hasta ahora me sentía cuidando la casa de una amiga. Pero este palacio necesita de alguien que esté todo el tiempo poniéndole cura a las heridas de la vejez. Mientras me acerco a la biblioteca, Karma salta sobre la estantería del fondo, como pidiendo que me acerque.

—Así que ¿quieres algo de aquí? —deduzco mientras ella olfatea las páginas de uno de los libros.

Lo saco de su balda: es *El libro de mi madre,* de Albert Cohen. Miro a Karma y ella me mira a mí. De repente me viene a la cabeza el comentario de Catalina, la encargada de El Refugio sobre el hijo que le quitaron a doña Inés.

—¡Karma! —le pregunto para que deje de olfatear y me escuche—. ¿A doña Inés le robaron un hijo?

Ella clava sus ojos en mí, baja las orejas y flexiona las patas. Puedo percibir su tristeza en la curvatura de su espalda. Le paso la mano por el lomo y la abrazo. Por primera vez percibo con claridad lo que me dijo Juana, que el espíritu de doña Inés se quedó con Karma. La estrecho contra mí:

—Estarás feliz ahí dentro, doña Inés *Soledades*.

89

EMPIEZA EL JUICIO

Bastian

Acabo de cruzar el control de policía en los juzgados de la plaza de Castilla. Siento mi cuerpo transpirar más de lo normal. Me aflojo la corbata mientras me miro en el espejo del ascensor entre los empujones de la gente y los nervios. Hoy veré a Luciana por primera vez en cuatro meses. Ojalá me estuviese preparando para una cena romántica en la terraza de los jardines de Sabatini, con la ciudad de Madrid a nuestros pies. Pero creo que no existe nada más opuesto a eso que lo que voy a vivir. Hoy la miraré a los ojos, frente a frente, pero no habrá una lámpara iluminando nuestras manos entrelazadas y un par de copas de vino, sino un estrado y veinte funcionarios alrededor que me escucharán defender la versión de mi madre. Es decir, veré a la mujer que me tiene robado el pensamiento, pero desde la trinchera enemiga.

Ya en la sala de vistas, reconozco el recogido de Blanca por detrás y a Ramiro, su ayudante. La llamo y ella se da la vuelta.

—Hola, Bastian, tu madre no ha llegado todavía. —Me da dos besos—. Cuando empiece el juicio, vas a tener que salir al pasillo pues no permiten que los testigos se queden en la sala hasta que sean llamados a declarar —me explica Blanca.

—Mientras tanto, puedes sentarte ahí atrás —me indica Ramiro señalando la zona destinada al público.

Me coloco en el primer asiento de la segunda fila.

Crujo mis dedos cerrando los puños, mientras choco mis rodillas una con la otra, me voy poniendo cada vez más nervioso. Hay mucho bullicio en la sala, así que trato de dejar la mente en blanco.

Paro de moverme cuando oigo el nombre de Luciana en boca de la persona sentada detrás de mí, y en un acto reflejo miro hacia mi izquierda y la veo. Vestida en color crema, con un poncho de lana color café, sus trenzas hasta la cintura y esos ojos suyos, que no he dejado de evocar ni un solo día. Nos cruzamos la mirada pero ella la aparta al instante y saluda a un grupo de seis personas que empiezan a rodearla. Uno de ellos es un chico como de unos treinta años. Observo cómo la invita a avanzar con la mano en su cintura y siento un ardor en mi estómago imaginando que quizás las tardes de reunión preparando este juicio han servido para que se conozcan bien. El chico le aparta la silla, se sienta a su lado y le dice algo al oído, a lo que ella le responde con su hermosa sonrisa. Juntos sacan a Karma del trasportín y él la acaricia mientras mira ensimismado a Luciana. Ella parece haber olvidado ya nuestros besos en la ducha.

Siento una mano sobre mi hombro y alguien me dice:

—Bastian...

Es mi madre, acompañada de Carlota. Me levanto.

—Hola, Carlota. ¿Qué haces aquí? —le pregunto confundido.

—Tu madre me pidió que viniera a apoyaros —me contesta mientras ocupa el asiento a mi lado.

Justo entonces Luciana nos mira con el ceño fruncido. Imagino que trata de entender quién es Carlota.

Entra el juez y exige silencio. Blanca me hace un gesto para que salga.

—Voy contigo —se ofrece Carlota.

Abro la puerta de la sala, dejo pasar a Carlota y me giro hacia Luciana, que dirige su vista hacia mí, confundida.

Mi madre, que observa la tensión desde su asiento, nos dedica una malvada sonrisa digna de una bruja de Disney. Estoy seguro de que en su cabeza está diciendo: «1-0, negrita. Punto para Hortensia».

90

BARBIE JINETE

Luciana

Bastian desaparece de la sala y mi corazón ha dado un vuelco mientras nos hemos sostenido la mirada. Va con una chica rubia que parece Taylor Swift, con unas botas de equitación, una chaqueta de cuadros azul marino y pantalones blancos, y le toca la cara a Bastian para agradecerle que la deje pasar al salir de la sala. Los dos se cruzan con la Chispa y Pilar, que acaban de llegar. Mis amigas se sientan en las filas de atrás y me saludan con la mano. Recibo un mensaje de la Chispa:

La Chispa

Todo va a salir bien, Luchi.

Luciana

Gracias.

La Chispa

¿Y esa quién era? ¿La Barbie jinete? Parece que se ha dejado el caballo en la puerta.

Su mensaje va acompañado de un *sticker* de Shakira que apostilla: «Te felicito, qué bien actúas».

Me saca una sonrisa que agradezco en mitad de tanta tensión. Cuando estoy tratando de contestar al wasap el juez da dos golpes sobre su mesa y anuncia:

—Buenos días. Empieza el juicio.

91

LA DIGNIDAD DEL CAMINO RECORRIDO

Bastian

Recorro el pasillo arriba y abajo mientras intento estirar el cuello. Me atraviesa un dolor de cabeza muy fuerte, que parece que se calma cuando me pongo las manos en las cervicales.

—Ven, siéntate, que te doy un masaje para quitarte tensión —me propone Carlota.

—No te preocupes —le digo sin mirarla a la cara—. Disculpa, Carlota. Estoy muy nervioso. Hoy no es el mejor día de mi vida.

—He venido porque tu madre me lo pidió, pensando que mi apoyo podría servirte. Pero si quieres, me marcho.

Otra vez esta sensación tan nefasta de fallarles a los que no se lo merecen. Pero por otro lado me gustaría que se marchase. El Bastian de hace unos meses le hubiese pedido que se quedara para no hacerle daño.

—Haz lo que quieras.

Nos quedamos quietos observándonos con una complicidad triste. Veo en sus ojos la esperanza de una reconciliación que se esfuma. Como una vela a punto de consumirse después de haber brillado en lo más alto, y que ahora al borde del suelo solo espera apagarse con la dignidad del camino recorrido. Nos decimos con la mirada más de lo que las palabras alcanzan. Hasta que Ramiro nos interrumpe abriendo la puerta:

—Bastian, ya puedes pasar.

Tomo aire, entro en la sala y enfilo otra vez el pasillo. Me dirijo al escritorio que está frente al estrado, con un micrófono. Parece que me está esperando amenazante.

—Por favor, levante la mano derecha —me pide el alguacil—. ¿Jura decir toda la verdad y nada más que la verdad?

—Sí —contesto con seguridad, mientras en mi mente negocio con Dios la posibilidad de una excepción en el contrato de juramentos para los hijos que están tratando de liberar a su madre.

A la izquierda, Luciana acaricia a Karma. Y a la derecha, mi madre, en la que solo encuentro el gesto arrogante de su ceja levantada mientras puedo imaginar su mensaje: «No la cagues».

Agacho la cabeza deseando que esto no dure demasiado y Blanca, mi abogada, empieza el interrogatorio:

—Señor Ortega, ¿qué recuerdos tiene del palacio del Fresno?

—Pues tengo recuerdos muy bonitos, relacionados con momentos íntimos familiares. Especialmente con mi abuela.

—¿Qué le transmitía su abuela sobre sus deseos en relación con esa propiedad cuando usted fuese adulto?

—Me decía que imaginaba cómo le contaría a mis hijos las historias del legado familiar que ella me contaba a mí.

—¿Cree entonces que su abuela deseaba que su legado, heredado de sus padres y abuelos, pasara en algún momento a los hijos que usted pudiera tener?

—Yo creo que sí —contesto mientras siento los cuchillos de los abogados de Luciana en mi espalda.

—¿Ha sido consciente del odio de su tía Inés a su madre?

—He sido consciente de que no tenían buena relación.

—¿Cree que doña Inés pudo desheredar a sus hermanos en un acto de odio, tal y como muestra al final de su testamento, donde dice: «Ahora me moriré feliz al saber que no recibiréis un duro de mí»?

—No lo sé —le digo tras una pausa.

—Le repito la pregunta: ¿cree que su tía Inés ha desheredado a sus hermanos por odio o por amor a su gata?

Veo que Karma se asoma tímida entre las piernas de Luciana. Parece que está tratando de buscar algún residuo de piedad en mí. Vuelvo a mirar a mi abogada, que abre los ojos sin parpadear para recordarme que no improvise sobre las respuestas que trabajamos ayer, y que valide el odio entre hermanas por encima del amor por los animales.

—Creo que mi tía odiaba a sus hermanos —contesto contundente—, pero amaba a Karma.

Blanca y mi madre se muestran disconformes con mi respuesta.

—¿Usted estuvo presente en algún momento de la vida de su tía donde pudiera comprobar ese amor que profesaba a la gata?

—No —contesto.

—Entonces, ¿cómo lo sabe? —me pregunta Blanca dando la espalda al juez. En sus ojos puedo sentir la presión sobre mí.

—Pues... por lo que me han contado.

—¿Y quién le ha contado el amor de doña Inés por la gata, señor Ortega?

—Luciana —digo bajando la mirada.

—Ah, o sea que usted cree que su tía Inés amaba a su gata de una forma tan desmesurada como para dejarle toda su herencia, simplemente porque se lo ha contado la señorita Luciana Álvarez, ¿verdad?

—Sí, ella es la que me lo ha contado.

—Está bien, no tengo más preguntas —sentencia Blanca.

—¿Ustedes quieren interrogar al testigo? —pregunta el juez dirigiéndose a los abogados de Luciana.

Ellos se reúnen alrededor de la mesa y hablan en susurros. Cada vez hay más tensión en la sala. Finalmente la abogada de Luciana se levanta y se dirige a mí:

—Buenos días, señor Ortega. ¿Usted acompañó a su madre a la oficina del notario cuando presentó un manuscrito de mi defendida, Luciana María Álvarez, donde supuestamente hacía dejación de cualquier responsabilidad sobre la gata?

—Sí, yo estaba con ella.

—¿Usted sabía que esa nota de la señorita Álvarez era falsa?

—¡Señoría, objeción! Es una pregunta sugestiva —protesta Blanca.

—Objeción denegada. Continúe, por favor —ordena el juez.

—¿Usted puede explicar cómo llegó ese documento falsificado a las manos de su madre? —reconduce la abogada de Luciana.

—No, señora, ni siquiera vi el documento.

—¿Usted no vio cómo se lo entregaba al notario?

—Sí, pero no lo leí y nunca lo había visto, ni siquiera sabía que existía.

—Su madre ha declarado que lo encontró en el palacio del Fresno. ¿Usted no estaba presente?

—No.

—No tengo más preguntas —termina la abogada de Luciana.

92

INTERROGATORIO

Luciana

—Solicito que suba al estrado doña María Luciana Álvarez —clama la abogada de Hortensia mientras se pone de pie.

Miro a la Chispa y a Pilar, que me hacen un gesto con las manos para que respire y mantenga la calma.

—Señorita Álvarez, ¿qué le contó la señora Inés sobre la propiedad del palacio del Fresno?

—¡Objeción! Es una pregunta ambigua —dice Marian desde su asiento.

—Ha lugar. Sea más clara en su pregunta —ordena el juez.

—¿Le contó la señora Inés en algún momento lo importante que era esa propiedad para su familia?

—Sí, me habló de su importancia.

—¿Era consciente de que era una propiedad transgeneracional?

—No lo sé, la señora Inés no hablaba de su familia.

—¿Tenían poca relación?

—Que yo sepa, no tenían relación.

—¿Piensa usted que la señora Inés odiaba a sus hermanos?

—No lo sé. Pero lo que sí le puedo asegurar es que ella

estaba muy sola. Durante su enfermedad nadie la llamó ni la visitó. Excepto la última semana antes de morir, que llamó Hortensia, y oí a doña Inés contestarle: «Ya sé que solo llamas para saber si ya estoy muerta y heredar lo mío».

Oigo un bullicio entre los asistentes.

—Silencio, orden en la sala —exige el juez mientras hace sonar el mazo contra su escritorio.

La abogada de Hortensia levanta la cabeza de unos papeles que estaba revisando y me pregunta:

—¿Usted qué estudios tiene?

—Objeción, la pregunta es improcedente —protesta Marian.

—Aceptada la objeción —confirma el juez.

—¿Usted cree estar preparada para gestionar semejante legado?

Yo bajo la mirada y tomo aire.

—Señoría, objeción. Hemos aportado un dictamen médico que demuestra que la señorita Álvarez está totalmente capacitada para gestionar la herencia, tanto física como intelectualmente —defiende Marian acercándose al juez para entregarle unos documentos.

—Aceptada la objeción. No puede hacer preguntas que denigren la capacidad intelectual de los interrogados.

—Está bien. No tengo más preguntas —dice la abogada de Hortensia cerrando su carpeta con frustración.

Marian me hace un gesto para que vuelva a sentarme a su lado.

Tras un largo rato en el que el juez escucha los comentarios que le hacen los funcionarios al oído, se levanta:

—Solicito un receso de treinta minutos.

—Todo está saliendo de maravilla —me confirma Marian mientras enfilamos el pasillo.

Entre la gente que espera fuera, reconozco la espalda de

Bastian y, justamente al lado, a la chica rubia. Ella se gira y nos cruzamos la mirada. Tiene unos ojos azules inmensos y una expresión dulce. Puedo imaginarla teniendo unos preciosos hijos con Bastian, estoy segura de que hasta sus apellidos quedan bien juntos. Bastian se percata de la situación y le señala algo al frente para que deje de mirarme.

Una vez en el pasillo, Hortensia parece estar esperándome para buscar una confrontación conmigo. Le sostengo la mirada para mostrarle que ya no le tengo miedo y siento el bufido de Karma en mis brazos.

—Tranquila —le digo acariciándole el lomo.

93

ESE CHICO QUE CONOCÍ...

Bastian

—Es ella, ¿verdad? —me pregunta Carlota señalando a Luciana.

—¿Quién?

—La chica por la que te fuiste a Colombia. Es muy guapa.

—Todo esto de la herencia solo me ha traído problemas —le cuento tratando de alejar el foco de Luciana.

Vamos a la cafetería para comer algo y, mientras espero en la barra, oigo al abogado joven que estaba sonriendo a Luciana, que parece estar hablando con ella por teléfono.

—Hay de jamón y queso, chorizo o solo queso. ¿Cuál te gustaría? —le ofrece de forma muy cariñosa.

—¿Me sirve un café con leche y un agua con gas, por favor? —le pido al camarero.

—Disculpa, pero estaba yo primero —le indica el abogado al camarero mientras me mira con cierto desaire.

En ese momento llegan Blanca y Ramiro por detrás.

—No entiendo de qué lado estás, Bastian —me reprocha Blanca confundida.

—¿Por qué dices eso? He dicho todo lo que hablamos ayer...

—Bastian, tuve dudas sobre si debía llamarte como testigo. No entiendo por qué me buscaste para defenderte. Debo ser la única abogada en el mundo en citar como testigo a alguien que está del lado contrario.

—Yo no estoy del lado contrario...

—Tú nunca creíste que esa herencia os perteneciera. Sin embargo, yo sí.

—Lo siento, Blanca, me he puesto nervioso.

—Te vas a arrepentir de haber traicionado a tu madre por esa chica a la que ni siquiera conoces. —Se marcha dejándome con la palabra en la boca.

Carlota se queda muda, como si la hubiesen atravesado con un puñal por la espalda.

—Tenías razón, has cambiado mucho. El chico que un día conocí nunca hubiese traicionado a su madre.

—Ese chico que un día conociste está en un proceso judicial por culpa de las malas decisiones de su madre.

94

HORTENSIA, EL AVE FÉNIX

Luciana

—Llamo a declarar a la señora Hortensia del Castillo Humanes de Arteaga —pide mi abogado Mauricio a los tres minutos de que el juez reinicie la sesión.

Ella se levanta como si tuviese algún tipo de problema de movilidad y se dirige al centro de la sala arrastrando los pies. Algunos asistentes al juicio se miran confundidos porque la acaban de ver por los pasillos caminando como si nada.

—Señora Del Castillo, ¿qué tipo de relación tenía con su hermana? —comienza mi abogado.

—Desafortunadamente, en los últimos años muy mala, pero de niñas éramos uña y carne. Todo lo hacíamos juntas. A veces pensaban que éramos gemelas porque parecíamos un espejo la una de la otra. —Y rompe a llorar desconsoladamente—. ¿Me podría dar un poquito de agua? Disculpe, es que esta situación es muy difícil para mí.

Mientras su abogada le acerca un vaso, veo que Bastian baja la cabeza con resignación y la chica rubia que está sentada a su lado mira a Hortensia preocupada.

—¿Cómo fue su actitud en los últimos años con doña Inés, incluso cuando ya sabía que estaba enferma? —continúa Mauricio.

—Yo nunca supe que estaba enferma hasta el día que

murió. Traté de llamarla varias veces, pero me tenía bloqueada en el móvil y, si llamaba a la casa, me colgaba.

—Señora Del Castillo, ¿usted falsificó la firma de la señorita Luciana María Álvarez y la mandó a Colombia con la finalidad de recibir usted toda la herencia?

—¡Objeción! Es una pregunta sugestiva —dice su abogada.

—Objeción denegada. Conteste, señora —exige el juez.

—¡No, por Dios! ¿Cómo puede usted pensar semejante barbaridad de mí? Si lo primero que hicimos fue ofrecerle que viviese con nosotros en la casa. Yo personalmente quería cuidar a la gata, era lo único que me quedaba de mi hermana —se lamenta mientras vuelve a beber agua.

—Señora Del Castillo, ¿cómo explica usted que el documento que entregó, supuestamente de parte de la señorita Álvarez, fuese falso?

—No lo sé, yo encontré esa nota en el palacio el día que fui a recoger unas fotos de mi madre que llevaba años queriendo recuperar. Y como la vi en el escritorio de mi hermana, se la llevé al abogado.

—¿Y cómo puede explicar haberse presentado en la oficina del notario con un gato que usted aseguraba que era el heredero mientras que Karma estaba en Colombia con la señorita Álvarez?

—No lo sé, señor. Ese gato estaba en el Fresno. Al ver la nota y el animal, pensé que ella se había marchado a Colombia sin idea de regresar, y que por eso nos había dejado allí el gato.

Se oyen risas en la sala. Hortensia se gira para estudiar el ambiente, se levanta limpiándose las lágrimas y se dirige al juez con la entereza de un ave fénix que ha recogido sus restos del asfalto construyendo un pódium donde elevarse. Claramente activa la opción B y pasa del victimismo al heroísmo.

—Su señoría, pido la palabra —solicita mientras apoya los nudillos en el escritorio.

—Concedida. —El juez hace un gesto para que proceda a hablar.

—Señor juez, yo estoy segura de que todo el mundo en esta sala ha tenido alguna vez una discusión con un hermano o hermana. Nosotros no fuimos una excepción. Mi hermana tenía mucho carácter. Pero ¿usted se imagina que, por una discusión sin importancia, se muera ese hermano, sangre de su sangre, y se lo deje todo a un gato, que no entiende el valor de cada una de las cosas, que con tanto esfuerzo ha conseguido su familia durante más de doscientos años? Mi abuelo perdió una pierna en la Guerra Civil y fue operado de urgencia en esa misma casa, y mi abuela perdió a un hijo en ese patio por una bala perdida. Ahí me casé yo con mi esposo y nació mi hijo Bastian. Entiendo que mi hermana quiera que no le falte nada a su gato, pero necesito que entienda lo desmesurada que resulta esta situación. Créame que, si le hubiesen hecho un examen psicológico a Inés cuando escribió este testamento, habrían visto que no estaba en sus cabales. ¡Es una herencia de mi familia durante cinco generaciones! —proclama dirigiéndose al público de la sala.

—Tranquilícese, señora —le exige el juez.

—Señor juez, piense bien la decisión que va a tomar. Porque su sentencia marcará un precedente en la Justicia en España, y como permita que toda esta herencia quede en manos de un animal, pasará de condenar a asesinos y delincuentes a estar ahí sentado escuchando los derechos de las cobayas, los jilgueros y los peces. No creo que usted haya estudiado tantos años para terminar así.

Vuelve el murmullo a la sala.

—Silencio —reclama el juez—. Letrados, ¿queda algún testigo por interrogar?

—Sí, señoría —contesta Marian—. Nos queda un último testigo...

95

EL ESCAPARATE

Bastian

Avanza hacia el estrado una mujer de pelo corto canoso, bajita y con las muñecas llenas de pulseras de tela que me mira como si me conociese.

La abogada de Luciana la presenta como la encargada de El Refugio, uno de los centros de acogida de animales fundado por Inés en 1997. Cuando le pide que explique por qué se ha prestado a declarar, ella dice:

—Fui una de las mejores amigas de Inés, desde la infancia. No me gusta hablar en público, pero estoy haciendo este esfuerzo porque necesito que ustedes entiendan la incansable labor de Inés con los animales. Ella quería que Luciana gestionara la herencia alrededor de Karma, y también de los centros que dan cuidados a más de 5.500 animales al mes. Voy a leerles una carta que me envió ella de su puño y letra, en el año 1999, cuando me pidió que asumiese el cargo como encargada del centro. Es mi mejor manera de transmitirles lo que ella denominaba «su misión».

La mujer abre un papel que ha sacado del bolsillo y procede a su lectura:

Querida Cata:

He abierto un centro de acogida llamado El Refugio. No se me ocurría una manera más literal de describir lo que los animales significan para mí. Sabes que soy el lobo solitario de mi familia, todos me han dado la espalda. Es una gran contrariedad, pero la riqueza solo supo darme lecciones de miseria. Supongo que hay personas que pasan por tu vida para enseñarte lo que no debes hacer. De mi madre aprendí que la vida era un escaparate. Podían estar cayéndose los techos de la contienda o llenándose de humedades el almacén, nada importaba mientras el escaparate brillase, porque lo importante es lo que se ve desde la calle. Crecí en la dictadura de la apariencia, y pagué las consecuencias con mi propia felicidad. Un día descubrí que los animales eran emocionalmente superiores a nosotros: no nos juzgan, no esperan nada, ni siquiera saben lo que es la envidia, así que decidí curarme a partir de lo que podía aprender de ellos. Durante casi un siglo mi familia ha organizado cacerías en la finca del Fresno, matando animales con el fin de subir la autoestima a unos señores inseguros que necesitaban probar su hombría parándose frente a un animal inocente y desarmado con una escopeta de calibre 12. Así que he decidido invertir toda la herencia de mi madre en tratar de compensar tanta masacre. Porque la finca del Fresno pertenece a los Humanes de Arteaga desde el siglo XVIII, pero anteriormente era el hogar de linces, ciervos, águilas, jabalíes y conejos silvestres. Ellos vieron nacer y crecer a sus hijos, mucho antes de que nosotros llegáramos a cazarlos. Nos comportamos como caníbales, con instintos mucho más básicos que los suyos, ya que por lo menos ellos tienen la capacidad de compartir su espacio con otros animales, sin necesidad de matar por el simple hecho de vivir en el escaparate.

Ojalá puedas unirte a esta gran misión.

Te mando un cálido abrazo.

Tu amiga,

INÉS DEL CASTILLO HUMANES DE ARTEAGA

Al terminar de leer la carta, Catalina se toca el lagrimal tratando de controlar la emoción al ver la firma de mi tía flotando entre sus dedos. Miro a Luciana, que se muestra emocionada en su asiento. La mujer añade:

—Su señoría, permítame decirle algo: no sé cómo se gestionan las grandes herencias a animales en otros países, pero este no es el caso de una mujer rica y caprichosa tomando decisiones irresponsables, sino de una mujer que se ha levantado cada día de su vida con la única misión de hacer de este mundo un lugar mejor. Multiplicó el valor de la herencia que recibió de su madre, a base de un esfuerzo incansable y de múltiples donaciones que le llegaban. Ha conseguido levantar la ONG para la protección del lince ibérico más grande de España y cada año dona miles de euros para la recuperación de los fondos marinos en las costas gallegas y para la conservación de las aves migratorias en el Parque Nacional de Doñana. Yo no entiendo de leyes ni de códigos civiles, e imagino que este no es un juicio fácil. Pero los tres hermanos heredaron la misma fortuna hace más de veinte años, y tengo entendido que Hortensia es la única a la que no le queda nada. —Se gira hacia la derecha para hablarle a mi madre—: Hortensia, nos conocemos bien y sabes que el patrimonio de esta herencia no lo alcanzarán a ver tus nietos si pasa por tus manos, porque en otros veinte años te lo habrás fundido comprando ropa cara para alimentar tu propio estatus. —Mi madre no es capaz de mirarla a los ojos. La mujer, emocionada, prosigue—: Su señoría, porque una persona muera no debería morir su misión. Y en mi humilde opinión, debería poder cumplir su voluntad, porque todo el imperio que ha levantado con sus manos no es patrimonio familiar, sino que es de ella. Este juicio no es una pelea entre una gata y unos hermanos por una herencia, sino que es una batalla entre el individualismo depredador y la conciencia colectiva.

Un silencio sepulcral invade la sala.

—Se levanta la sesión —concluye el juez.

96

SENTENCIA FINAL

Bastian

Entro en los juzgados quince minutos antes de la resolución. Estoy solo, todos esperan en los pasillos debido al receso marcado por el juez. Me siento en la esquina de la segunda fila mientras observo la sala, todavía vacía. Miro el cuadro del rey Felipe VI en la pared del estrado, que parece recordarme los seis meses que han pasado ya desde nuestra insólita detención, que me hizo tocar fondo.

Repaso los detalles de la habitación y me pregunto cuántas personas habrán renacido y cuántas vidas se habrán truncado entre estas cuatro paredes, con olor a barniz y desinfectante con esencia de limón.

«Qué ganas tengo de que esto se acabe», me digo mientras oigo entrar a las primeras personas en la sala.

Vuelvo a vivir la misma estampa de ayer. Luciana con sus abogados y mi madre con su ceja levantada mirando a todos por encima del hombro mientras avanza por el pasillo para encontrarse con Blanca y Ramiro. Me levanto a saludarla.

—Hoy no ha venido Carlota. Estarás contento, ¿no? —me dice apartando la cara cuando trato de darle dos besos—. Debes estar muy loco o muy ciego para preferir a esta de la república bananera antes que a una chica como Carlota.

—Silencio en la sala. Por favor, ocupen sus asientos correspondientes —ordena el juez.

—Buenos días —lee el secretario judicial—. Hoy, a fecha 4 de octubre del año 2023, en los juzgados de la plaza de Castilla, el magistrado Benedicto Parras Medina va a proceder a leer la sentencia.

A mi izquierda, Luciana intercambia miradas con su abogada mientras sostiene a Karma. A la derecha, mi madre mete la mano en su bolso y saca un caramelo que rápidamente introduce en su boca mientras el juez termina de colocar los papeles sobre su escritorio y procede a la lectura:

—Doña Hortensia del Castillo Humanes de Arteaga, hermana de la fallecida, solicita de manera inmediata, tal y como establece el Código Civil, la acción de impugnación del testamento en el cual se reconocía a doña Luciana María Álvarez como administradora única de la herencia de doña Inés del Castillo Humanes de Arteaga.

»Este tribunal ha decidido que quede anulada la impugnación del testamento, ya que considera que las irregularidades presentadas por los abogados de la señorita Álvarez, tales como falsedad documental o intento de soborno, constituyen un acto de maltrato a la voluntad de la fallecida, y por ende a ella misma. Los artículos 852 y 855 del Código Civil establecen el maltrato como un hecho causal para la desheredación de la familia, perdiendo así cualquier posibilidad de reclamación.

Observo a mi madre, que cierra los ojos como si le fuese a dar un vahído y los vuelve a abrir respirando profundo por la nariz. Luciana permanece inmóvil, como si todavía no hubiese encajado la resolución a su favor. El secretario judicial toma la palabra:

—Dicho esto y teniendo en cuenta que no existen familiares descendientes de Inés del Castillo Humanes de Arteaga que pudieran revocar esta decisión, otorgamos, tal como solicita la fallecida, toda su herencia a su gata Karma a través de la administración de Luciana María Álvarez, nombrada como «heredera de condición», para que pueda gestionar la herencia alrededor del animal y de las fundaciones incluidas en el testamento.

Un murmullo inunda la sala, y un puñado de fotógrafos se colocan en el pasillo capturando las reacciones de Luciana y de mi madre.

—¡Silencio! —grita el juez.

Mi madre desaparece engullida por la silla. Me mira, pero esta vez no siento su rabia, sino dolor. Parece como si se le hubiese pinchado el globo del ego, dejando salir el arrepentimiento. Y entonces me dice solo moviendo los labios:

—Perdón.

Me quedo estupefacto. Jamás le he oído decir esa palabra. Hortensia, la que nunca tiene culpa de nada, pidiendo perdón. Estoy absolutamente desencajado. En ese momento mira hacia el frente y se levanta.

—Yo tengo algo que decir.

En la sala se hace un silencio sepulcral mientras saca unos papeles que lleva en el bolso y se acerca al estrado para entregárselos al juez. Blanca y Ramiro se miran entre ellos sin saber lo que está pasando. Cuando regresa a su sitio, mi madre agacha la cabeza y toma aire con las manos entrelazadas.

Luego se gira hacia mí y me observa rendida, sus ojos suenan a despedida. Mi corazón se acelera. Nervioso, le hago un gesto subiendo los hombros y abriendo los brazos para transmitirle que no entiendo lo que está pasando. Es entonces cuando se levanta y dice:

—Bastian, no eres mi hijo. Eres hijo biológico de Inés.

Siento una rigidez en todo el cuerpo. Se me congela la sangre.

Todo el mundo en la sala parece haberse puesto de acuerdo para exclamar a la vez. Algunos me miran llevándose las manos a la cabeza. Mi mente recrea un *flashback* de pequeños momentos con la tía Inés, ahora tratando de situarla como madre. Siento un aturdimiento en los oídos, como si me fuese a despertar de este sueño tan extraño, aunque a la vez algo dentro de mí se coloca. Como si hubiese llegado a mi vida la explicación a miles de cosas, empezando por mi sensación de no encajar con mi madre o el hecho de que Hortensia nunca me haya llamado «hijo». Miro sus ojos llenos de lágrimas, esta vez verdaderas. Sigo petrificado.

—Este dato da un giro importante a la sentencia —nos comunica el juez.

Los abogados de ambas partes se acercan a repasar la documentación aportada por Hortensia. Se oye al secretario judicial pedir a uno de los funcionarios que confirme la veracidad de la información. El ambiente es muy tenso y los fotógrafos no dejan de tomar fotos sin parar, ahora a mí.

Localizo a Luciana, que me observa sin parpadear mientras su abogada regresa al sitio y le dice algo al oído. Ella se tapa la boca con la mano.

—¡Se desmaya! —grita Blanca sosteniendo a Hortensia para que no se golpee la cabeza contra el suelo.

Me abalanzo a su lado.

—¡Llamen a una ambulancia! —vocifera alguien.

Se forma un círculo de personas alrededor que murmuran y parecen estar disfrutando como si hubiesen pagado una entrada para ver una película y de repente estuviesen siendo parte de ella.

—¡Apártense, por favor! —les pido para que le dejen espacio mientras trato de darle aire y medirle el pulso en la muñeca.

—¡Paso, paso! —se oye desde el fondo de la sala a los servicios sanitarios, que se abren camino.

El juez golpea con el mazo sobre la mesa mientras grita:

—Hacemos un receso. Por favor, esperen fuera.

Todos salen poco a poco. Solo nos quedamos Blanca y yo mientras los sanitarios chequean las constantes vitales de mi madre y le meten una pastilla en la boca. Uno se gira y me pregunta:

—¿Usted es el hijo?

Tras varios segundos de desconcierto, en los que ni siquiera tengo capacidad para mentir o disimular, le digo:

—Hasta hace unos minutos sí, ahora no sé qué decirle.

—Pero ¿es usted familiar? —insiste.

—Sí, es su sobrino —responde Blanca aceptando los cambios de última hora.

—Creemos que ha sufrido una bajada de tensión. Pero necesitamos llevárnosla al hospital para descartar que haya sido un amago de infarto.

La veo abrir los ojos con dificultad, le agarro la mano y ella me responde apretándome suavemente.

—Lo siento —dice con los ojos cerrados.

97

SECRETOS DE FAMILIA

Luciana

—Luciana, el receso es de treinta minutos. ¿Estás bien? —me pregunta Marian.

Observo a Karma, que ha decidido meterse en el trasportín, como queriendo alejarse del mundo. La apoyo sobre la mesa y ella me da la espalda, como pidiendo que cierre la portezuela.

—Creo que necesito salir a la calle a tomar un poco de aire —le digo.

—Te acompaño —me dice Catalina, que aparece por detrás.

La abrazo con unas inmensas ganas de llorar.

—¡Dejen paso, por favor! —exigen con urgencia los sanitarios sosteniendo la camilla que traslada a Hortensia.

Bastian sale unos segundos después, todavía desubicado.

Cata y yo bajamos la escalera para salir sin mediar palabra. Al recibir el aire de la calle, mira al cielo y sentencia:

—¡Ahora sí se ha hecho justicia! —Me mira sonriendo—. Veo que esto no te lo esperabas.

Niego con la cabeza.

—Es una larga historia —me dice mientras me invita a que caminemos hasta un banco.

—Pero ¿doña Inés sabía que era su hijo?

—Claro que lo sabía. Se lo arrancaron de los brazos nada más nacer —responde Cata.

—¿Quién se lo arrancó? ¿Hortensia? —le pregunto cuando nos sentamos.

—No, su madre. Ella fue la que decidió entregarle el niño a Hortensia. Fue un golpe muy duro. Inés estaba tan emocionada con su bebé... Intuía que era un varón y ya tenía planeado que se lo iba a llevar a un pueblo maravilloso, rodeado de naturaleza, que se llama Cangas de Onís, en Asturias. Y de repente se lo quitaron para entregárselo a Hortensia.

—Pero ¿cómo pudieron hacerle algo así a doña Inés? Ella era una mujer que no se dejaba atacar por nadie.

—Es que ella no era así cuando era joven, era una mujer generosa acostumbrada a darlo todo, nunca esperaba nada malo de los demás, pero ellos la transformaron, esta crueldad le cambió la forma de ser para siempre. Ella nunca imaginó que le quitarían a su hijo y mucho menos su propia familia. Bastian nació en el palacio del Fresno. Fue un parto complicado de casi dos días. No dejaron que nadie la acompañase. Ella decía que pudo verlo nacer, pero se lo llevaron y después ya no pudo recordar nada más. La mantuvieron sedada varios días. Cuando despertó, le hicieron creer que su hijo había muerto, pero oía a un bebé llorando al otro lado del pasillo. Su madre entró en la habitación y, sin mostrar un ápice de empatía, le dijo: «El niño ha muerto. Hemos hecho todo lo que hemos podido. Casualmente ayer también nació el hijo de Hortensia. En cuanto te recuperes, podrás conocerlo».

—Qué fuerte, Dios mío. Ahora entiendo muchas cosas del carácter de doña Inés.

—Estoy segura de que ella murió pensando que en el registro de nacimiento ponía el nombre de Hortensia. —Hace una pausa mirando al cielo—. Cuando he visto que se levantaba en mitad del juicio con esos papeles, no lo podía creer.

Las dos nos quedamos en silencio.

—Yo lo que no entiendo es por qué no aprovechó la herencia para contar su verdad —le planteo—. Podría haber dejado todo a Bastian, con una carta explicando lo que le hicieron.

—Supongo que quiso que el escorpión se clavara su propio aguijón cuando se viera rodeado por el fuego.

—¿Tú crees?

—No es que lo crea..., es que estoy segura. Fíjate qué fácil hubiese sido escribir la verdad en el testamento. Pero Hortensia habría negado las palabras de Inés mientras se aprovechaba de la herencia del muchacho.

—Increíble. No sé ni qué decir.

Desde la puerta del juzgado vemos acercarse a mis abogados.

—Debemos volver a la sala, Luciana —me comunican con premura.

—¿Vosotros lo sabíais? —les pregunto. Mauricio niega con la cabeza.

—Vamos, Luciana, haz un último esfuerzo, que ya cerramos este capítulo de tu vida para siempre.

98

EL DERRUMBE DEL CASTILLO DE NAIPES

Bastian

La máquina que marca la presión arterial suelta un pitido cada cinco o seis segundos. Hortensia permanece inmóvil en la camilla del hospital. Ni siquiera se ha movido cuando le han pinchado el brazo para colocarle la vía.

—No dejamos estar aquí a nadie. Normalmente la familia espera fuera, pero voy a hacer una excepción contigo —me dice la enfermera de cuidados intensivos ofreciéndome una silla.

—Gracias.

Miro la luz fluorescente del techo sobre la piel casi transparente de Hortensia. Puedo ver el dibujo de sus venas como un mapa de carreteras enredadas por sus piernas. Recuerdo cuando mi abuela me explicaba que de la aristocracia se dice que tiene «sangre azul» por el color de sus venas. A los pocos meses aprendí que todos los seres humanos tenemos el mismo color en las venas, hasta los animales, y traté de explicárselo desde el punto de vista inocente de un niño, pero me respondió con el desaire del que solo quiere ver el azul de los suyos.

En este momento de caos, cuando ni siquiera sé quién soy, ni quién es mi padre, me viene a la cabeza mi abuela.

Entrelazo las manos con fuerza y apoyo la espalda en la silla buscando un punto fijo en la pared. Estoy descolocado, como si me hubiesen quitado la alfombra de los pies y ahora no sé dónde tengo que pisar. Todo es mentira, mi vida ha sido un teatro y todos han sido figurantes con frase. Tengo tantas preguntas..., y a la vez muy poca fuerza para averiguar las respuestas. Todo se ha desmoronado como un castillo de naipes.

Hortensia se mueve y empieza a entreabrir sus ojos.

—Bastian. —Me busca.

—Estoy aquí —le respondo sosteniéndole la mano para que no la mueva y así evitar que se le suelte la vía.

—Lo siento —vuelve a decirme. Yo aguanto la respiración tratando de controlar la presión y tras unos segundos rompo a llorar—. No llores, por favor.

—¿Por qué no me habíais dicho que Inés era mi madre? —le pregunto casi sin voz.

—Un hijo fue lo único que deseé tener en esta vida y Dios no me lo concedió de manera natural —murmura mientras veo cómo se le caen dos lágrimas desde el rabillo de los ojos.

—Pero entonces, ¿mi madre me abandonó?

Ella gira la cabeza hacia el lado contrario a donde estoy. Reposa unos segundos, como si estuviese midiendo bien su respuesta:

—La abuela decidió que lo mejor era que tu padre y yo te criáramos.

—Y ¿por qué?

—Porque Inés se quedó embarazada sin estar casada, no quería decir quién era el padre..., pretendía criarte como madre soltera. La abuela quería protegerte de la situación y evitar el escándalo de que fueras considerado un bastardo.

—¿Protegerme a mí o proteger su reputación? —le pregunto con indignación levantándome de la silla y dándole la espalda mientras me sujeto la nuca con las dos manos.

—No fue fácil tomar la decisión, Bastian, créeme.

—El escaparate, claro. Había que mantenerlo intacto. Pero ¿alguien pensó en mi madre o en mí?

—¡Era un época donde una madre soltera no estaba aceptada en nuestro círculo social, Bastian!

—Disculpen. No se puede gritar aquí —nos interrumpe la enfermera—. Le dejé quedarse para que le hiciese compañía, no para ponerla más nerviosa. Así que, por favor, le pido que salga.

Al recoger mi chaqueta, que estaba a los pies de la cama, Hortensia me agarra del pantalón con la punta de los dedos, como queriendo frenarme. Yo me giro hacia ella.

—Te quiero..., hijo —me susurra.

—Quizás es demasiado tarde para llamarme así, ¿no crees?

99

LA VICTORIA DEL CIELO

Luciana

Ya estamos llegando al palacio del Fresno. Por la ventanilla del coche observo el cauce del Arroyo Grande, que sirve de espejo para la noche más estrellada que jamás han visto mis ojos. Parece una fotografía del Broadway luminiscente, lleno de carteles de musicales que compiten entre sí. Supongo que es el cielo celebrando su propia victoria. Marian está a mi lado muy callada. La resolución judicial no ha sido la que ella esperaba. El juez ha otorgado más de la mitad de la herencia a Bastian, incluido el palacio del Fresno. Yo miro a Karma, que reposa dormida plácidamente en mis piernas.

—¿Estás bien, Marian? —le pregunto sorprendida por su silencio.

—Sí, Luciana. Un poco decepcionada de este revés que no vimos venir. Pero bueno, imagino que tú estarás peor.

—¿Yo? —le pregunto sorprendida.

—Que hayamos perdido el Fresno es algo que no voy a poder perdonarme.

—Yo estoy feliz, Marian.

—¿Y por qué?

—Porque se ha hecho justicia para doña Inés. Y eso es más importante que cualquier otra cosa. Karma y yo estaremos bien en mi piso, mientras continúo la maravillosa misión de sus centros de animales y fundaciones. Las cosas han salido como ella hubiese deseado, estoy segura —me reafirmo volviendo a observar el cielo iluminado—. Ahora entiendo muchas cosas de Inés.

—Todos hemos entendido muchas cosas hoy. Nunca te lo dijimos para no cohibirte, pero ella nos pidió que pasase lo que pasase nunca tomáramos represalias contra su sobrino Bastian, por eso te sugerimos no incluirlo.

—Es insólito que se haya llevado ese secreto a la tumba —le digo mientras acaricio a Karma.

100

AGUA DE RÍO MEZCLADA CON MAR

Bastian

Remuevo el café de máquina tratando de disolver la leche en polvo que ha quedado flotando en grumos mientras avanzo hacia el cartel luminoso que señala «Sala de espera. Hospital Ramón y Cajal». Observo el tránsito de gente que entra y sale con desesperación mientras esquivan las camillas.

Salgo a la calle para tomar un poco de aire. A unos metros una señora que acaba de estacionar se pelea con un chico que le quiere cobrar por aparcar en la acera.

—¿Qué pasa, que la calle es tuya o qué? —se lamenta la mujer y se dirige a Urgencias.

Cae la noche oscura sobre el asfalto. Enfrente, la M-30 está repleta de coches que pasan rápido generando un silbido en la misma frecuencia aguda que las sirenas de las ambulancias que bajan volando por la calle.

En mitad de ese bullicio me viene a la cabeza una canción que nos ponía nuestro profesor argentino de Geometría en la Complutense. Es de un grupo llamado Los Fabulosos Cadillac y dice algo así como que siempre habrá vasos vacíos con agua de la ciudad, la nuestra es agua de río mezclada con mar. Ya desde los primeros acordes podía viajar desde el asfalto gris hasta su pueblo, el Puerto de Iguazú, situado en el extremo nordeste de Argentina. Le encantaba enseñarnos fotos de unas cataratas inmensas; parecía que el terreno se hubiese roto en mitad de un mar profundo y el agua estuviese siendo engullida hacia el centro de la tierra. El poder de la naturaleza en su máximo esplendor.

De repente me viene la imagen del Nuquí. Trato de evitar poner a Luciana en el centro del recuerdo para enfocarme en lo único que no habrá cambiado desde entonces: la cascada, los manglares, el río y el mar.

«Necesito regresar. Dejar de ser agua de ciudad y renacer en el agua del río», me repito con la melodía vagando en mi cabeza.

Busco la canción en mi teléfono, que estaba silenciado, y de pronto veo tres llamadas perdidas de mi jefe.

—Hola, Alfredo —saludo cuando lo llamo.

—¡Bastian! ¿Cómo te fue el juicio? —me pregunta con su voz enérgica.

—Pues... es una historia muy complicada.

—Pero finalmente ¿a quién se le ha adjudicado la herencia, a tu madre o a la chica con el animal? He visto que lo ha cubierto la prensa.

—Pues en realidad a mí. Me han otorgado la mayor parte de la herencia —le explico mientras me apoyo en el capó de un coche.

—¿El palacio del Fresno es parte de lo que tú has heredado?

—Sí.

—¡Madre mía, Bastian! Tienes en tu poder una obra arquitectónica de Juan Bautista Sachetti, ¡no lo puedo creer! Has heredado algo más que una casa. Has recibido un trozo de la historia arquitectónica de este país.

—Para mí no es más que la casa de mi abuela.

—No te veo contento.

—Es que han sido unos meses muy difíciles... De hecho, te iba a pedir si puedo teletrabajar durante un par de semanas, me gustaría irme de España.

—Claro, no te preocupes, podemos coordinarnos para que trabajes *online* con el equipo.

—Está bien. Muchas gracias, Alfredo.

—Mañana hablamos —me contesta despidiendo la llamada.

—¿Familiares de Hortensia del Castillo? —pregunta una chica con unos documentos en la mano.

—Sí, yo —contesto.

—Le vamos a dar el alta.

101

UN GRAN SECRETO GUARDADO

Luciana

Observo con miedo cómo se tambalea la escalera del empleado de la empresa de limpieza, que está subido en el último peldaño sacando las cortinas de las barras.

—Señor, tenga cuidado —le digo.

—No se preocupe, señorita. Estoy acostumbrado. Ya son quince años trabajando para la señora Inés. Por cierto, en dos semanas regreso otra vez con las cortinas limpias. ¿Le llamo a usted para la instalación?

—No, yo ya no estaré aquí. Estará el hijo de doña Inés. Pero no se preocupe, que yo le mando a usted un mensaje con sus datos.

—Por favor, ¿me abre esa puerta? Solo me faltan las cortinas del despacho.

Voy hasta mi habitación a recoger el llavero que abre todas las cerraduras de arriba y entonces veo dos llamadas perdidas de mi hermano Max. Me preocupa la insistencia, así que rápidamente lo llamo:

—¡Hermanita! ¡¡¡Que ya viene!!! —me grita nada más responder.

—¿Qué? ¿Ya estáis en el hospital?

—Sí, nacerá entre esta noche y mañana.

—¿Y cómo está Zoë?

—¡Zoë es una dura! La mujer más fuerte del mundo, casi ni se ha quejado.

—Bueno, voy a sacar un vuelo y me voy para allá hoy mismo.

—¡Qué chimba, hermanita! ¡Que voy a ser papá! Acá te esperamos. —Se corta la llamada antes de que me dé tiempo a despedirme.

Vuelvo a subir la escalera y abro el despacho. Me impacta el frío que sale del cuarto, como si fuese una nevera. Al acercarme al aire acondicionado veo que está encendido al máximo. Lo apago con la tristeza de acordarme de que la última vez que se abrió esta puerta fue el día antes de morir doña Inés, que, a pesar de estar ya muy enferma, se pasó la tarde encerrada aquí ordenando papeles.

—Señorita, necesito que me aparte esos libros y esos papeles de la mesita —me pide el hombre señalando dos puntos de la pared donde necesita colocar su escalera.

Empiezo a trasladar los libros del mueble a la estantería, y aparece Karma, que da un salto hasta la mesa del despacho sin apenas coger impulso, parece Simone Biles volando por el aire, como si su cuerpo no pesara. Sigo moviendo los libros mientras la observo cómo se pasea por los papeles, apoyando cuidadosamente sus patas, hasta que se mete dentro de un cajón y se queda mirándome fijamente.

—Muévame también esa silla, por favor —me pide el señor.

Yo me acerco a levantar la silla sin dejar de observar a Karma, tratando de averiguar lo que me quiere decir y pensando que si alguien sospechara que yo presiento que mi gata es el espíritu de doña Inés y que me dice cosas, me mandarían directa a un psiquiátrico.

—Le recomiendo que saque al gato del cajón porque puede ceder con el peso y romperse —me aconseja él.

—Sí, es verdad.

Saco a Karma despacio y veo una foto, exactamente en el mismo lugar donde tenía posadas las patas. Es un recorte de dos siluetas; al darles la vuelta descubro que son doña Inés y Bastian. Saco impulsivamente el montón de fotos que hay debajo de esa, enganchadas con una goma. Y descubro que son de un cumpleaños de Bastian: aparece rodeado de niños en una mesa gigante. Hay varias con toda la familia, de Bastian jugando al fútbol en el patio y un improvisado Spiderman haciendo la pose del lanzamiento de las telarañas con todos los invitados en la escalera. En ninguna sale doña Inés, excepto en la que está recortada, donde se ve a Bastian sentado ante una tarta de chocolate y el número siete prendido en una vela mientras sonríe a cámara; doña Inés está situada detrás, como una sombra. Sigo rebuscando y me encuentro en el fondo del cajón el libro *Cartas a la hija* de Madame de Sévigné. Tiene subrayada la primera frase: «Es verdad, mi querida hija, que estamos muy cruelmente separadas una de la otra...». Sigo ojeando las páginas hasta el final, y bajo la solapa de la contracubierta me encuentro una carta escrita de su puño y letra. En el sobre dice: «Para Bastian de tu amigo invisible. Feliz 28 cumpleaños».

—¡Esto ya está! —grita el señor de las cortinas mientras cierra la escalera—. ¿Hay algo más en lo que le pueda ayudar?

—Señor, ¿usted por casualidad va ahora para el centro?

—Sí, señorita, ahora mismo voy para allá —contesta él mientras levanta las cortinas del suelo.

—¿Me podría llevar un paquete a una dirección?

—Pues es que no sé si me dará tiempo. Figúrese usted, con este tráfico.

—¿Y si le doy una propina por el envío? —le pregunto, y veo que le cambia el gesto.

—Bueno, dígame dónde es, a ver si me queda cerca.

Le apunto el nombre y la dirección de Bastian, que está escrita en un pósit amarillo del escritorio, y lo envuelvo en una bolsa de papel.

—¡Ah, hombre, sí! Eso me queda a dos minutos de Tirso de Molina.

—Muchas gracias, señor.

—¿Quiere que le diga algo al entregarle el paquete?

—Solo dígale que es de parte de su amigo invisible.

102

EL SILENCIO Y LAS ESPINAS

Bastian

Me quito la chaqueta y la dejo sobre el asa de la maleta mientras escribo un mensaje de agradecimiento a Astrid, mi compañera de la oficina que se ha ofrecido a cuidarme a Índigo durante mi viaje.

Ya estaba saliendo por la puerta cuando suena el teléfono fijo de mi casa.

—¿Sí? —pregunto al descolgar.

—¿Cómo está Hortensia? —oigo la voz de mi tío Ernesto desde otro lado.

—Bien, anoche la dejé en su casa. Tuvo una bajada de tensión por el estrés acumulado con lo del juicio.

—Si es que ya le dije yo a tu madre que no se metiera en ese lío de la herencia. Todo alrededor de tu tía Inés está envuelto de espinas.

—Supongo que las espinas no salieron solas, ¿no crees?

—Mira, Bastian, no sé qué te habrán contado, pero yo no tengo nada que ver con lo que pasó.

—Tío Ernesto, decía Einstein que el mundo no está en peligro por las personas malas, sino por aquellas que permiten la maldad.

—¡Oye, oye, chaval, a mí no me metas! Lo que pasó fue

decisión de la abuela, ni siquiera Hortensia tuvo que ver —me grita.

—¡La abuela murió hace veinte años! —le digo subiendo el volumen de mis palabras por encima de las suyas.

—Mira... Tú eres un buen chico, Bastian. No dejes que estas tonterías te hagan cambiar.

—Cómo os molesta la palabra «cambiar». Seguramente porque es un verbo que no practicáis.

Yo ya he cambiado. Soy el hijo de Inés del Castillo Humanes de Arteaga y no voy a dejar que nadie silencie a mi madre nunca más.

Mi tío Ernesto cuelga. Aprieto los dientes y descargo la rabia contra mi teléfono.

Entonces suenan unos golpes en la puerta.

—¿Quién es? —pregunto al abrir.

—¿Es usted Bastian?

—Sí, soy yo.

—Esto es para usted.

—¿De parte de quién? —pregunto cuando observo que no lleva remitente.

—De parte de su amigo invisible —susurra el repartidor mientras me guiña un ojo con gesto divertido.

103

EL NACIMIENTO

Luciana

Acabamos de desembarcar después de un largo viaje y ya estoy deseando conocer a mi sobrino, que acaba de nacer. Camino con Karma por la calle principal de Boca de Amé para dejarla en casa de Max. Los puestos de frutas en los carruajes siguen tal y como los dejé la última vez. Y los niños del barrio salen desde cada esquina corriendo impacientes a acariciar los bigotes de Karma. Ella los olfatea tratando de devolverles el gesto, pero enseguida trepa hasta mi hombro haciéndoles saber que el *show* ha terminado.

Una vez en la casa, dejo las maletas y a la gata en el estudio de Max.

—Lo siento, Karma, pero no te dejarán entrar en el hospital —le explico mientras le coloco su cuenco con comida y agua.

Me marcho deprisa para llegar cuanto antes al hospital, situado a cuatro calles.

Al entrar veo a las parteras sentadas en el pasillo y una fila de vecinos del pueblo esperando para conocer al recién llegado. Me cuelo entre la gente hasta la habitación de Zoë, que está tendida en la cama, todavía pálida con la melanina tratando de volver a su lugar. Mi hermano me aprieta contra él con la fuerza de ese hombrecito que ya se convirtió en papá. Al salir del abrazo veo una cuna de plástico transparente con una carita preciosa tratando de sobresalir entre un amasijo de mantas.

—¿Le puedo cargar? —pregunto a sus papás, que lucen orgullosos su creación.

Lo levanto con cuidado, tratando de darle seguridad con mis brazos. Me parece imposible que puedan caber todos esos huesecitos en su mano tan diminuta. Mi sobrino me aprieta como si estuviese feliz de que haya venido de tan lejos para conocerlo.

—¿Has visto qué bonito es? Se llama Ángelo —dice mi hermano Max acariciando su cabeza y besándole la mejilla.

Yo le sonrío sin poder decir una palabra para no romperme. Tiene unos preciosos hoyuelos cuando sonríe, ese era el rasgo más característico de mi madre. «¡Qué orgullosa estaría mamá de tener en brazos a su primer nieto!», me digo apretándolo un poco más contra mi pecho.

—¡Ave María por Dios! ¿Quién llegó? —pregunta mi hermano Juan Diego cargado de bolsas—. ¿Pues quién va a ser? Tu tío favorito —le dice al bebé mientras le da un beso.

—Y el único que tiene —dice Max.

—Luciana, tenemos que conversar algo —susurra muy bajito y cambiando el tono risueño de su voz.

—¿Qué pasa? ¿Es malo? —le pregunto preocupada.

—Pues no lo sé..., es que no hemos tenido tiempo de hablar cuando te he recogido de la casa de Max pero que..., bueno, a ver...

—¿Qué pasa?

—Pues a ver..., que tampoco me tengo que meter... —Empieza a irse por las ramas, dubitativo y moviéndose nervioso por la habitación.

—Juanito, que te conozco. Aterriza.

Se gira con los brazos en jarras, dejando levantada su chaqueta por detrás y anuncia:

—Bastian está aquí.

—¿Aquí? ¿Adónde?

—O sea aquí, en el hospital no. Aquí en Boca de Amé.

—¿Y qué hace aquí? —le pregunto sin poder regresar mi mandíbula a su sitio.

—Pues no lo sé, me llamó esta mañana desde el aeropuerto del Quibdó para preguntarme si se podía quedar en la cabaña.

—Pero entonces, ¿hemos venido en el mismo vuelo? —le pregunto extrañada.

—Es posible. Quizás el destino ha preferido que os encontraseis aquí, y no en el *duty free* de un aeropuerto. O puede ser que viniera en conexión con el vuelo de Medellín, en vez de por Bogotá.

—¿Y tú qué le has dicho?

—Que sí, pero si tú quieres, le digo que se vaya.

—¿O sea que ya está en la cabaña?

—Pues supongo que estará llegando.

—¡Buenas tardes! —nos interrumpe el doctor.

—¡Vamos a ver! Se me marcha todo el mundo de acá, ¿ok? Que el doctor va a chequear los puntos a la mami —ordena la enfermera que entra detrás de él.

—Dame al bebé —me pide Max.

Se lo entrego después de besarle la frente. Juan Diego y yo salimos de la habitación atravesando el pasillo lleno de ventiladores y sillas repletas de gente. Una enfermera con una bandeja ofrece unos vasitos a todos los que están esperando.

—Un cafecito recién colado, ¿les apetece?

—¿Quién le dice que no a esa sonrisa? —contesta zalamero Juan Diego mientras agarra dos vasitos pequeños de café puro azucarado.

—Entonces, ¿qué hacemos, Murusha? —me pregunta entregándome uno de ellos y retomando la conversación.

—Realmente no sé a qué ha venido.

—Mira, hermanita, los españoles son así, imprevisibles. Como mi flaquita.

—¿Qué flaquita? —le pregunto soplando mi café, que está ardiendo.

—Mi Chispa, que hoy es sí y mañana no.

—Espera, espera, espera..., ¿que tú estás en algo con la Chispa?, ¿desde cuándo? —le digo derramando un poco de café sobre mi vestido.

—Pues desde que se fue de acá, pero como usted andaba con la tusa pues no pudimos decirle.

—Madre mía. Esto sí no me lo veía venir —le respondo paralizada.

—¡Hacemos una boda a cuatro, hermanita!

—Anda, anda. Que lo mío con Bastian no va a funcionar. Han pasado demasiadas cosas complicadas.

—Pero de todas esas cosas complicadas, ¿cuáles han sido provocadas por ustedes?

—¿A qué te refieres?

—Que todo lo que les ha pasado ha sido por las cosas de alrededor. No por algo que provocaron ustedes, sino los demás. ¿No estoy en lo cierto?

—Bueno, él podía haberlo evitado.

—Créame, Murusha, empiecen de cero. Sin rencor. Sin escuchar el ruido de los demás. Ese muchacho merece la pena.

Tras unos segundos reflexionando mientras soplo el café le digo:

—¿Me llevas a la cabaña?

104

EL FINAL DEL VIAJE

Bastian

Hace cuatro días que salí de Madrid. Después de tres vuelos, cuatro ciudades y dos barcos, parece que este viaje está llegando a su fin. Doy un último paso para salir a la terraza de la cabaña y siento como si por fin cruzase la línea de meta después de un maratón, con los pies cansados pero el alma renovada.

La selva está intacta, tal y como la recordaba, solo ha cambiado el cobrizo de algunas hojas de los árboles alrededor del río, por la llegada del otoño. Como si en un lienzo de tonos aceitunados alguien hubiese decidido sumar una última pincelada rojiza recordando la evolución de la belleza viva, imposible de imitar.

Mientras me asomo, pienso en Luciana, y en ese espacio entre mi cuerpo y la baranda que ahora solo es aire. Trato de no recordar su olor a coco y vainilla, enfocando mi atención en los pájaros, que parecen ondear con su canto el movimiento del agua, como un anuncio paciente de la llegada de la luna.

Me llega el ruido de un motor que se para en la puerta y unos pasos acercándose al portón. Juan Diego me facilitó el número del candado para que pudiese entrar por el lateral, así que imagino que viene a saludarme. Con el giro de la llave vuelve a mi mente aquel día que Juan Diego trataba de darme las instrucciones sobre cómo abrir, y los ojos atigrados de Luciana me evadían del mundo sin dejarme entender nada, más allá de sus pupilas.

—¡Parcero! Juan Diego por acá —le oigo decir aún desde el otro lado.

Se abre la puerta. No sé si es mi cabeza regalándome un recuerdo en tercera dimensión o una realidad inminente en mis ojos. Pero juraría que es ella, con su belleza indemne y su cuerpo tallado por los dioses. Y sobre todo esos ojos color miel, que son una mezcla entre la niña con un juguete roto que vino a reparar sus piezas y la mujer que ruge porque sin pedir permiso quiere arrancarme las mías.

—Hola, Luciana.

—¿Qué haces aquí? —pregunta ella mientras Juan Diego regresa a su coche haciéndonos un gesto de que se va.

—¿Yo?... Supongo que huir —le contesto—. ¿Y tú?

—Supongo que encontrarme —contesta ella sonriendo a nuestro juego de palabras.

—¿Y en qué momento te perdiste? —le pregunto mientras mis ojos ya la están besando.

El silencio del atardecer lo inunda todo. Su cuerpo, mis ganas y la selva formando una geometría perfecta, los planetas alineándose. El sol que regala un último suspiro en su cuello, como iluminando el camino al cielo. Y sin avisar, sus manos me rodean la cintura recordándome el calor de llegar a casa. Le devuelvo el abrazo reposando mis manos en su espalda y apretándola contra mi pecho. Como si abrazarme a lo que cura pudiera desprenderme de lo que pesa. Cuando nos recuperamos de la solemnidad de nuestro abrazo, volvemos a mirarnos, esta vez nerviosos. Nuestra piel insensata ya se ha saludado, pero ahora aterriza la conciencia como un juez, para pasarnos factura de lo bueno, lo malo y lo regular. Su mirada cambia.

—¡Pasa, por favor! No te quedes en la puerta —le pido retirándome para que pueda acceder a lo que un día fue nuestro refugio.

Mientras avanza despacio, puedo sentir su miedo. Nunca antes había detectado temor en sus pasos. La sigo hasta presenciar su entrada en la terraza y la bienvenida que le da la selva con un golpe de viento que mueve sus trenzas. Al llegar a la baranda se da la vuelta.

—Bastian, de todos los rincones del mundo a los que podrías escaparte, ¿por qué vienes aquí? —me pregunta confundida.

—Porque aquí hay algo que no encontraré en otro lugar: tú —le respondo colocándome enfrente de ella.

—Yo estaba en Madrid, a treinta minutos de tu casa —replica.

—Entonces supongo que he venido a encontrarme con un pasado que quiso esconderse aquí —rectifico buscando su mirada.

—Somos un pasado que el destino no quiso convertir en presente, Bastian.

—O quizás en este momento, con la selva de testigo, somos un presente que quiere recuperar el pasado... —rebato mientras doy un paso y sostengo su barbilla entre mis dedos, quedándome a unos centímetros de sus labios.

Nos miramos fijamente hasta vernos reflejados en el brillo de los ojos del otro. Siento cómo se eleva unos centímetros del suelo, sosteniéndose de puntillas, y me besa reposando sus miedos en las palmas de mis manos.

—Llegaste —susurra ella.

105

EL PRINCIPIO DE UNA VIDA

Luciana

Estamos aquí, en silencio, después de arrancarnos la ropa para vestirnos de desesperación, recostados sobre dos sillas improvisadas que nos sirven de tumbona, observando el infinito. Apoyo mi cabeza sobre su pecho desnudo y escucho sus latidos pausados. Recorro su abdomen con mis manos, como si mis dedos incrédulos estuviesen escaneando cada poro de su piel. Asegurándose de que es él y que esto no fue un sueño más. Tantas veces imaginé volver a verlo..., pero nunca lo intenté por no manchar lo que tuvimos con el desdén de las preguntas y los reclamos. Ahora que lo tengo tan cerca sé que ya nos dijimos todo lo que necesitábamos saber. Y que los sentidos tienen más respuestas que las palabras.

Dos almas clandestinas bajo la oscuridad de la noche con la luna de fondo, tan inmensa que nos recuerda que podemos ser todo en mitad de la nada. Y con sus caricias sobre mi espalda abrazando mi herida.

—Gracias —susurra.

—Vuelve el chico del «gracias». Ya lo extrañaba. —Sonrío.

—Es que me has cambiado la vida —me dice bajito mientras me acaricia el pelo.

—Vamos a hacer un trato, porque ese «gracias» me suena a formalismo y a distancia. Cuando quieras agradecerme algo, actúa como un gato.

—¿Y cómo actúan los gatos? —Se ríe.

—Con la lealtad del que no necesita decir gracias porque daría su vida por ti.

—¿Eso lo aprendiste de Karma?

—Observándola he aprendido cómo es el amor perfecto.

—¿Y cómo es? Enséñame.

—Pues es un amor con la libertad del que te elige cada día, sin cadenas. Con el sigilo del que te observa a distancia sin invadir tu espacio, pero con sus garras listas para defenderte si te hace falta. Los gatos caminan con la galantería del que puede dominarte mientras reposan en tus brazos dejándote saber que no es su propósito.

—Qué bonito...

—Karma también me ha enseñado a lamer mis heridas, a curarme sola. Y que si aun así no lo logro, no debo preocuparme, porque puedo morir seis veces y volveré a nacer siete.

—O si no, como dice Coldplay, siempre puedes buscar a alguien que pueda repararte.

—O encontrar a alguien que te enseñe cómo hacerlo —susurro y lo beso de nuevo.

—¡A este momento solo le falta música! —dice mientras se levanta a buscar su móvil dentro de la cabaña.

Me quedo observando la luna, que parece expectante esperando su cambio de turno con el sol. Bastian trae su mochila y rebusca en el fondo tratando de encontrar su teléfono. Tras unos minutos rebuscando con la mano sin éxito, empieza a sacar todas las cosas que llevaba dentro apilándolas encima de la mesa. De pronto veo el libro de doña Inés que le mandé a su casa, tal y como se lo envolví.

—¡Eh! Ábrelo, yo te lo envié.

—¿En serio? Nunca podría haber imaginado que eras tú. Es que mañana es mi cumpleaños y todos los años recibo un libro de alguien...

Le freno poniéndole dos dedos en los labios.

—Chsss. Silencio. Ábrelo.

El ruido del envoltorio arrancado con sus propias manos resuena como el preludio de un secreto que pronto va a dejar de ser silencio. Mientras rompe el papel en mil pedazos busco su canción, *Fix you,* para crear un momento realmente perfecto en su memoria. Suenan los primeros acordes del teclado mientras los rayos se cuelan entre las ramas del bosque, pareciera como si la espiritualidad invadiera todo el espacio. Mientras lee en alto las palabras subrayadas por su madre en la primera página, descubre con mucha emoción que siempre fue ella su amigo invisible. La que a través de los libros le fue dejando pistas en los bolsillos.

Sigue pasando las páginas como si tuviese en sus manos los caminos subterráneos de su pasado. Como si pudiera descubrir de repente el universo paralelo que se desarrollaba bajo sus pies, mientras él caminaba de puntillas por la superficie.

Al final del libro llega a la carta.

—La escribió el día antes de morir —le digo acariciando su mano.

Al desdoblarla, aparece un rayo de sol iluminando el papel.

Epílogo

CARTA A BASTIAN

Querido hijo:

Normalmente uno deja escrito lo que aprendió como un ejemplo para los demás, pero yo vengo a contarte lo que no supe aprender yo: vive, Bastian. No te quedes anclado en las preguntas sin respuesta. No te detengas a devolver los golpes, no pierdas el tiempo, simplemente camina y busca tu propio destino.

En la naturaleza están todas las respuestas. Cuando el mundo se creó no existían las palabras, así que todos los procesos del alma quedaron explicados en lo que nos rodea, como una hoja de ruta visible a los ojos de cualquiera. Es por eso que cuando no entiendas algo, no preguntes, solo observa. Y cuando estés tan perdido que no sepas el porqué de lo que te pasa, solo busca un amanecer y entenderás en un instante la vida, hijo mío. El amanecer y el nacimiento son la misma enseñanza. De tenerte en mi vientre aprendí que lo más valioso crece en la oscuridad, ajeno a los ojos del mundo. Supongo que ese es el mensaje de la creación, prepararnos en la clandestinidad antes de estar expuestos a la luz, porque recibir el foco antes de estar completos nos vuelve inseguros y vulnerables. No se puede juzgar lo incompleto. Y vinimos al mundo con la misión de completarnos. Por eso a veces vivir es como caminar sin ropa o cantar sin música. Porque nos enfrentamos al qué dirán antes de descubrir el qué diremos de nosotros mismos.

Olvídate de los demás, ni siquiera trates de juzgarlos. Será una batalla perdida. Y en el camino llénate de paciencia, que con ella llegará la calma. La felicidad es para el que no tiene prisa, para el que no desea el día en la noche porque puede aprender los códigos de la noche durante el día. Yo viví una oscuridad eterna desde que te arrancaron de mi vida. Y he preparado con sigilo, desde esa penumbra, toda la luz para tus brazos. Podría haberte dejado la herencia, desde el principio. Pero habrías heredado solo dinero. Y quise dejarte algo más.

Durante años traté de contarte quién soy. Y cuando conocí a Luciana entendí que sus ojos serían el narrador de mi historia. Vi en su corazón, ávido de empatía, y en su amor por los animales la sencillez de su alma. Luciana es todo lo que yo fui, la diferencia es que a ella le quitaron a sus padres y a mí los míos me arrancaron un hijo, dejándome varada en el desconcierto de saber que quien te dio la vida también puede quitártela.

Luciana me enseñó a aliviar mi dolor convenciéndome del valor indestructible del vínculo. Me ayudó, sin ella saberlo, a entender que una madre y un hijo permanecen unidos a través de un hilo transparente. Y eso me mantuvo a flote, en mitad de una tormenta en la que no tenía fuerzas para nadar.

De repente éramos dos gatas en un callejón sin salida, trepando a los tejados, entendiendo las tejas rotas y manteniendo el equilibrio por los cables.

Fuimos almas gemelas, separadas por varias generaciones, nacidas en países diferentes, de razas tan distintas, pero con el mismo desapego de la apariencia y con el mismo código sobre la lealtad.

Hoy espero que empecemos un nuevo capítulo de nuestras vidas, narrado por Luciana.

Te voy a demostrar que a tu lado volveré a nacer, aunque ya me haya marchado.

Y que el karma siempre tiene la última palabra.

Te quiero más de lo que un día pudiste imaginar.

Tu madre,

INÉS

AGRADECIMIENTOS

Si llegaste a este libro porque alguien te lo recomendó, quiero agradecer a esa persona que me haya hecho posible llegar a tus manos. Si has decidido leer esta historia porque en algún momento me descubriste a través de *El despertar de las musas,* gracias por seguir ayudándome a construir historias de mujeres valientes. Y si la razón de estar leyendo estas líneas es porque en algún momento escuchaste mi música o me seguiste como actriz y decidiste darme la oportunidad de descubrirme como escritora, gracias infinitas por darme la oportunidad de la evolución, mi palabra favorita.

Gracias a mis dos amaneceres, mis hijos. A mi niña Zoë, con su pelo afro y su piel tostada, por regalarme cada día su amor infinito. Y a mi niño D'Angelo porque la fortaleza de sus sueños empuja los míos. Gracias, hijos, por regalarme la dicha de ser vuestra madre. Si algún día, cuando seáis mayores, leéis esta historia, quiero deciros que cada línea de este libro fue escrita para fortalecer vuestra libertad y contaros que la mejor herencia que os dejo es el mensaje de amor por encima de todo. Porque el día que no pueda estar físicamente con vosotros estaré a vuestra vera, rondándoos en el lomo de algún gato salvaje, asegurándome de que no os faltan mis besos.

A mi compañero de vida, Yotuel, tengo mucha suerte por

lo nuestro. Hay tanto de ti y de mí en estas líneas... Eres mi selva llena de matices, mis ojos atigrados y mi canción perfecta. Gracias por enseñarme a amar y a volar al mismo tiempo. Te amo infinito.

A mis padres, nos separan miles de kilómetros y aun así os tengo más presentes que nunca. Gracias por ser una lección sobre cómo caer y levantarse, sobre la lucha ante las adversidades.

A mi suegra Zoe, por ser mi gran apoyo, a mi hermano Raúl, por inspirarme, a Yotuelito, por darme tantas lecciones en silencio y a mi cuñada Tamara, por ser un ángel.

A mi querida amiga y editora Irene Lucas Alemany, porque todo esto empezó contigo. Gracias por no soltarme la mano nunca, por abrirme la puerta y siempre acompañarme a llegar lo más lejos posible.

A Lola Gulias Recio, mi editora, gracias por darme la oportunidad, por confiar en mí. Voy a echar de menos nuestras mañanas de videollamada, café y amor por los gatos.

Gracias, Elísabet Benavent (Beta Coqueta), por tomarte el tiempo de leerme y escribir una preciosa frase para la faja de este libro. Eres una referencia para mí como escritora y como mujer que se impone con talento. Es un honor gigante tenerte en mi primera novela.

A Carmen Hernández Mármol por sus maravillosos comentarios a pie de página cuando corregíamos. Por amar a la Chispa tanto como yo.

A todo el equipo de Planeta por darme la oportunidad de publicar esta novela de entretenimiento con tantos mensajes, por creer en mí cuando os dije que la lucha social y la comedia romántica podían abrazarse.

A Lucía Gil, la ilustradora de la portada. Gracias por poner tu increíble talento en este libro.

A Esther Aizpuru, mi correctora, por hacer un trabajo tan bonito en este libro.

Gracias a todas las protectoras de animales y a las personas que dedican su valioso tiempo en adoptarlos, salvarlos y protegerlos. Gracias por vuestra preciosa labor.

A Martín Cabrera Cordero, mi amigo policía y el canario más simpático del mundo, por asesorarme en las escenas de retenciones, procesos en una comisaría y detenciones.

A mi abogado Sebastián Rivero Silva por no llevarse las manos a la cabeza cuando le dije que me asesorara sobre las leyes españolas para contar la historia de un gato que hereda una fortuna millonaria.

A Cristina López Castro, la veterinaria que me enseñó cómo funciona el sistema de registros de animales, microchips... Y a Sonia Manzano, por su cariño siempre.

A todos mis amigos que han soportado mis desconexiones del teléfono para poder escribir esta novela, especialmente a Fabiola, Sabrina, Álex y Gaby por ser nuestro mayor apoyo.

A mi Dios, el KARMA. Porque creer que todo lo que das vuelve me da mucha fuerza. El karma es mi biblia y mi hoja de ruta.

Y a la música, por ser protagonista de cada una de mis batallas y mis victorias.